SOMMER, SONNE, SONNENSTICH

Dieses Buch ist ein Roman. Handlungen und Personen sind frei erfunden. Ähnlichkeiten mit lebenden oder toten Personen sind nicht gewollt und rein zufällig. Die Ähnlichkeiten mit der Hotelierfamilie Schmidt und dem Stammpersonal des Nordsee-Hotels sind jedoch erwünscht.

OCKE AUKES

SOMMER, SONNE, SONNENSTICH

URLAUBSKRIMI

emons:

Bibliografische Information der Deutschen Nationalbibliothek
Die Deutsche Nationalbibliothek verzeichnet diese Publikation in der Deutschen Nationalbibliografie; detaillierte bibliografische Daten sind im Internet über http://dnb.d-nb.de abrufbar.

FSC www.fsc.org MIX Papier aus verantwortungsvollen Quellen FSC® C083411

Umschlagmotiv vorn: photocase.com/pepipepper
Umschlagmotiv hinten: fotolia.com/dispicture
Umschlaggestaltung: Franziska Emons/Tobias Doetsch
Gestaltung Innenteil: César Satz & Grafik GmbH, Köln
Lektorat: Susann Säuberlich, Neubiberg
Druck und Bindung: CPI – Clausen & Bosse, Leck
Printed in Germany 2014
ISBN 978-3-95451-243-0
Urlaubskrimi
Originalausgabe

Prolog

Schuld an allem war sein Fernglas.

Hubert Engel stand am Fenster seines Hotelzimmers und schaute hinaus auf das Meer und den Strand.

»Dass ich das noch erleben darf.«

Hier, aus der obersten Etage des Nordsee-Hotels, folgte sein Blick dem Meeressaum. Vom Hauptbadestrand, an dem die bunten Strandzelte standen, hinüber in nördliche Richtung, dahin, wo der Strand so breit wie zehn Fußballfelder wurde und einen See in seiner Mitte bildete, der nach Süden hin eine Verbindung zum Meer behielt. Engel richtete sein Fernglas auf die vorgelagerte Sandbank, auf der sich Seehunde in der Sonne aalten. Da war sie zu sehen, die Gestalt, die jemand über ihre Schulter gelegt hatte und schwer daran trug.

Ausgerechnet jetzt, wo er abreisen musste. Er schaute auf seine Armbanduhr. Nur noch wenige Minuten, dann musste er das Zimmer verlassen, wenn er seinen Zug noch erreichen wollte. Enttäuscht über den unpassenden Zeitpunkt, kam ihm kurz der Gedanke, seine Urlaubszeit zu verlängern und hierzubleiben. Seine Ehefrau würde es nicht stören. In den siebenundvierzig Jahren, die sie inzwischen verheiratet waren, hatte sie stets Verständnis für sein Hobby gezeigt. Doch er wusste, dieses Zimmer war ab der Mittagszeit wieder vermietet. Er trat vom Fenster zurück und bückte sich über das Bett, um den Koffer zu schließen, in dem er eigentlich das Fernglas verstauen wollte. Er konnte sich von dem Geschehen nicht loseisen, wandte sich erneut dem Fenster zu und schaute hindurch. Die Gestalt, eindeutig ein Mann, war etwas näher gekommen. Engel drehte an den Rädchen, um die Bildschärfe ein wenig besser einzustellen.

»Ausgerechnet jetzt, wo ich wegmuss.«

Resigniert ließ er das Glas um seinen Hals baumeln, wuchtete den Koffer vom Bett und griff nach einem weiteren, abgewetzten Lederköfferchen, dessen Inhalt jeden, der

Hubert Engel nicht kannte, überraschen würde. Er verließ das Zimmer, eilte den Flur entlang und hastete die Treppen hinunter. Der Elektronik eines jeden Fahrstuhls traute er nicht. So schnell er konnte, seine Beine trugen ihn immerhin schon achtundsiebzig Jahre, ging er an der Rezeption vorbei, warf Tatjana, die telefonierte, ein Abschiedswinken zu und legte den Zimmerschlüssel auf den Tresen. Kurz vor dem Ausgang konnte er einer Angewohnheit nicht widerstehen, setzte sein Lederköfferchen ab und fuhr mit den Fingerspitzen über den Maschinentelegraf und den alten bronzenen Kompass. Er gönnte sich die Sekunde, um den Kompass leicht hin- und herzuschaukeln. Der Zeiger drehte sich ein wenig, pendelte sich aber sofort wieder nach Norden ein. Er liebte diese alten Geräte, sie erinnerten ihn daran, dass er gern zur See gefahren wäre. Dann verließ er das Hotel.

Der Weg zum Bahnhof war trotz des schweren Gepäcks zu Fuß schneller zurückzulegen, als wenn er sich ein Taxi genommen hätte. Mit dem schweren Fernglas um den Hals eilte er die Bubertstraße hinunter. An der Straßenkreuzung hob er einen Augenblick den Kopf, um zur sechzig Meter hohen Leuchtturmspitze zu schauen. Eine Gepflogenheit, die ihm gar nicht bewusst war. Auf der Aussichtsplattform waren ein paar Leute zu erkennen, mehrere Kinder riefen etwas. Das taten viele. Ihre Stimmen wurden aus dieser Höhe recht weit getragen.

Hubert Engel bog nach rechts ab in die Goethestraße, Leuchtturm und das dreieckige viktorianische Gebäude der Kurverwaltung im Rücken, um gleich darauf nach links auf der unteren Bismarckstraße an Geschäften, Cafés und Eisdielen vorbei zum Inselbahnhof zu laufen. Er sprang in dem Moment auf den ersten Eisenbahnwaggon, der den Namen »Ostland« trug, gleich hinter dem Gepäckwagen, als die nostalgische Dampflok auch schon ruckelnd ihre Last anzog. Springen war ein wenig übertrieben. Er hievte seinen Koffer die zwei Stufen hoch auf die Waggonplattform und sich selbst so schnell er konnte hinterher.

Drei junge Männer saßen auf der Umrandung der Außenplattform. Einer sprang herab, nahm ihm den kleinen Koffer ab und half ihm, das doppelseitige eiserne Absperrgitter hinter sich zu schließen und die Waggontür zu öffnen.

Die Jugend von heute ist besser als ihr Ruf, dachte Engel, wollte aber dennoch sein Köfferchen lieber selbst hineintragen.

Die sieben Bahnkilometer zum Hafen, die Fahrt mit der Fähre übers Meer zur Seehafenstadt Emden und anschließend mit der Bundesbahn nach Hause nahm er nicht bewusst wahr. Seine Beine fanden automatisch den richtigen Weg, den er in den vergangenen vier Jahrzehnten schon so oft zurückgelegt hatte.

Seine Gedanken schwirrten ununterbrochen um das Gesehene. Unglaublich. War er Zeuge eines Mordes geworden?

Eins

Alexander Bremer war Koch aus Leidenschaft. Seit acht Jahren im Hause Schmidt beschäftigt, hatte sich der rotblonde Mann unentbehrlich gemacht. Er war pünktlich, fleißig, gefällig und machte ohne Murren in der Hauptsaison Überstunden, wenn andere Kollegen versuchten, sich in dieser stressigen Zeit vor der vielen Arbeit zu drücken. Seinem Körper sah man noch nicht an, dass er gut und gern aß. Er war noch jung und betrieb regelmäßig Sport.

Bremer war auf dem Weg zur Arbeit. Auf der oberen Strandpromenade stoppte er sein Fahrrad und stieg ab. Die restlichen vierhundert Meter musste er zu Fuß gehen, zu viele Menschen waren um diese Zeit schon unterwegs. Sie hasteten an ihm vorbei, Handtücher und Strandtaschen unter den Arm geklemmt, als wären sie in Eile. Dabei war nur er auf dem Weg zur Arbeit, sie hatten Urlaub. Er wendete nach links und schob sich und sein Fahrrad nahe an die Brüstung der Strandpromenade. Er warf einen Blick auf den unter ihm liegenden Musikpavillon, in dem heute noch eine Kurkapelle spielen würde, dann wanderten seine Augen über die zahlreichen Strandkörbe und die bunten Strandzelte, die fast alle belegt waren. Von der Wasserkante her tönte es fröhlich herüber, es war Hochwasser, und viele Menschen tummelten sich im Meer. Ein lautes Tuten war zu hören, einer der Badenden hatte sich zu weit hinausgewagt und wurde von einem Schwimmmeister zurückgerufen. Die Strömungen in der Nordsee waren tückisch und gefährlich, man sollte sich nicht zu weit hinauswagen. Tief sog Bremer die würzige Luft ein. Im Sommer roch es ganz anders als im Winter. Neben dem herben Duft nach Salz, Meerwasser und Seetang mischte sich der Geruch von Sonnenöl, erhitztem Gummi der Wasserbälle und Schwimmflügel und einem Aroma aus Milchreis und Erbsensuppe, die bei Windstille eine Dunstglocke um die Milchbuden bildeten. Diese Milchbuden sind ein »Alleinstellungsmerkmal«, wie es im Borkumprospekt so schön heißt, was schlicht und einfach bedeutet, dass keine andere Ostfriesische Insel diese hölzernen Verkaufsbuden am Strand stehen hat. Dort gibt es neben besagter Erbsensuppe und Milchreis auch Kuchen, Kaffee, Eis und kühle Getränke. Sie stehen auf einem hölzernen Podest, das oftmals vom Wind freigeweht wird, sodass man darunterkrabbeln kann. Als kleiner Junge war Alexander Bremer mit seinen Freunden gern unter diese Buden gekrochen und hatte das Kleingeld aus dem Sand herausgesiebt, das durch die Ritzen des Fußbodens heruntergefallen war. Eines Tages hatte einer der Betreiber Kükendraht um die Pfeiler gewickelt und behauptet, es sei für die Kinder zu gefährlich darunter. Vermutlich hat er den Jungen ihre Einnahmen nicht gegönnt und im Herbst beim Abbau der Bude selbst den Sand nach Kleingeld durchwühlt.

Bremers besonders feine Nase reagierte sofort, als eine ältere Dame, die nach Piz Buin roch, vorüberging. Wäre er in einer anderen Gegend aufgewachsen, hätte er bestimmt den Beruf des Parfümeurs erlernen können. Schon den allerfeinsten Duft konnte er identifizieren, was beim Kochen äußerst hilfreich war. Gern probierte er neue Rezepte aus und war für kreative Varianten immer zu begeistern. Mit seinem Chef Fokke Schmidt teilte er diese Leidenschaft. Gemeinsam veranstalteten sie Kochduelle, meist im Winter, wenn das Hotel fast leer war und sie mehr Zeit hatten. Bremers feiner Geruchssinn war es, der ihm seinem Vorgesetzten gegenüber einen Vorteil verschaffte. Schon bei den Vorbereitungen zu ihren Kochduellen roch er, was der Hotelier Fokke Schmidt in seinem »Geheimrezept« an Zutaten verkochen würde, ehe seine Zunge davon kosten durfte.

Er beobachtete noch ein paar tobende Kinder an der Wasserkante, schwenkte seinen Blick weiter nördlich über einen vor Anker liegenden Fischkutter hinweg in Richtung Seehundbänke. Mit bloßem Auge konnte er trotz der weiten Entfernung erkennen, dass sich besonders viele Tiere in der Sonne aalten. Geschützt vor den Menschen, die sich nur bis auf eine bestimmte Entfernung den Meeressäugern nähern durften, schliefen sie im Sand. Ein Ausflugsdampfer, der bis auf wenige Meter heranfuhr, störte sie nicht. Die Tiere wussten, dass die Menschen an Bord für sie keine Gefahr darstellten. Die hin und her flitzenden Windsurfer störten ebenso wenig wie ein eben antreibender Wasserball. Bremer wendete sein Fahrrad und schob es seiner Arbeitsstelle, dem Nordsee-Hotel, entgegen.

In all den Jahren, in denen er im Hotel kochte, hatte seine Ehefrau Susi ihn stets begleitet. Durch die gemeinsame Arbeitsstelle hatten sie mehr Zeit miteinander verbracht als andere Eheleute. Mehr als für ein Ehepaar gut war, würde später eine Nachbarin über ihn sagen. Wenn er in der Küche werkelte, war Susi in den Hotelfluren und Zimmern unterwegs und hielt alles sauber. Bremers Laune verschlechterte sich. Die schöne gemeinsame Zeit gehört der Vergangenheit an, dachte er, als er sein Fahrrad am Hotelhaupteingang vorbeischob. Er fragte sich ständig, was in ihrer Ehe schiefgegangen war. Was hatte in ihrer Beziehung nicht mehr gestimmt?

Ich will es gar nicht mehr wissen, dachte er trotzig, um gleich darauf wieder wehmütig zu werden.

Mein Gott, er hatte sie doch geliebt, und nun war sie nicht mehr da – weg für immer!

Den Duft ihrer Haare meinte er in diesem Augenblick in der Nase zu haben, als eine fremde Frau dicht an ihm vorbeiging.

»Das gleiche Shampoo«, murmelte er und seufzte. Er vermisste sie sehr.

Seit Mai nun schon, drei einsame Monate lang, war er allein, und kein Tag verging, der ihn nicht an diesen ganz speziellen Dreizehnten – das Unglücksdatum – denken ließ.

Dieser Tag hatte sein Leben verändert. Seither wirkte er verschlossen und nachdenklich. Er war schreckhaft und erweckte oft den Eindruck, geistig ganz woanders zu sein. Seit Mai fürchtete Alexander Bremer sich, in den Keller zu gehen, dorthin, wo die Tiefkühltruhen standen.

***

»Hoppla, wen haben wir denn da?«

Hermann Faust hockte mehrere hundert Kilometer von Borkum entfernt lustlos vor seinem Computer und klickte sich durch die Fotos seiner Kartei. Es handelte sich um sein »Männerangebot«, sämtliche Gesichter derjenigen, die er vermittelte. Er stoppte und ging mit zwei Mausklicks zurück, kniff ein wenig die Augen zusammen und lehnte sich auf seinem Bürosessel weiter vor.

»Den kenn ich doch.« Ihm dämmerte, woher er das Gesicht kannte, das ihn von seinem Computerbildschirm angrinste.

Diese arrogante und extrovertierte Ausstrahlung behält der Mann sogar via Digitalfoto bei, da kann er noch so freundlich in die Kamera lächeln, dachte Faust. Er glaubte sogar, den überheblichen Tonfall noch ihm Ohr zu haben, denn der Kerl hatte erst wenige Wochen zuvor an seinem Schreibtisch gesessen und seine Hilfe gefordert. Allerdings war das in einer anderen Stadt gewesen.

»Du arrogantes Arschloch«, informierte er das Bild auf seinem Schirm. »Hab ich dich erwischt.«

Hermann Faust blickte hoch und schaute sich im Großraumbüro um. Kein Mensch hatte seine Euphorie bemerkt. Typisch, hier kümmerte sich jeder nur um sich selbst. Er arbeitete in einer Partnervermittlung via Internet und wusste sofort, dass dieser Mann vor ihm keine Frau fürs Leben suchte. Der bestimmt nicht. Er klickte sich in dessen Akte hinein und fand einige interessante Informationen über die Anzahl der Vermittlungen, die Namen der entsprechenden Damen und, was Faust sofort auffiel, das geschätzte Einkommen der Frauen.

Er wäre nie auf den Mann aufmerksam geworden, hätte er selbst nicht im letzten Monat schon das zweite Mal seine Stellung wechseln müssen, weil er mit seinen Vorgesetzten nicht zurechtgekommen war. Gut, er war nicht der Fleißigste, musste er zugeben, doch er machte das wieder wett, indem er es phantastisch verstand, zu delegieren. Er hob den Kopf und stieß einen Pfiff aus. Der junge Mann am Nebenschalter hob den Kopf und kam auf sein Winken herüber. »Schau mal, ob du den auch in deinem Programm hast.«

Sein Kollege trottete zurück an seinen Arbeitsplatz. Seine Finger wirbelten über die Tastatur und verharrten. Er hob den Daumen in Fausts Richtung, also war der Typ auch auf dem anderen Portal registriert.

Faust war kein Idiot und konnte eins und eins zusammenzählen. Alle Fakten, die auf einen Heiratsschwindler hinwiesen, trafen zu. Mit einem zufriedenen Lächeln betrachtete er das Bewerbungsfoto für eine Ehevermittlung. »Du dachtest wohl, dir kommt keiner auf die Schliche.«

Er klickte das Bild weg und suchte ein anderes in der Damenkartei.

»Da bist du ja, meine Süße. Ihr beide kommt mir gerade recht.«

»Sagtest du etwas?«

»Nein, nein, alles in Ordnung. Ich werde ihn mit Gabriela Blume zusammenbringen.«

»Tu das«, antwortete der Kollege nicht wirklich interessiert. »Zusammenbringen« taten sie Dutzende Male am Tag.

Gabriela Blume, das wusste Faust, verdiente auf die gleiche Art wie dieser Mann ihr Geld. Viel Geld, schätzte er.

Was für ein glücklicher Zufall. Er würde die beiden miteinander verkuppeln, nicht, weil es lustig sein könnte, zu sehen, wie sie sich gegenseitig reinlegten, sondern um selbst bei ihren Gaunereien ein Stück vom Kuchen abzubekommen. Aber er musste es schlau anstellen, wenn er am Ende als reicher Mann dastehen wollte.

Er hob den Telefonhörer ab, um den Heiratsschwindler anzurufen, und wählte.

»Ehevermittlung ›Glühende Rose‹. Herr Bunzel, ich habe da etwas für Sie.«

Dieser Gedanke war jetzt fünf Wochen alt. Fünf Wochen, in denen Hermann Faust auf eingefleischte Gewohnheiten verzichten musste, seine Faulheit über Bord warf und persönlich hart an dem Fall arbeitete. Arbeit, die er sonst gern auf andere abschob. In dieser Angelegenheit konnte er keine Mitwisser gebrauchen, wenn er Erfolg haben und ungeschoren davonkommen wollte.

Die beiden Heiratsschwindler zusammenzubringen, war der einfachste Teil gewesen. Es reichte, so ganz nebenbei zu erwähnen, der jeweils andere Partnersuchende sei ein vermögender Mensch. Schwieriger wurde es, sie zu beobachten und herauszufinden, wann der Zeitpunkt gekommen war, an dem einer dem anderen Geld anvertraute. Bis es so weit war, blieb ihm nur die Hoffnung, Glück zu haben, da er jeweils nur einen von beiden beobachten konnte. Dafür musste er Urlaub nehmen, da die Überwachung ihn Tag und Nacht in Anspruch nahm. Es kostete viel Mühe, und ihm blieb wenig Spielraum für Spekulationen, wer von den beiden das Rennen machte. Wer für Minuten oder Stunden Eigentümer des dem anderen abgeschwatzten Geldes sein würde, ehe Faust es sich holte.

Seinen Recherchen nach sollte das Finale in der kommenden Woche stattfinden. Er fühlte sich aufgekratzt und so wohl wie nie zuvor, und er versuchte, sich nicht von seinen Tagträumen ablenken zu lassen. Wie das Geld, das zwischen den beiden fließen würde, in seine Tasche gelangen sollte, stand fest. Das Internet machte es möglich. Gewissensbisse empfand er keine, zumal er in den vergangenen Wochen mehr gearbeitet hatte als jemals zuvor – es war eine schlafraubende Arbeit, gleich beide zu observieren. Sein Ziel lag zum Greifen nah. Es war ihm gelungen, Gabriela Blume ungesehen in die Schalterhalle ihrer Bank zu folgen, und er schaffte es sogar, einen Blick auf ein Formular zu werfen. Es war eine Geldanweisung, und sie bezahlte bar. Das ließ nur eine Schlussfolgerung zu: Sie wollte keine Spuren hinterlassen. Die beiden Wörter »Nordsee-Hotel« und »Borkum« waren zu erkennen. Er rief in dem Hotel an, um zu erfahren, wann Gabriela Blume auf die Insel reisen wollte.

»Tut mir leid, mein Herr, aber persönliche Daten unserer Gäste geben wir nicht heraus.«

Danach blieb ihm nichts anderes übrig, als mit Bunzel einen Termin für eine angebliche weitere Vermittlung zu vereinbaren, die dieser erwartungsgemäß absagte. »Tut mir leid, dann kann ich nicht vorbeikommen. Zu dem Zeitpunkt bin ich an der

Nordsee«, hatte Bunzel zu ihm gesagt. So gelangte Faust an die gewünschte Information und konnte für sich selbst ein Zimmer im Nordsee-Hotel reservieren.

Jetzt saß er hier, in der dritten Etage, genau ein Stockwerk unter dem Zimmer, in das sich vor wenigen Minuten Gabriela Blume und Felix Bunzel zurückgezogen hatten, und überlegte, was als Nächstes zu tun war.

***

Felix Bunzel und Gabriela Blume hatten am frühen Nachmittag das Hotel betreten. Bunzel war während seiner Arbeit stets tadellos gekleidet. Er pflegte eine ganz persönliche Note. Meistens trug er ein legeres Sakko mit roter Fliege, eine rote oder schwarze Bauchbinde, wie es folkloristisch nur in Spanien üblich ist, und ein weißes seidenes Hemd.

Bei jedem anderen hätte dieser Aufzug albern und angeberisch gewirkt, zumal er ihn auch bei heißem Wetter trug. Bei ihm jedoch kam niemand auf diesen Gedanken. Sein ovales Gesicht strahlte sowohl Einfluss als auch Vertrauen aus. Durch die breiten Schultern und den stattlichen Brustkorb wirkte er auf die Frauen wie ein Mann, an den man sich anlehnen konnte. Wie ein Fels in der Brandung, auf den man sich in allen Lebenslagen verlassen konnte. Eine natürliche Ausstrahlung, die in seinem Gewerbe schon die halbe Miete war.

Durch die Angewohnheit, oft an seiner roten Fliege zu zupfen, fielen unweigerlich früher oder später jedem seine Hände auf. Lange, schmale Finger mit manikürten und polierten Nägeln.

Tatjana war eine Frau, die auf Hände achtete. Eine Angewohnheit, derer sie sich selten bewusst war, die ihr jedoch in ihrem Beruf schon manchen guten Dienst geleistet hatte. Als gelernte Bürokauffrau arbeitete sie an der Rezeption des Nordsee-Hotels. Mit dem Zimmerschlüssel in der Hand wartete sie, bis Bunzel das Anmeldeformular unterschrieben hatte. Beim Anblick seiner Hände kam ihr unwillkürlich der Gedanke, dass dies auf keinen Fall die Hände eines Mannes sein konnten, der hart mit ihnen arbeitete. Bunzels Unterschrift füllte mehr als nur den Raum über der gestrichelten Linie aus. Er setzte einen schwungvollen Bogen gefolgt von einem Punkt darunter und klickte den Kugelschreiber aus, ehe er ihr das Anmeldeformular herüberschob. Dabei warf er ihr ein umwerfendes Lächeln zu, das ihr fast die Knie weich werden ließ, hielt ihr den Kugelschreiber mit einem winzigen Zucken einer seiner Augenbrauen hin und nahm den Zimmerschlüssel entgegen.

»Zimmer hundertvierzig«, hörte Tatjana sich automatisch sagen. »Frühstück von sechs Uhr dreißig bis zwölf Uhr, Abendessen von achtzehn bis einundzwanzig Uhr dreißig. Sie haben doch Halbpension? Sehr gut! Restaurant beziehungsweise Frühstücksraum befindet sich gleich hier, durch die Glastür.« Ihre Hand wies nach rechts hinter sich. »Ich wünsche den Herrschaften einen angenehmen Aufenthalt in unserem Haus.«

Bunzel bückte sich nach seinem Koffer, dem man ansah, dass er nicht billig gewesen sein konnte. Galant reichte er seiner Begleiterin den Arm. Obwohl er denselben Nachnamen ins Formular eingetragen hatte, wusste Tatjana, dass es sich nicht um seine Ehefrau handelte. Berufserfahrung!

Die Dame an seinem Arm passt zu ihm, dachte sie, die beiden schenken sich gegenseitig sicher nichts. Eine unheimliche Ahnung beschlich Tatjana. Es waren die Augen der Frau, die sie beunruhigten. Diese goldgesprenkelten Pupillen, die rundherum vom Weiß umgeben waren, ließen die Augen groß erscheinen. Tatjana hatte solche noch nie gesehen. Der rot geschminkte Mund, der jedem Mann Lust und Ekstase versprach, passte hervorragend dazu.

»Ein schönes Gesicht«, stellte sie für sich fest, zweifelte aber daran, dass alles naturbelassen daran war. Die Kleidung der Dame war exklusiv. Zu dem orangebraunen Seidenkostüm trug sie eine passende Bluse in einem helleren Ton. Ihre schmalen Füße steckten in hohen Pumps, und die Seidenstrumpfhose hatte hinten eine dunkle Naht. Exquisit und sehr gewagt. Tatjana wusste, die Frau strotzte nur so vor Selbstbewusstsein, und für einen Aufenthalt an der Nordsee war sie viel zu aufgedonnert.

Mit zierlichen Schritten, die Füße wie ein Model auf dem Laufsteg einen weit über den anderen stellend, trippelte die Dame am Arm ihres Begleiters dem Fahrstuhl entgegen. Tatjana schaute den beiden nach. Ihr weiches Gefühl in den Knien wich einem unangenehmen Empfinden im Magen. Sie ahnte, dass es mit den beiden Ärger geben würde. Sie musste ihrem Instinkt und dem Magenkneifen vertrauen und sie im Auge behalten.

***

Gabriela Blume wusste mit wohlklingenden Worten umzugehen, und sie konnte sich blitzschnell auf jede neue Situation einstellen. Sie verstand es meisterhaft, sich hinter einem Lächeln oder einem schockierten Gesichtsausdruck zu verstecken. Sie war die geborene Lügnerin, und eine geschickte dazu.

Als einziges Kind gut situierter Eltern hatte sie eine glückliche Kindheit gehabt. Jeder Wunsch wurde ihr vom Vater von den Augen abgelesen, den sie bereits als Dreijährige gekonnt um den kleinen Finger wickeln konnte. Von ihrer Mutter wurde sie weniger verwöhnt. Sie schaffte es, Gabriela all ihr Wissen beizubringen, und das war nicht wenig. Ohne dass Gabriela jemals eine höhere Schule besucht hatte, verfügte sie dank ihrer Mutter über ausgezeichnete Kenntnisse in Kunst, Musik und Wissenschaft und sprach drei Sprachen. Mit einem entsprechenden Studium hätte sie es weit in ihrem Leben bringen können, doch Gabriela war faul. Schon als Kind hatte sie beschlossen, niemals für ihren Lebensunterhalt arbeiten zu müssen. Auf Druck ihrer Mutter hatte sie eine abgeschlossene Banklehre, doch regelmäßige Arbeit lag ihr nicht. Da lag es nahe, sich mit ihrer Schönheit und ihrer exklusiven Ausstrahlung als Heiratsschwindlerin zu verdingen. Hier fand sie alles, was sie brauchte und wollte – wenig Arbeit, jede Menge neue Männerbekanntschaften und ein relativ luxuriöses Leben auf Kosten anderer.

Aus diesem Grunde war sie auf der Insel. Den größten Coup ihres Lebens hatte sie eben an der Angel. Felix Bunzel, den sie über das Ehevermittlungsinstitut »Glühende Rose« kennengelernt hatte, versprach eine ganz große Nummer zu werden. Nach eigenen Aussagen, die vom Institut bestätigt wurden, verfügte der Mann über zwei Millionen Euro, die er auf einem Konto in der Schweiz vor Vater Staat in Sicherheit gebracht hatte. Gabriela konnte Bunzel gegenüber ausnahmsweise mal die Wahrheit sagen und gestehen, sie selbst habe auch ein kleines Vermögen irgendwo auf den Caymans deponiert. Dieses Geld wolle sie nun gewinnbringend in eine topsichere Sache investieren. Dazu benötige sie aber noch ein wenig mehr, circa zwei Millionen, um wirklich groß herauszukommen. Dann, so versprach sie Felix Bunzel, würden sie beide heiraten und bis ans Ende ihrer gemeinsamen Tage glücklich und zufrieden in völliger finanzieller Unabhängigkeit leben.

Sie arbeitete hart daran, ihn davon zu überzeugen, konnte aber bisher kein Geld aus ihm herauskitzeln.

Gabriela Blume bemerkte ärgerlich, dass dieser Job in harte Arbeit ausartete, doch sie hatte die Herausforderung bereits angenommen und sich ein Ziel gesetzt. Spätestens beim Verlassen der Insel wollte sie ihren »Kunden« überzeugt und vollständig über den Tisch gezogen haben. Wäre doch gelacht, wenn nicht auch er, wie all seine Vorgänger, am Ende doch noch gern sein Geld herausrückte.

Dergestalt mit sich zufrieden, ging sie an Felix Bunzels Arm dem Aufzug entgegen.

Ihre Augen huschten zu der blonden Frau zurück, die Felix die Zimmerschlüssel überreicht hatte.

Keine Gefahr, registrierte sie automatisch. Damit meinte sie, dass die Frau ihr unbekannt war. In Gabrielas Job bestand stets das Risiko, jemandem zu begegnen, der sie erkannte, denn im Hotelgewerbe wechselte das Personal recht häufig.

Wiedererkennung bedeutete immer Ärger. Die Frau an der Rezeption strahlte eine innere Zufriedenheit aus, die nur unter Frischverliebten, meistens unter jungen Ehefrauen, zu finden war. Nein, sie bedeutete keine Gefahr für Gabriela.

Wenn sie sich da mal nicht täuschte.

Zwei

»Ich wollte, ich wäre noch mal zwanzig«, sagte eine ältere Frau, die Hubert Engel im Eisenbahnwaggon gegenübersaß. Der Zug der Borkumer Kleinbahn passierte eben das kleine Wäldchen, die ersten Häuser der Insel kamen in Sicht. Engel warf einen Blick auf die kichernde Gruppe Teenager am anderen Ende des Waggons. Ich nicht, dachte er. Er hatte keine gute Erinnerung an seine Jugendjahre. Schüchtern, klein, mit abstehenden Ohren und bebrillt hatte er nie Anschluss an die Cliquen gefunden, die angesagt waren. Erst seit er die dreißig überschritten hatte, eine feste Anstellung beim Finanzamt und eine Ehefrau gefunden hatte, die er von Herzen liebte und die bis zum heutigen Tage seine Liebe erwiderte, war er der Mann, der selbstbewusst im Leben stand. Er legte sich mehrere Kilos und ein Hobby zu, glaubte seiner Ehefrau, dass ihm die angefutterten Pfunde richtig gut standen, und verbrachte regelmäßig seinen Urlaub am selben Ort und im selben Haus. Er war beruflich einigermaßen erfolgreich, wenn der Job ihn auch meistens langweilte, und fühlte sich wohl in seinem Alter und in seinem Körper, als er in Rente ging. Ihm würde nicht langweilig werden, er hatte ja sein Hobby. Er war wohl der Einzige, der sich damals auf seinen fünfundsechzigsten Geburtstag freute.

Ja, sein Hobby. Er hatte sich schon früh für das interessiert, was verboten war, und für Menschen, die es trotzdem taten. Krimis hatte er schon als Schuljunge gelesen, und weil er zur Nachkriegsjugend gehörte und kein Geld für Dinge übrig hatte, die nicht zum Lebensunterhalt beitrugen, war es selbstverständlich, Bücher in Bibliotheken auszuleihen. Später, als er den Beamtenstatus erlangt hatte und endlich Geld für andere Dinge ausgeben konnte, begann er, sich die Krimis selbst zu kaufen. Er besaß eine beeindruckende Sammlung, die er allerdings seit ein paar Jahren nicht mehr vervollständigte. Zu viele Krimis waren auf dem Markt, um sie alle lesen zu können, und ein Buch ins Regal stellen, das er noch nicht gelesen hatte, kam nicht in Frage. Seine Frau fand diese Entscheidung gut, vermutlich hatte sie sowieso genug von all den Büchern. Obwohl sie immer behauptete, ihr gefielen die bunten Buchrücken. Sie setzten fröhliche Akzente ins Wohnzimmer, wer brauchte da noch bunte Bilder an der Wand.

Engel zuckte zusammen, als ihnen auf dem zweiten Bahngleis ein anderer Zug entgegenkam, obgleich beide Züge nicht mehr als fünfzig Stundenkilometer fuhren.

Er wäre schon viel früher nach Borkum zurückgekommen, doch das Hotelzimmer, das er immer bewohnte, war erst jetzt frei geworden. Niemals käme er auf die Idee, ein anderes Zimmer als dieses zu nehmen. In vielen Dingen war er ein Gewohnheitsmensch.

Keuchend folgte er dem Gepäckträger, der seinen Koffer sowie eine schwere Reisetasche trug, vom Bahnhof zum Hotel. Engel war klein und dick und hatte Mühe, den großen Schritten des Mannes zu folgen. Auf den Gedanken, ihn einfach vorgehen zu lassen, kam er nicht. Endlich in der Bubertstraße angekommen, die zum Strand hin gehörig anstieg, brachten ihn die wenigen gefliesten Stufen im Eingangsbereich des Nordsee-Hotels völlig außer Atem. Der Gepäckträger war bereits mit seinen Sachen im Aufzug verschwunden, als Engel schnaufend vor dem Rezeptionstresen zum Stehen kam und seinen kleinen ledernen Koffer, den er stets lieber selbst trug, neben sich auf den Boden stellte.

»Es ist schön, Sie wiederzusehen, Herr Engel.« Überschwänglich und laut wurde er von Tatjana begrüßt. Wie die meisten Menschen, die ihn kannten, glaubte auch sie, er könne schlecht hören. Er ließ die Leute in dem Glauben.

»Schon wieder ganz allein? Wie geht es Ihrer Frau?«

»Gut, danke.«

»Sie war lang nicht mehr bei uns.«

»Nein. Sie konnte leider auch dieses Mal nicht mitkommen. Dabei liebt sie diese Jahreszeit an der Nordsee ganz besonders.«

»Grüßen Sie sie recht herzlich von mir. Zimmer einhunderteinundvierzig, wie immer. Unser schönstes Zimmer mit Meerblick.«

Sie legte den Schlüssel mit dem schweren goldfarbenen Anhänger, dessen Vorderseite eine Möwe mit Welle zierte und dessen Rückseite den Namen des Hotels trug, auf den Tresen und schaute ihn besorgt an. »Geht es Ihnen nicht gut?«

»Doch, doch«, wehrte er ab. Sein hochrotes Gesicht bekam langsam eine gesündere Farbe, die vom Schwitzen beschlagenen Brillengläser wurden wieder klar. Er wischte sich mit einem Stofftaschentuch über die wenigen Haare, die ihm noch geblieben waren, und den Nacken. »Nur ein wenig aus der Puste.«

»Ihre Atembeschwerden legen sich in den kommenden Tagen, das verspreche ich Ihnen. Bei unserem herrlichen Hochseeklima geht es Ihnen ruck, zuck wieder besser«, prophezeite Tatjana.

»Ich weiß, Kindchen, ich weiß. Deswegen komme ich ja jedes Jahr vier Wochen zu Ihnen.«

»Und in diesem Jahr gleich zwei Mal!«

»Nur wegen der Gesundheit, meine Liebe. Ich fürchte, ich brauche noch mehr von der guten Seeluft, ehe der kalte Winter kommt.«

»Das verstehe ich.« Ihre Besorgnis um ihn konnte man ihr ansehen. »Was halten Sie davon, wenn ich Sie nach oben begleite? Ich gebe nur schnell meiner Kollegin Bescheid, dass ich einen Moment fort bin.« Mit diesen Worten verschwand sie im Büro, gleich hinter der Rezeption. Alle im Glauben zu lassen, man sei schwerhörig, hatte auch seine Nachteile. Der Lauscher an der Wand hört seine eigene Schand, fiel ihm ein, als er sie »Putin ist da« sagen hörte.

»Wer ist da?«, fragte jemand, dessen Stimme ihm unbekannt war. Vermutlich eine neue Mitarbeiterin. Die Stimmen des Stammpersonals konnte er jedem zuordnen, auch wenn er die Gesichter nicht sah.

»Unser Herr Engel.«

»Ah, der Putin.«

»Genau. Ich begleite ihn auf sein Zimmer. Bin gleich zurück.«

Ein junges Mädchen folgte Tatjana hinter den Rezeptionstresen, um deren Platz einzunehmen. Sie starrte Engel an und wirkte, als gefiele ihr, was sie sah. Vermutlich entsprach er den Geschichten, die im Hause über ihn erzählt wurden.

»Putin« oder auch »Engel Putin« wurde er liebevoll von der Belegschaft des Nordsee-Hotels genannt. Er wusste um seinen Spitznamen und hasste ihn. Dennoch tat er, als wüsste er von nichts. Er würde vieles darum geben, den Ursprung zu vergessen, was ihm nie gelang.

Ungern dachte er daran, wie es zu dieser Namensgebung gekommen war, auch wenn er sich im Nachhinein gern einredete, dass er diesen Umstand im Unterbewusstsein selbst herbeigeführt hatte, um nach und nach seine Tarnung aufzubauen. Es muss im vorletzten Sommer gewesen sein, dachte er, oder war es schon drei Jahre her?

Wie von der Tarantel gestochen war er durch die Hotelflure gerannt und hatte »Die Russen kommen, die Russen kommen!« geschrien. Lauthals die Bedrohung verkündend, hatte er Fokke Schmidt, den Hoteldirektor, rebellisch gemacht und die Polizei auf den Plan gerufen.

Was war geschehen?

Vom Fenster seines Zimmers hatte er mit einem Fernglas auf das Meer hinausgeblickt. Dieses Spezialfernglas, das beste, was die Firma Zeiss zu bieten hatte, war das Erste, was er bei der Ankunft aus dem Koffer auspackte, und das Letzte, was vor der Abreise wieder eingepackt wurde. Mit diesem besonderen Glas hatte er an jenem verhängnisvollen Morgen das Meer abgesucht und eine besondere Entdeckung gemacht. Vor seinen Augen, praktisch zum Greifen nah, sah er etwas Großes, Schwarzes im Meer treiben. Zuerst dachte er an einen Wal, der sich an die Küste verirrt hatte, doch dann war ein U-Boot den Wellen entstiegen. Er konnte jedes Detail erkennen. Die schlanke Form, die Aufbauten mit den drei Rohren, eines davon mit Radar. Sein Auftauchen vor dem Borkumer Nordstrand hatte ihm einen Schrecken versetzt. Wie von Furien gehetzt, »Die Russen kommen« schreiend, war er in jenem Sommer durchs Hotel gelaufen, damals der festen Meinung, die Sowjets griffen an.

Später hatte er sich herausgeredet, indem er behauptete, sein Vater wäre U-Boot-Fahrer gewesen, er selbst habe als Kind den Zweiten Weltkrieg miterlebt, was stimmte, und später als junger Erwachsener beruflich mit dem Kalten Krieg und dem Eisernen Vorhang zu tun gehabt, eine Lüge, ehe er Finanzbeamter wurde.

Was war wirklich geschehen? Die Erklärung war einfach. Die »U 18«, ein neunundvierzig Meter langes deutsches U-Boot der Klasse 206 A, gebaut 1971 in Emden, war auf dem Weg zu Instandsetzungsarbeiten zu den Nordseewerken in Emden. Engel hatte ein richtiges U-Boot gesehen, jedoch kein feindliches. Im Nachhinein konnte er zufrieden sein. Seither zeigten alle mehr Nachsicht mit ihm, als normale alte, freundliche Herren genießen konnten, und ließen ihm mehr Freiheiten. Schlicht ausgedrückt, man ließ ihm einiges durchgehen. Doch er beabsichtigte nicht, mit diesem Pfund zu wuchern, schließlich wollte er nicht als kompletter Trottel dastehen. Falls sich Situationen ergaben, in denen er sich Dinge erlauben musste, die unter die Rubrik »unverschämt« fielen, würde er es richtig einsetzen. Und noch einen kleinen Nebeneffekt hatte die Russengeschichte. Er war als Hobbydetektiv stillschweigend anerkannt. Wurden seine Schnüffeleien bisher belächelt, hatte er mittlerweile das Gefühl, die Leute erwarteten von ihm, neugierig zu sein.

Dennoch, so etwas Entwürdigendes wie die U-Boot-Sache wollte er kein zweites Mal erleben. Seither war er vorsichtiger, wenn ihm Unerlaubtes oder Strafbares auffiel. Keine voreiligen Schlüsse mehr. Bevor er in Zukunft den Mund auftat, musste alles genau untersucht werden, und es mussten handfeste Beweise vorliegen.

Aus diesem Grund war er ein zweites Mal in diesem Jahr hier. Nur kurz bedauerte er, Tatjana deswegen angelogen zu haben, sie war so eine nette junge Frau. Er holte tief Luft und merkte, wie sein Atem sich beruhigte. Er musste auf seine Gesundheit achten, er würde alle Kraft brauchen, denn es wartete ein großes Abenteuer auf ihn: die Entdeckung einer Leiche und die Ergreifung eines Mörders.

Schaudernd, als wäre es erst gestern gewesen, sah er das Bild vor sich, wie der leblose Körper über der Schulter des Mannes hing. Ein Bild, das seither seinen Geist ununterbrochen beschäftigte und beflügelte. Unablässige Gedanken, die ihn nicht mehr losließen seit dem Tag seiner überstürzten Abreise im vergangenen Mai.

Er führte sich noch einmal vor Augen, was genau geschehen war.

Damals hatte er am Hotelfenster gestanden, um einen letzten Blick auf den Strand zu werfen, als er sah, wie eine männliche Gestalt auf das Hotel zuging. Mittlerweile hatte er Wochen Zeit gehabt, darüber nachzudenken, und er war zu dem Schluss gekommen, dass er den Mann kannte. Es war der Koch des Nordsee-Hotels, Alexander Bremer, und die Last, die er schleppte, schätzte Engel auf etwa fünfzig Kilo. Sie war in ein dunkles Tuch gewickelt, doch ihm machte man nichts vor. Er wusste sofort, was es war. Diese Beobachtung ging er immer wieder in Gedanken durch, und seine Vermutungen verdichteten sich mehr und mehr zu einem schweren Verdacht, den er bereits im Mai spontan ausgesprochen hatte. Der Mann schleppte eine Leiche.

Nachdem er wenige Tage später telefonisch, er hatte einfach im Hotel angerufen, vom Verschwinden der Ehefrau Bremers erfuhr, war alles klar. Nur er allein ahnte, nein, er wusste, dass Susi Bremer nicht einfach nur verschwunden war. Die Aufregung, als Einziger – bis auf den Mörder – dieses Wissen zu haben, bereitete ihm von nun an schlaflose Nächte. Ein paarmal träumte er sogar davon, vom Koch verfolgt zu werden, der ein langes Messer schwang, während ihm gleichzeitig dessen Ehefrau zurief, er solle ihren Tod aufklären. Diese Träume mussten endlich ein Ende haben. Er sehnte sich nach ungestörter Nachtruhe. So hatte er zwei Gründe, den Fall zu lösen. Erstens ein ruhiges Ruhekissen und zweitens die Wiederherstellung seines guten Rufes. Es war eine Gratwanderung, das leuchtete ihm ein, und die Vorstellung, nach erfolgreichem Abschluss auf die Vorteile des schwerhörigen, liebenswerten Greises verzichten zu müssen, tat doch ein bisschen weh. Allein die Hilfsbereitschaft der jungen Damen genoss er sehr. Serviererinnen, Zimmermädchen oder Empfangsdamen, alle halfen ihm, wo sie nur konnten – das würde er sicher vermissen.

Tatjana kam um den Rezeptionstresen herum und schenkte ihm ein Lächeln. Er kramte ein Taschentuch aus der Hose und hustete hinein. Seine Atemwegserkrankung gezielt einzusetzen, war ihm in Fleisch und Blut übergegangen.

Er schnaufte ins Tuch, steckte es wieder weg und wandte sich zum Treppenhaus um.

»Geben Sie mir Ihren Gehstock«, sagte Tatjana, die ihn um Haupteslänge überragte. Ihr Blick fiel auf sein Köfferchen, von dem sie wusste, dass er es nicht aus der Hand gab. »Sie können sich auf mich stützen.«

Seine Knie knackten verdächtig, als er seinen ledernen Detektivkoffer hochhob. Sie hakte sich bei ihm unter, um ihn auf sein Zimmer zu begleiten. Sein Oberkörper bog sich ihr leicht entgegen. Sie roch so angenehm. Er schloss für eine Sekunde die Augen, um zu genießen. In dem Moment kam ein dicker Mann, um einiges größer und jünger als er selbst, an ihm vorbei.

Es machte leise »piep«, und Engel schlug angenehm überrascht die Augen auf. Diesen Ton kannte er. Er legte den Kopf schief, als würde er dadurch besser hören können. Erneut erklang ein »Piep«. Wer hatte den Ton ausgelöst? Tatjana doch wohl nicht? Sein Blick ging hinunter zu seinem Detektivkoffer, den er fest umklammert hielt. Eindeutig, das Piepen kam aus seinem Lederkoffer. Es war das Alarmsignal seines betagten elektronischen Gerätes, das dem Aufspüren von Abhöranlagen diente. »Wanzenfindegerät« nannte er es, und den Impuls konnte nur der Unbekannte im Vorbeigehen ausgelöst haben.

Engel war begeistert. Jemand, der ein Abhörgerät bei sich trug, war immer interessant. So jemand hatte entweder nichts Gutes im Sinn oder …?

Sein Herz klopfte vor Freude. Kaum war er angereist, schon ging es los. Konkurrenz – die hatte er nicht erwartet. Er war nicht allein auf der Suche nach einem Mörder.

Geheime Überwachung im Nordsee-Hotel. Das konnte nur eines bedeuten, schloss er blitzschnell. Der große dicke Mann war ein verdeckter Ermittler. Von der Kriminalpolizei oder dem Bundeskriminalamt. Vermutlich die Kripo, die im Fall der verschwundenen Susi Bremer im Stillen ermittelte.

Engel war zufrieden. Konkurrenz belebt das Geschäft, er würde die Herausforderung annehmen, zumal er im Vorteil war. Nur er hatte Bremer gesehen, ihn praktisch in flagranti erwischt. Dieser Gedanke beruhigte ihn genauso wie die Tatsache, dass Susi Bremers Leiche bis heute nicht gefunden worden war. Und nun hörte die Kripo, das BKA oder wer auch immer still und heimlich mit ihrer Wanze vermutlich die Belegschaft des Hotels, einschließlich des Kochs, ab. Engel beabsichtigte, es auch so zu machen, und musste ihnen zuvorkommen.

Tatjana hatte ihn zum Lift geleitet und wollte eben auf den Knopf drücken.

»Nicht den Fahrstuhl. Wir nehmen die Treppe.«

»Sie und Ihre Abscheu gegen Aufzüge«, lachte sie und führte ihn zum Fuß der Treppe.

»Einen kleinen Moment bitte, Kindchen.« Er stellte den Koffer ab und tätschelte Tatjanas Hand, die seinen Ellenbogen umschloss.

»Wer ist der Mann?«, fragte er so beiläufig wie möglich, hakte sich erneut bei ihr unter und nahm den Gehstock, den sie für ihn gehalten hatte.

»Wer?«

Er deutete mit dem Stock auf den Mann. Sie beugte sich zu Engel hinunter und flüsterte ihm ins Ohr: »Hermann Faust heißt er.«

»Welches Zimmer?«

»Herr Engel, Herr Engel! Keine Detektivgeschichten mehr. Sie sollen sich erholen.« Lachend drohte ihr Zeigefinger. Er winkte ab.

»Ach, lassen Sie mir doch die Freude.«

»Sie regen sich nur wieder auf. Denken Sie an Ihre Gesundheit.«

»Ich danke für Ihre Fürsorge.«

»Versprechen Sie es?«

»Ich verspreche, an meine Gesundheit zu denken.«

Tatjana lächelte so, als habe sie sehr wohl verstanden, dass er nicht versprochen hatte, seine Detektivarbeit aufzugeben. Sie schüttelte nachsichtig den Kopf, als er mit langem Hals dem die Treppe hochlaufenden Hermann Faust nachsah.

Er wurde ungeduldig und wollte sofort erfahren, welches Zimmer der Mann bewohnte.

»Da kommt ja auch schon der Fahrstuhl.« Genau im richtigen Moment meldete ein Ton die Ankunft des Lifts, die Tür glitt auf. Engel griff nach seinem Koffer.

»Sie wollen doch den Lift nehmen?«

»Ja. Danke für Ihre Hilfe, Kindchen. Gehen Sie an Ihre Arbeit zurück, ich komme allein zurecht.«

Nur kurz bereute er seine kurzfristige Entscheidung und betrat mutig die Kabine, sicher, seine Angst vor engen Räumen die kommenden Sekunden auszuhalten. Mit dem Ende des Stockes drückte er den ersten Knopf. Selbst wenn Tatjana es ihm nicht verraten wollte, würde er schon herausbekommen, in welchem Zimmer der Mann wohnte. Der Lift hob sich, Engel stand breitbeinig schwankend und starrte auf die abwechselnd blinkenden Lichter unter den Knöpfen. Erste Etage, die Tür ging ruckelnd auf. Er hielt den Stock hoch, aus Furcht, die Elektronik würde sonst die Tür wieder schließen, beugte sich vor und schaute hinaus. Niemand zu sehen, doch er hörte Schritte im Treppenhaus. Auf dem Weg bis ganz nach oben ließ er den Fahrstuhl in jedem Stockwerk halten, schaute zur Tür hinaus, doch Faust war verschwunden. Dennoch war Engel zufrieden. Keine zehn Minuten im Hotel und bereits ein Erfolg.

Aber langsam, langsam, er reiste ja eben erst an.

Auf dem Flur kurz vor seinem Zimmer kam ihm Sarah, eines der Zimmermädchen, mit einem Reinigungswagen entgegen. Er bat um ein zusätzliches Badetuch.

»Herr Engel, schön, dass Sie wieder da sind.«

»Danke, Kindchen. Können Sie mir noch einen Gefallen tun?«

»Sicher.«

»Herr Faust, welche Zimmernummer hat er?«

Sie sagte es ihm. Bestens gelaunt betrat er sein Zimmer, nahm sein Fernglas aus seinem Koffer, den der Gepäckträger vor das Bett gestellt hatte, und trat ans Fenster. Erst mal das Meer, den Horizont und den Strand anschauen, mal sehen, was da los ist, und anschließend eine Runde durch das Hotel machen.

Wenn alles so einfach weitergeht, ist der Fall in wenigen Tagen abgeschlossen.

***

So optimistisch wie Engel war Alexander Bremer nicht. Etwa zur selben Zeit öffnete er die alte Gefriertruhe, die versteckt in den abgelegenen Kellergewölben hinter dem Küchentrakt des Nordsee-Hotels stand. Kaum jemand vom Personal wusste, dass sie überhaupt noch in Betrieb war. Er hatte den schweren Truhendeckel nur wenige Zentimeter angehoben und hielt einige Sekunden inne. Beklemmungen ergriffen ihn, sein Herz klopfte heftig. Was um alles in der Welt, fragte er sich, hatte ihn im Mai dazu getrieben, eine dermaßen unüberlegte Tat zu begehen. Aus einem Impuls heraus oder im Affekt, sagte man im Volksmund wohl dazu. Keine Entschuldigung, das wusste er. Auch wenn es schon einige Wochen her war, die Augenblicke des schlechten Gewissens waren immer noch nicht vorbei. Ein Schauer durchlief ihn. Wenn man ihn jetzt überraschte, konnte keine Ausrede ihm helfen. Zuunterst in der Truhe lag der gefrorene Körper, quasi unter einem doppelten Boden, den er mit Hilfe einer silberfarbenen isolierten Campingmatte gebastelt hatte. Keine Lösung auf Dauer. Es war eine Frage der Zeit, wann die Truhe und deren Inhalt entdeckt wurden.

»Meine süße Susi«, flüsterte er. »Du hast geahnt, dass ich es eines Tages machen werde.« Er öffnete den Deckel ein Stück weiter. An das unheimlich beklemmende Gefühl und die Gewissensbisse konnte er sich nicht gewöhnen. Ein kurzer Blick unter den Doppelboden verriet ihm, dass alles unverändert war. »Idiot«, schalt er sich selbst. Wäre sein Geheimnis entdeckt worden, wäre es wie ein Lauffeuer durch das Hotel und über die Insel gegangen. Er schloss den Deckel, löschte das Kellerlicht und verließ den Raum.

***

Von solch quälenden Gewissensbissen blieb Hubert Engel verschont. Er empfand genau das Gegenteil. Vom Erfolg des Tages, heute schon einiges entdeckt zu haben, beflügelt, beschloss er, sofort zu erledigen, was im Handbuch für angehende Detektive gleich am Anfang stand. Nämlich den Mann, den er des Mordes verdächtigte, zu observieren. Nachdem der Rest des Tages angenehm und ohne jedes besondere Vorkommnis verlaufen war, wartete er gut verborgen hinter den Glascontainern draußen auf dem Hof hinter dem Nordsee-Hotel. Alle Hotelangestellten nutzten den Lieferanteneingang, wenn sie das Haus verließen.

Als die Zeit verging und Bremer, der angeblich seit zwanzig Minuten freihatte, immer noch nicht auftauchte, überfiel ihn ein ganzes Spektrum an verschiedenen Gefühlen. Ärger darüber, dass er zu spät zum Abendessen kam, denn heute gab es gebratene Seezunge an Hummersoße, Kroketten oder Salzkartoffeln und gedünstetes Buttergemüse – herrlich.

Erleichterung darüber, wenn Bremer nicht gleich kam, endlich aus der unangenehmen gebückten Stellung herauszukommen, die seinen alten Gelenken gar nicht guttat, und Zorn auf sich selbst, dass er sich erniedrigen musste, hinter Glascontainern zu hocken und zu beobachten. Es stank entsetzlich nach abgestandenem Bier und ranzigen Lebensmitteln, deren Reste im Glas verschimmelten.

Er verschwendete Zeit, die er dringend zum Füllen seines Magens oder für einen Spaziergang am Meer brauchte. Er hustete. Sein Bronchialasthma machte sich wieder bemerkbar.

Ermittlerarbeit ist eben kein Kindergeburtstag, sagte er sich. Sicher, er hätte im Telefonbuch nachsehen oder das Zimmermädchen fragen können, wo Alexander Bremer wohnte, doch verdarb das den ganzen Spaß am Detektivspiel. Zu jedem Fall gehörte eine ordentliche Verfolgungsjagd, und da es auf der Insel keine Autobahnen und großen Straßenzüge gab, auf denen man in rasenden Autos mit gewagten Überholmanövern jemand verfolgen konnte, was ohnehin nicht nach seinem Geschmack war, musste er sich mit der kleinsten Version zufriedengeben: der Verfolgung zu Fuß. Hoffentlich kam Bremer auch aus dem Lieferanteneingang heraus, nicht dass der Verdächtige seine Arbeitsstätte durch den Haupteingang verließ. Nein, überall gab es Personaleingänge, die benutzt werden mussten. So auch hier. Nur gut, dass es Sommer war. In kalten Wintermonaten konnte es hier so nahe am Meer ganz schön zugig werden. Kälte tat seinem Asthma und seinen alten Knochen gar nicht gut.

Sein Instinkt, der ihm all die Jahre treue Dienste geleistet hatte, warnte ihn davor, jetzt aufzugeben. Keine zwei Sekunden später öffnete sich die blaue Holztür, und Alexander Bremer trat hinaus auf den Hof. Meinte Engel das nur, oder schaute der Mann sich sichernd um? Er duckte sich tiefer hinter den Containern, bis seine Knie unangenehm knackten.

Bremer kramte in seinen Hosentaschen, machte kehrt und verschwand wieder in der Tür.

Hatte er ihn bemerkt? Nein, beschloss Engel und wartete weiter. Eine Minute später öffnete sich erneut die Tür. Bremer hatte etwas in der rechten Hand, mit dem seine Finger spielten. Einen Schlüssel. Er ging zu den Fahrradständern, beugte sich vor und fummelte kurz am Schloss des Rades herum. Mit einem heftigen Ruck schob er es rückwärts, schwang sich auf den Sattel und fuhr davon. In kurzer Zeit war er aus Engels Blickfeld verschwunden.

So viel zur Personenverfolgung, dachte er ärgerlich. Musste er doch einen Blick in das örtliche Telefonbuch werfen, um die Adresse von Bremer zu erfahren. Wie langweilig!

Eine gute Stunde später stand er wieder wartend, jedoch

zufrieden gestimmt durch ein köstliches Essen, vor Bremers Haus. Es gab kein Hindernis in der Straße, hinter dem er sich verstecken konnte, was sowieso nicht in Betracht kam, da irgendjemand ihn hätte sehen können. Eine Parkbank wäre schön gewesen, doch die gab es ebenfalls nicht.

Die Inselstraße war mit roten Steinen ausgepflastert und so schmal, dass zwei Autos knapp aneinander vorbei kamen. Das mochte daran liegen, dass die anliegenden Häuser alle mehr als achtzig bis einhundert Jahre auf dem Buckel hatten und bis in die sechziger Jahre des 20. Jahrhunderts kaum Autos auf der Insel gefahren waren.

Er ging mehrere Male die Straße auf und ab, bis eine Anwohnerin auf ihn aufmerksam wurde.

Sie stand in ihrem Garten am Ende der Straße. Das Besondere auf ihrem Grundstück war ein Hinweisschild mit der Aufschrift »Kurverwaltung«, das nur zur Irreführung der Touristen diente. Denn schon lang gab es in angegebener Richtung kein Gebäude der Behörde mehr, die sich um die Belange der Touristen kümmerte.

»Kann ich Ihnen helfen?«

Engel deutete auf das Schild. »Ist das richtig?«

Die Frau klärte ihn über das auf, was er bereits wusste, und erklärte in einem Tonfall, der keinen Widerspruch zuließ, es fiele ihr nicht einmal im Traum ein, dieses Schild zu entfernen. Im Gegenteil. Sie liebte dieses alte verwitterte Holzschild, dessen Farbe abbröckelte und das den Meeresgott Neptun mit Dreizack, reitend auf einer Seeschlange, zeigte. Es passte so gut zu ihrem Garten. Mag der Himmel wissen, was Neptun mit der Kurverwaltung oder diesem Garten zu tun hatte.

»Aber das wollten Sie bestimmt nicht wissen.«

»Ich suche jemand.« Etwas Sinnvolleres fiel ihm nicht ein.

»Da haben Sie Glück, ich kenne jeden, der hier in der Straße wohnt. Wer ist es denn?«

Engel hasste neugierige Menschen, neugierig war er selbst. Sollte er sagen, er habe sich vermutlich in der Straße geirrt? Nein. Über Ausreden brauchte er nicht nachzudenken, die

Frau wäre garantiert misstrauisch geworden, wenn er sie mit einem fadenscheinigen Grund abwimmelte und sich danach weiter in der Gegend herumtrieb. Er wagte die Flucht nach vorn.

»Alexander Bremer, wohnt der in diesem Haus?« Er deutete mit dem Kopf dorthin.

»Ja. Vollkommen richtig. Sie haben Glück, er ist eben erst nach Hause gekommen.«

»Eigentlich suche ich Frau Bremer.«

»Oh, das tut mir leid. Da haben Sie Pech. Frau Bremer ist vor wenigen Wochen Knall auf Fall weggezogen. An dem Tag war ich leider in Emden, Arztbesuch. Ich habe so ein Reißen in den Gliedern, wissen Sie. Daher kenne ich die Geschichte nur von anderen. Habe gehört, sie soll nur mit einem kleinen Koffer in der Hand fluchtartig abgereist sein. Hat ihn verlassen«, fügte sie in einem Tonfall bei, als wäre es auch endlich Zeit dafür gewesen. »Nicht dass ich über die Leute tratschen will, aber ich kann Ihnen allerhand erzählen!«, versprach sie.

Engel ahnte, eine gute Informationsquelle aufgetan zu haben, was ihn wesentlich freundlicher stimmte. So eine Gelegenheit sollte man immer nutzen, sagte er sich und ließ nach dem Vortrag über das Schild dem interessierten Gesichtsausdruck eine Leidensmiene folgen.

»Das würde ich gern hören, doch müsste ich mich mal setzen. Die Beine …«, seufzte er.

»Ja, ja, unsere alten Knochen! Wissen Sie was? Ich mache uns ein schönes Tässchen Tee, und wir beide plaudern ein wenig. Kommen Sie doch herein.«

Na bitte, geht doch. Ein weiterer Erfolg an diesem Tag.

***

Da war er. Vorsichtig schaute Alexander Bremer durch die Tüllgardine und ging hastig einen Schritt zurück, als der kleine Mann zu seinem Fenster blickte. Vorhin bei den Containern auf dem Hof vom Nordsee-Hotel war »Putin« ihm schon aufgefallen. Er stand hinter einem der bunten Müllbehälter und beobachtete den Lieferanteneingang für Bremers Geschmack recht auffällig. Dann, als er so tat, als suche er seinen Fahrradschlüssel, und dabei unauffällig zu dem Amateurdetektiv hinschaute, wusste er, dass Engel einen Verdacht gegen ihn hegte und nicht lockerlassen würde. Jetzt stand er auf der anderen Straßenseite und sprach mit seiner Nachbarin.

In größeren Orten sorgen Tageszeitungen, Radio und Fernsehen für die Verbreitung von Neuigkeiten. Auf einer kleinen Insel findet man immer jemand, der es sich zur Aufgabe gemacht hat, diese Funktion ehrenamtlich per Mundpropaganda zu übernehmen. Frau Nattler gehörte dazu. Egal, ob sie die Meldungen persönlich oder per Telefon hörte, sie konnte dem inneren Drang nicht widerstehen, persönliche Anmerkungen zu machen. Fehlten Details oder passten sie nach ihrem Geschmack nicht zusammen, wurden diese zurechtgerückt oder, wenn sie nicht alles richtig verstanden hatte, durch eigene Einfälle ersetzt.

Wer wusste, was sie für Geschichten über *ihn* erzählte. Normalerweise amüsierte Bremer dieser Gedanke, heute beunruhigte er ihn.

Es war erst wenige Stunden her, dass er dem Gespräch zweier Küchenkollegen gelauscht hatte.

»›Engel Putin‹ ist wieder da, und sofort spielt er Detektiv«, hatte einer lachend gebrüllt und dann die Küchendunstabzugsanlage heruntergedreht, damit sein Arbeitskollege ihn besser verstehen konnte.

»Der Hausmeister hat mir erzählt, er habe Engel in den Gewölben unter dem Schwimmbad entdeckt und ihn eine Zeit lang beobachtet. Er hörte ein Gemurmel, das ähnlich wie ›ja, genau hier würde ich eine Leiche verstecken‹ geklungen haben soll. Stell dir vor, der hat doch tatsächlich die Chlormaschine inspiziert.«

»Chlormaschine?«

»In der Bäderabteilung, im Keller. Sieht aus wie eine große orange Tonne. Jedenfalls ist er danach zum Auffangbecken gegangen. Dort wird er sie auch nicht gefunden haben.«

»Wie, was gefunden?«

»Hörst du mir richtig zu? Du merkst und siehst wieder mal nichts«, empörte sich der Küchenmitarbeiter. »Es geht das Gerücht, unser Herr Engel suche eine Leiche, die hier im Hotel versteckt sein soll.«

»Wer erzählt denn so was?«

»Das Zimmermädchen.«

»Hat Engel ihr das gesagt?«

»Weiß ich nicht. Aber der redet ja oft mit sich selbst.«

»Du spinnst.«

»Nein, wirklich.«

»Davon glaube ich kein Wort.«

»Ist ja auch egal«, brummte der andere, dem es schon fast keinen Spaß mehr zu machen schien, seine Information an diesen Kollegen verschwendet zu haben.

»Na, jedenfalls lag die Leiche nicht in der Chlormaschine, und Engel machte sich an dem Einstiegsloch zum Auffangbecken unter dem Bad zu schaffen.«

»Warum das denn?«

»Na, da passt doch haargenau ein Mensch durch das Loch, und in dem elenden Sud dort unten, dem ganzen Dreck, der aus so einem Schwimmbecken herausgefiltert wird, kann man doch herrlich eine Leiche versenken. Bei dem ganzen Salz, Chlor und was sonst noch für Chemikalien da drin sind, fällt so ein wenig Leichengestank gar nicht auf.«

»Du und deine Phantasie.«

»Nicht meine, Engels. Und da muss ich dem Mann recht geben. Müsste ich jemand irgendwo verstecken, wäre das nicht der schlechteste Platz. Na, jedenfalls, sagt der Hausmeister, hat der alte Herr eine kurze Trittleiter genommen, weil er ja so klein ist, hat die Luke zur Seite geschoben, ist hochgestiegen und hat mit einem langen Besenstiel darin herumgestochert.«

»Wo hat er denn die Leiter her?«

»Ach, mit dir kann man nicht reden«, murrte der Küchenangestellte und machte die Abluftsause wieder an.

»Mir jedenfalls gibt die Angelegenheit zu denken«, knurrte

er und hantierte, sauer über das Desinteresse seines Kollegen, ein wenig zu laut mit den großen Töpfen herum.

Auch Bremer gab der belauschte Dialog zu denken.

Er musste sich etwas einfallen lassen, und zwar schnell. Auf Dauer konnte hier nichts unentdeckt bleiben. Die Zeit arbeitete gegen ihn – und jetzt auch noch Hubert Engel.

Drei

Engel kämpfte derweil ebenfalls mit besorgniserregenden Gedanken.

Viel zu viel Zeit hatte er bei der geschwätzigen Nachbarin vergeudet. Sein Magen rumorte verdächtig. Von der großen Menge starken Tees, den die Frau ihm eingeschenkt hatte, war ihm ganz schlecht. Bestimmt würde er tagelang nicht schlafen können. Er fühlte sich, als fließe reines Koffein durch seine Adern. Hätte er vorher gewusst, dass die Dame zu jenen alten Insulanern zählte, die erst aufhörten, Tee nachzugießen, wenn man den Teelöffel in die Tasse stellte, um zu signalisieren, dass man genug hatte, hätte er das schon nach der dritten oder vierten Tasse getan. Unwissend legte er schön brav immer wieder den Teelöffel auf den Untertassenrand. Völlig falsch! Eine Aufforderung für seine Gastgeberin, noch mal nachzuschenken. Vermaledeite Sitten und Gebräuche. Als er beim besten Willen nicht mehr konnte und endlich damit rausplatzte, dass er in wenigen Minuten bersten würde, reagierte sie beleidigt.

Verstehe einer diese Insulaner!

Jedenfalls, das Ergebnis seiner Teezeremonie war mager. Gerüchte besagten, dass Bremers Frau im Mai dieses Jahres die Insel und ihren Mann verlassen habe. Die gastliche Teetrinkerin hatte zwar Susis Auszug nicht mit eigenen Augen beobachten können, was sie bis heute bedauerte, doch versicherte sie Engel mehrmals, dass es so gewesen sein musste. Eine Freundin der Cousine ihrer Nachbarin linker Hand – leider keine gute Beobachterin, wie seine Gastgeberin zugeben musste – behauptete, es gesehen zu haben.

»Nur mit einem einzigen Koffer soll sie ins neue Leben gegangen sein, die Ärmste!« Ein Satz, den sie gern wiederholte. »Stellen Sie sich vor, mit nur einem Koffer ins neue Leben!«

»Ins neue Leben«, sagte dann auch er mit einem süffisanten Lächeln, dessen Bedeutung die Insulanerin nicht erreichte.

Ermüdend oft betonte sie, die Bremer-Ehe wäre ihrer Meinung nach nicht besonders glücklich gewesen. Sie hätte sich sowieso schon lang gewundert, dass die Frau nicht längst das Weite gesucht hatte.

Hinterher wissen die Leute immer alles besser. Er verkniff sich diesen Kommentar. Alles nur Mutmaßungen und Schlussfolgerungen, die jeder Grundlage entbehrten.

»Vielleicht sollten Sie selbst mit der Freundin der Cousine meiner Nachbarin sprechen!«

Bloß nicht, dachte Engel und verabschiedete sich.

***

»Phase eins«, redete Engel mit sich selbst in der kommenden Nacht vom Koffein beflügelt, während er durch den schummrigen Hotelflur schlich, den bequemen Fahrstuhl mied und stattdessen die Treppenstufen nach unten nahm. Sein Weg führte vorbei an übergroßen schwarz-weißen Kohlezeichnungen, die den berühmt-berüchtigten Piraten Klaus Störtebeker mit runder Filzkappe und seinen Kumpel Farge Wichmann mit Dreispitz und Augenklappe sowie die hübsche Piratenbraut Okka ten Brook zeigten. Einen Augenblick fühlte er sich im Stillen mit ihnen verbunden. Um seine faltigen Lippen legte sich ein zufriedener Zug.

Die Taschenlampe in seiner Hand war überflüssig, das wusste er. Er trug sie nur der Wirkung wegen. Die Wirkung war alles. Er sah kläglich und mitleiderweckend aus. Mitleid, so wusste er, war zu gegebener Zeit wichtig. Er hatte sich dazu entschieden, auch wenn es ihm schwerfiel, wie ein erbarmungswürdiger Narr auszusehen, wo er doch am Ende der Schlacht Respekt erwartete.

Mitleid oder auch Lächerlichkeit ließ vieles durchgehen. Eine Erfahrung, die ihn die letzten zwanzig Jahre vor seiner Pensionierung seine Arbeit im Finanzamt gelehrt hatten. Mit seiner gutmütigen und hilfsbereiten Art war er des Öfteren auf einen sich beklagenden und jammernden Steuerpflichtigen hereingefallen. Das waren hilfreiche Erfahrungen, die er sich heute zunutze machte.

Er hätte sich gern in diesem Moment in einem Spiegel bewundert, seine Verkleidung musste umwerfend wirken. Leider gab es hier im Treppenhaus keinen, und der in seinem Badezimmer war zu klein gewesen. Also wedelte er kurz mit den Armen. Nach dem Schatten an der Wand zu urteilen, stimmte alles bis ins letzte Detail. Im wallenden karierten Umhang mit englischem Hut, britischen Knickerbockern sowie der passenden tabaklosen Pfeife, die aus der Brusttasche herausragte, stapfte er die Stufen hinunter.

In dieser albernen Verkleidung war er dem Opfer auf der Spur. Sein Herz schlug ein wenig schneller bei dem Gedanken, ihm womöglich im Küchentrakt oder in den anschließenden Kellergewölben begegnen zu können. Ein ideales Versteck, um eine Leiche zwischenzulagern, ehe er sie so entsorgen konnte, dass sie niemals mehr gefunden wurde. Davon ging Engel aus, denn seit Mai bis heute war auf Borkum auch des Nachts damit zu rechnen, unterwegs auf jemand zu treffen. Nicht einmal in den vom Ort am weitesten entfernten Dünen war man sicher, allein unterwegs zu sein. Schon manch einer hat im Dunkeln nicht nur Kaninchen oder Rehe aufgescheucht, während er in Begleitung auf der Suche nach einem stillen Plätzchen war.

Engel rechnete damit, dass Bremer die Leiche in den einsamen Monaten im Winter endgültig entsorgen würde. Kurz kamen ihm Zweifel, ob seine Kostümierung ihn schützen würde, sollte er ihm dort unten begegnen. Bremer würde sich in die Enge gedrängt fühlen. Damit musste Engel rechnen. Er schalt sich einen Narren, nicht für eine Waffe zur Verteidigung gesorgt zu haben. Mit einem Mörder war nicht zu spaßen. Wer einmal getötet hatte, war zu einer weiteren Tat ohne Weiteres imstande, das wusste schließlich jeder.

»Bange machen gilt nicht«, ermutigte er sich und vertraute seiner einzigen Waffe, der Tatsache, dass man einen senilen, lächerlich verkleideten Möchtegerndetektiv niemals ernst nahm. Seine Besorgnis verflog.

So geschützt stand »Sherlock Holmes« am Ende der Treppe und lauschte. Die Glühbirne in der Taschenlampe flackerte verdächtig, er knipste sie aus und lugte um die Ecke. Im nächtlichen Foyer war es still. Von der Nachtschicht an der Rezeption war weit und breit nichts zu sehen.

Wie ein Gespenst eilte er durch die gläserne Restauranttür und schlängelte sich behände durch die Tische in Richtung Küche. Hier ging es noch einmal hinab. Eben als er die oberste Stufe der Küchentreppe erreichte, gingen alle Lichter aus.

Steif blieb er stehen und lauschte. Er meinte, leise Schritte auf dem Teppichboden des Restaurants zu hören, dann herrschte Stille, doch das Gefühl, nicht allein zu sein, blieb. Wenn er jetzt die Taschenlampe anmachte und die gefliesten Stufen zur Küche hinabging, wäre er zu hören und zu sehen. Er hielt den Atem an, sein Herz pochte heftig, zu heftig für sein Alter. Er bekam kaum noch Luft. Seine schweißnassen Finger hielten rechter Hand die Taschenlampe, links umklammerten sie sein Abhörgerät. Die Installation der Wanze in der Küche und die Durchsuchung der angrenzenden Kellerräume hatte er sich doch ein wenig einfacher vorgestellt.

Vom Saaleingang her hörte er Geräusche, die Tür wurde geschlossen. Aber am entgegengesetzten Ende des Saales musste noch jemand sein, von dort erklang ein leises, verhaltenes Kichern.

In dem Augenblick meinte Engel, sein Herz würde stehen bleiben.

Dann kam die Erleichterung.

»Sind Sie es, Frau Schmidt?«, hörte er die ihm vertraute Stimme des Nachtportiers Kurt laut durch den Saal rufen. »Ich bin hier in der hintersten Ecke am letzten Fenster und decke die Tische für das Frühstück morgen früh.«

Keine Antwort.

»Frau Schmidt? Frau Schmihidt!«, klang Kurts Stimme. »Wenn Sie jetzt nicht das Licht wieder anmachen, lasse ich die Teller fallen.«

Stille – nicht nur Engel lauschte.

»Frau Schmidt? Bitte, ich bin es, der Kurt. Machen Sie das Licht an – ich sehe nichts.«

Weitere Stille.

»Frau Schmidt, Sie haben das Licht ausgemacht. Frau Schmidt, die Teller waren teuer.«

Die Lichter flammten auf. Die Restauranttür öffnete sich. Eine zerbrechlich wirkende alte Dame in schwarzem Rock, schneeweißem Hemd und hohen Hackenschuhen stand in der Tür. Sogar bei ihren nächtlichen Kontrollgängen war sie korrekt gekleidet.

»Kurt, bist du das?« Ihre Stimme klang kräftiger, als ihr zarter Körperbau vermuten ließ.

»Ja, Frau Schmidt. Ich bin es. Sie brauchen keine Angst zu haben, es sind keine Einbrecher im Haus. Wirklich nicht! Sie können jetzt wieder ins Bett gehen.«

Engel holte erleichtert Luft und schlich die Stufen zur Küche hinunter. Wie konnte er sie nur vergessen! Die Großtante des Hotelbesitzers, die in diesem Haus eine kleine Wohnung besaß, hatte ein wachsames Auge. Gern kontrollierte sie, ob im Haus alles nach ihren Vorstellungen lief. Aus Sparsamkeitsgründen machte sie überall hinter sich die Lichter aus – eine generationsbedingte Angewohnheit, die aus schlechten Zeiten übrig geblieben war. Mehrmals in jeder Saison ließ sie Gäste und Hotelmitarbeiter im Dunkeln stehen.

Engel war in der Küche angekommen und knipste statt der Deckenbeleuchtung – Kurt könnte den Lichtschein oben sehen – seine Taschenlampe an. Der Lichtkegel wanderte über die silbern schimmernden Arbeitsflächen, die Vorrats- und Hängeschränke, über Wände, die Decke und den Fußboden. Er fand ein Plätzchen, von dem er hoffte, dass die Reinigungskraft dort nicht jeden Tag putzen würde, und befestigte seine Wanze. Für weitere Untersuchungen fehlte ihm heute Nacht der Mut.

Ungesehen konnte er in sein Zimmer zurückgelangen.

***

Sparen war nicht jedermanns Sache. Hermann Faust freute sich darauf, es in Zukunft nie wieder tun zu müssen. Es wurde Zeit, ein Vermögen zu verdienen, um mit dem Ausgeben anfangen zu können. Nach Abschluss dieses Coups würde er nie mehr knauserig sein müssen. Motiviert durch diese Vorstellung stand er pfeifend im Badezimmer seines Hotelzimmers und schaute in den Spiegel, der die Morgensonne reflektierte. Faust war dick, hatte kurze Beine, einen langen Oberkörper, kräftige Schultern, Arme wie ein Ringer und kleine blaue Augen. Er war ein auffälliger Mann und wollte sich verkleiden, um nicht von Gabriela Blume und Felix Bunzel wiedererkannt zu werden. Beide hatten, natürlich nicht zur selben Zeit, schon vor seinem winzigen Schreibtisch im Großraumbüro gesessen und sich aus einem Katalog ihren zukünftigen Ehepartner ausgesucht. Faust hatte sich nicht sonderlich anstrengen müssen, um die beiden aufeinander anzusetzen. Es reichte völlig, nebenbei einfließen zu lassen, dass er beziehungsweise sie finanziell unabhängig sei. Dieses Synonym stand für regelmäßiges Einkommen, ein Vermögen in Immobilien und volle Bankkonten. Der Gedanke, er hätte beiden sogar einen Partner mit Buckel, Mopsgesicht und Hinkefuß andrehen können, erheiterte ihn, doch bezweifelte er, dass derartig von der Natur gestrafte Menschen als Heiratsschwindler eine Chance hätten.

Dieses Problem besaßen weder Gabriela Blume noch Felix Bunzel. Beide waren ausgenommen attraktiv und gepflegt, was für ihren Beruf wichtig war. Doch sie waren auch fahrlässig, denn sonst wäre er ihnen niemals auf die Spur gekommen. Aber wer rechnete schon damit, dass in der Branche der Heiratsvermittler jemand tätig war, der öfter die Institute gewechselt hatte und sich Gesichter gut merken konnte. Nur so hatte Faust sie entdeckt und herausgefunden, womit beide ihr Geld verdienten.

Zufrieden lächelte er seinem Spiegelbild zu. Zwei Heiratsschwindler aufeinanderzuhetzen, das hatte was! Der erste Schritt seines Vorhabens war einfach gewesen. Der zweite hingegen bedeutete harte Arbeit. Er musste seine Kunden unauffällig beobachten, um genau den Zeitpunkt herauszufinden, an dem die beiden sich gegenseitig ihr Vermögen abluchsen wollten. Diese Aufgabe erforderte Fingerspitzengefühl und perfektes Timing. Alles hing davon ab, dass sie beide zum selben Zeitpunkt oder wenigstens am selben Tag ihren Schwindel abzogen.

Hervorragend, wenn es innerhalb weniger Stunden geschah. Davon ging er aus, schließlich wollten beide dem jeweils anderen, höchstwahrscheinlich durch eine Bankvollmacht, sein Vermögen abgaunern. Er musste nur den genauen Moment abpassen, um selbst den Zugriff auf ihre Konten vorzunehmen, ehe sie Gelegenheit finden konnten, ihr Geld ins Ausland zu überweisen. Gut, dass er eine Einzugsermächtigung aufgrund seiner Vermittlungsprovisionen vom Eheinstitut hatte. Er freute sich darauf, der lachende Dritte zu sein. Nur eines war schade: Ihre verdutzten Gesichter würde er nicht zu sehen bekommen.

Jetzt musste er sich beeilen, wenn er rechtzeitig zum Frühstück im Hotelrestaurant sein wollte. Zuvor galt es, sich so zu verkleiden, dass die beiden ihn nicht erkannten. Da traf es sich gut, dass seine verflossene Liebe Dagmar Maskenbildnerin am Bremer Stadttheater gewesen war und ihren Schminkkoffer sowie mehrere Kartons mit falschen Bärten und Perücken immer noch nicht aus seiner Wohnung abgeholt hatte. All diese Utensilien stapelten sich jetzt auf seinem Bett, nur die Schachtel mit den Bärten stand hinter ihm auf dem geschlossenen Klodeckel.

Er griff nach einer Tube Haargel – extra starker Halt – und drückte eine große Menge in seine Handfläche, verrieb es zwischen beiden Händen und strich dann umständlich seine dünnen Haarsträhnen nach hinten. Eklig, wie das Zeug klebte. Aufmerksam betrachtete er das Ergebnis. Mit dem angeklatschten Haar wirkte sein Kopf noch kleiner als sonst, was seine abstehenden Ohren hervorhob. Die Veränderung reichte noch nicht. Widerwillig schaute er auf die Ablage über dem Waschbecken. Sollte er sich trauen?

Der Optiker hatte etwas verwundert geschaut, als er Kontaktlinsen in der Farbe Braun haben wollte, die weder Kurz- noch Weitsichtigkeit ausglichen. Als ob ein unansehnlicher Mensch keinen Anspruch auf solche Schönheitsmittel hatte. Er wusste selbst, dass die andere Augenfarbe ihn nicht schöner machte.

Faust hatte noch nie eine Brille, geschweige denn Kontaktlinsen getragen. Doch so schwer konnte es wohl nicht sein,

Fremdkörper im Auge zu haben, dachte er, schließlich machte es ihm nichts aus, verirrte Augenwimpern ohne Schwierigkeiten mit den Fingern aus seinem Auge herauszunehmen. Seine Augäpfel waren ziemlich unempfindlich. Um sich dies selbst zu beweisen, hielt er mit der einen Hand sein rechtes Unterlid fest und tippte mit dem linken Zeigefinger ganz leicht in sein Auge. Das hätte er lieber nicht tun sollen. Als habe ihn etwas gebissen, zuckte er zurück und schrie kurz auf vor Schmerz. Er hätte wohl besser die Hände vorher gründlich waschen sollen. Das Haargel brannte höllisch.

Als sich sein Auge wieder beruhigt hatte und die Rötung einigermaßen zurückgegangen war, versuchte er es noch einmal.

Mit dem Ergebnis der Verwandlung von blauen in braune Augen war er schließlich zufrieden.

Jetzt noch einen dieser komischen Bärte à la Salvador Dalí. So etwas wollte er schon immer mal tragen. Er wühlte kurze Zeit im Kästchen, bis er den richtigen fand.

»Albern«, entschied er, »und goldrichtig.«

Die Heiratsschwindler würden ihn in dieser Aufmachung garantiert nicht wiedererkennen.

Kurze Zeit später ging er fröhlich vor sich hin pfeifend in den Frühstücksraum. Die Sonne, vom Meerwasser reflektiert, blitzte ihm in die Augen, er benötigte einen Moment, sich an die Helligkeit des Saales zu gewöhnen. Er entdeckte das Pärchen an einem Tisch am Fenster. Sie saßen sich gegenüber und hielten auf dem Tisch Händchen. Fokke Schmidt stand wartend am Saaleingang vor einem Stehpult. Der Chef des Hauses ließ es sich selten nehmen, jeden Morgen und Abend seine Gäste persönlich zu begrüßen und ihnen ihre Tischplätze zuzuweisen.

»Guten Morgen. Welche Zimmernummer, bitte? Möchten Sie allein oder in Gesellschaft frühstücken?«

»Wie?«

»Wir haben einen ›Single-Tisch‹, an den wir Alleinreisende setzen, die Gesellschaft wünschen.«

Fausts Blick folgte der deutenden Hand in Richtung Single-Tisch, und ihm schauderte. Der breite Rücken einer Dame, deren kräftige Oberarme, die im Speck versinkenden Musikknochen und das fettig wirkende Haar entsprachen nicht seinem Geschmack. Dick war er selbst.

»Nee, will ich nicht.« Er deutete zum Fenster. »Lieber wäre es mir dort. Neben dem Pärchen ist noch was frei.«

»Selbstverständlich«, sagte Fokke Schmidt. »Ich wünsche Ihnen einen guten Appetit.«

Faust schlenderte an Gabriela Blume und Felix Bunzel vorbei, vermied es, sie anzublicken, und setzte sich an den Tisch neben ihnen. Er spitzte die Ohren, in der Hoffnung, einiges von ihrer Unterhaltung mitzubekommen. Sobald er festgestellt hatte, wann die beiden für längere Zeit das Hotel verlassen würden, kam für ihn ein prekärer Teil. Er musste eine Abhörwanze in ihrem Zimmer anbringen. Wie man so etwas machte, kannte er aus Spionagefilmen. Faust hoffte inständig, dass dieses kleine Ding und das dazu passende Empfangsgerät auch wie beschrieben funktionierten. Gelegenheit, es vorher auszuprobieren, hatte er nicht gefunden.

Ein Kellner trat an seinen Tisch. »Buon giorno! Meine Name ist Antonio. Wünsche eine wunderschöne Tag. Kaffee, Tee, Kakao? Bringe ich. Säfte stehen am Büfett. Wenn Sie bitte selbst holen wollen!«

»Kaffee. Danke.« Faust drückte ungeschickt den sich lösenden Dalí-Bart an die Oberlippe. Der italienische Kellner betrachtete ihn ein wenig länger, als es schicklich war. Der Mann wirkte, als verkniff er sich ein Lächeln, und verschwand.

Wenn er nicht weiter auffallen wollte, wurde es Zeit, ans Büfett zu gehen.

***

»Der Kerl an Tische achtunddreißig hat sich eine falsche Bart«, teilte Antonio kurze Zeit später Tatjana an der Rezeption mit. »Würde mich nicht wundern, wenn er ein *mentitore* oder *bugiardo* wäre.«

»Du sollst nicht Kerl sagen«, schalt sie ihn. »Es heißt ›der

Herr‹. Und was *bugiardo* ist, möchte ich erst gar nicht wissen. Denk immer daran, der Gast könnte dich hören.«

»Kanne er nicht Italienisch.«

»Woher willst du das wissen?«

»Sieht nichte so aus. Aber ist merkwürdig, dass er eine falsche Bart trägt. Ich sag dir, bei uns in Italien …«

Tatjana machte ein Gesicht, als wolle sie nicht hören, was man in Italien aufgrund solcher Verdächtigungen tat. Es gab viele Merkwürdigkeiten auf der Welt, nicht nur unter den Gästen. Sie hatte schon Seltsames und Wunderliches in ihrem Berufsleben erlebt. Davon konnte sie Arien singen, Bücher füllen oder nächtelang Geschichten erzählen.

»Hat er sich danebenbenommen?«

Antonio schüttelte den Kopf.

»Lass es gut sein«, wies sie ihn an, nahm sich jedoch vor, den Gast im Auge zu behalten. Schon komisch, dachte sie, da hatte sie gleich mehrere Gäste, die in ihrer Magengegend ein flaues Gefühl verursachten. Sie überlegte, ob sie es Fokke sagen sollte, entschied sich aber dagegen. Er machte sich sowieso schon Sorgen wegen Hubert Engel. Der alte Herr war immer für eine Überraschung gut. Ein Mann, der überall Ungesetzliches witterte und sich für einen Detektiv hielt. In den vergangenen Jahrzehnten hatte er schon oft Mitarbeiter überwacht und Gäste ausspioniert, immer auf der Suche nach einem Verbrechen. Wer wusste, was er sich diesmal einfallen ließ. Sie scheuchte Antonio davon und griff zum Telefon, das klingelte.

»Nordsee-Hotel Borkum, Schmidt. Guten Tag. Was kann ich für Sie tun?«

***

»Was machen wir beiden Hübschen denn heute Schönes, Gabilein?«, fragte Felix Bunzel. »Auf was hast du Lust, mein Schatz?« Den Lauscher hinter sich hatte er nicht bemerkt.

»Was immer du willst, ich tu es für dich, Felix – Schatz. Du kannst dir was wünschen.«

Felix seufzte leicht und dachte an seinen Hund, den er als

kleiner Junge besessen und heiß geliebt hatte. Die Erinnerung daran verlieh seinem Gesicht einen angemessen liebevoll verklärten Ausdruck. Ein kleiner Trick, den er gern anwandte. Wie erwartet tat er auch heute seine Wirkung. Ehe er etwas sagen konnte, gurrte sie: »Am liebsten würde ich ja den ganzen Tag mit dir im Bett verbringen.« Kokett klimperte sie dabei mit ihren auffallend langen Wimpern, und er meinte, einen Hauch von Rot über ihre Wangen ziehen zu sehen.

Ins Bett? Bloß nicht. Mit fremden Frauen zu schlafen, war ihm ein Gräuel. Ein Punkt, der ihm schon immer die Freude an seinem Beruf verleidet hatte. Risiken und Nebenwirkungen, um die ihn manch einer beneidet hätte. Er konnte diesen Teil seiner Arbeit gar nicht leiden, sie bedeutete für ihn richtige Anstrengung und war die Hauptursache für seine Gewissensbisse gegenüber seiner Ehefrau. Bei Gabriela Blume allerdings, das musste er zugeben, lag die Hürde der Überwindung nicht allzu hoch.

»Wir können nicht den ganzen Tag im Bett bleiben, Liebes«, flüsterte er. »Sosehr ich mir das auch wünsche.«

»Du hast recht, dazu hätten wir nicht auf die Insel fahren brauchen.«

»Dazu haben wir ein Leben lang Gelegenheit.« Er schaute sie an und wirkte, als sei er unfähig zu lügen.

»Was hältst du davon, wenn wir eine Kutschfahrt machen?«

Alles war ihm recht, wenn er nur Gelegenheit fand, um Gabriela von ihrer gemeinsamen Zukunft zu überzeugen und die dazu erforderlichen finanziellen Transaktionen endlich zu erledigen. Er hatte das Gefühl, das die Zeit drängte.

Eine üble Vorahnung. Sein Verstand sagte klar und deutlich, alles laufe wie geplant, sein Bauch behauptete genau das Gegenteil, was nicht am angebotenen Sex lag, den er ausgeschlagen hatte. Ihm war beinahe schlecht vor Unbehagen, und er versuchte zu ergründen, woher diese Unsicherheit stammte. Vermutlich, weil dieser Coup sein letzter sein würde und ihm noch nicht klar war, was er in Zukunft als reicher Mann den ganzen Tag tun sollte. Sich in diesem Augenblick deswegen Gedanken zu machen, war der falsche Zeitpunkt. Er musste sich konzentrieren, zum Abschluss kommen. Zur Krönung seiner Karriere sein Meisterstück und eine harte Nuss. Er musste seine ganze berufliche Erfahrung einbringen und vorsichtiger als gewöhnlich sein, denn Gabriela war klüger als seine bisherigen Opfer. Hier waren die Leistungen eines Meisters seines Faches erforderlich, und so einer war er. Diese Zuversicht ließ sein Unbehagen schwinden, und er brachte ein traumhaftes Lächeln zustande.

»Eine Kutschfahrt ist genau das Richtige.«

Vier

Hubert Engel schlief unruhig und wachte in der Nacht mehrmals auf. Jedes Mal warf er einen Blick auf seinen Reisewecker. Die Erlebnisse ließen ihn schlecht schlafen, eine Begleiterscheinung bei Ermittlungen, an die er sich nie gewöhnen konnte.

Kein Wunder, er war immer noch traumatisiert vom gestrigen Abend. Erst der viele Tee bei Bremers Nachbarin, dann die Aufregung bei der Installation seiner Abhöranlage, als er im Dunkeln stand und sein Herz fast stehen geblieben wäre.

Nun war er der Erste beim Frühstück. Allein im Saal, bediente er sich am Büfett, das noch nicht vollständig aufgebaut war. Er schaufelte sich Rührei, Speck, einen Bückling und Heringssalat auf seinen Teller. Eine Kombination, die er zu Hause niemals gegessen hätte. Heute verspürte er Appetit darauf. Obst und Joghurt spülte er mit Mineralwasser herunter. Nach Kaffee stand ihm nicht der Sinn. Er fühlte sich müde und erschöpft und hoffte auf die Wirkung eines nahrhaften Frühstückes und später auf einen regenerierenden Mittagsschlaf.

Als die ersten Gäste im Speisesaal eintrafen, war er schon unterwegs. Geruhsam spazierte er, gelegentlich gestützt auf seinen Spazierstock, durch das menschenleere Inselzentrum. Die Geschäfte öffneten nicht vor zehn Uhr, und die Warenanlieferung kam auch erst, nachdem die erste Fähre vom Festland angelandet war, und die Touristen schliefen länger als daheim. Er betrachtete die Schaufenster, ohne den Inhalt wirklich zu sehen, und hoffte auf Inspiration, wie er am besten weiter vorgehen sollte. Am Ende der Fußgängerzone schaute er nach links und rechts. Nur ein einzelner Radfahrer war zu sehen. Er fuhr vorbei und grüßte mit einem knappen Moin, was Engel erwiderte. Der Mann radelte in Richtung Rathaus. Engel schlug den gleichen Kurs ein. Er ging mitten auf der Straße und schlenderte am Rathaus vorbei, ohne die Architektur des alten Hauses zu würdigen, wie er es sonst immer tat. Mitten auf der Kreuzung blieb er stehen. Ein weiterer Radfahrer klingelte wild und umrundete ihn.

»Wir haben auch Bürgersteige!«, rief der Mann. Seine Empfehlung klang freundlich. Touristen, die jede Straßenverkehrsordnung vergaßen, gab es zuhauf. Engel bog diesmal nach rechts ab, kam an den Walkinnladen vorbei, die an dieser Stelle seit über zweihundert Jahren halb in die Erde eingegraben standen und vor dem Haus der reformierten Kirchengemeinde als Zaun dienten. Normalerweise erinnerte er sich bei dem Anblick der langen Knochen an das, was er über Borkums glorreiche Vergangenheit gelesen und gehört hatte. Damals, etwa Mitte des 18. Jahrhunderts, fuhren viele Borkumer Männer als Kommandeure auf Walfangschiffen und brachten Reichtum auf die Insel.

Er ging an der Grundschule vorbei und umrundete den alten Leuchtturm, ohne zu bemerken, dass die mannshohe Ummauerung des Friedhofs rund um den Turm restauriert wurde. Wäre er nicht so in Gedanken versunken gewesen, hätte er sich, wie jedes Mal, wenn er hier war, den Grabstein von Gerrit Daniels Meyer angesehen. Ein Mann aus Borkums berühmtester Walfangfamilie. Engel liebte es, vor dessen mit einem Totenkopf verzierten Stein zu stehen und sich vorzustellen, selbst mit ins Eismeer gefahren zu sein, am liebsten als Harpunier.

Er bog am Haus »Café Aggen« nach rechts ab. Vorbei an der Rückfront des Heimatmuseums. An der Schule, die von den Borkumer Kindern ab der fünften Klasse besucht wurde, machte er kehrt und lief fast die gleiche Strecke zurück. Immer noch in Gedanken versunken, führten ihn seine Schritte automatisch in die Straße, in der Alexander Bremer wohnte. Rechtzeitig genug merkte er, wo er sich befand. Schnell bog er in die nächste Hauseinfahrt ein. Das war knapp! Bremers mitteilsame Nachbarin fuhr mit ihrem Fahrrad vorüber, ohne Engel zu bemerken. Erleichtert wagte er sich wieder auf die Straße und ging ein Stückchen weiter. Einige Sekunden blieb er vor dem Haus der redseligen Dame stehen. Lang genug, um einer anderen Insulanerin aufzufallen. »Suchen Sie jemanden?«

»Nein, nein«, wehrte er ab. Noch eine Einladung zum Teetrinken würde sein Herz nicht verkraften.

»Darf ich dann wohl eben vorbei? Sie stehen genau vor der Eingangspforte meiner Cousine.«

»Ach, dann kennen Sie sich sicherlich mit den Nachbarn hier in der Umgebung aus.« Engel überraschte sich selbst mit dieser Frage. Alte Gewohnheiten konnte man eben nicht abstellen.

»Ja, kann man so sagen.«

»Vor Jahren hatten wir irgendwo hier in der Straße eine Ferienwohnung gemietet«, log er. »Wenn ich nur wüsste, wo es gewesen ist.«

»Wie hießen die Leute denn?«

»Tja, das ist es ja gerade. Ich weiß noch, der Sohn der Familie lernte Koch. Irgendwo in einem Hotel am Strand.«

»Ach, Sie meinen die Bremers. Da sind Sie fast richtig. Die wohnen dort drüben.«

»Wie hieß der Junge noch mal?«

»Alexander. Aber er ist mittlerweile ein erwachsener Mann.«

»Ja, wie die Zeit vergeht. Und seine Eltern?«

»Die sind beide zum Festland gezogen.«

»Aha. Dann lebt er also allein?«

»Ja, der Arme.«

Engel sah, wie die Cousine der gastfreundlichen, teetrinkenden Insulanerin ein betroffenes Gesicht machte.

»Erst ziehen seine Eltern weg, und dann das mit seiner Frau. Armer Kerl.«

»Ist sie gestorben?«

»Nein, abgehauen ist sie. Aber im Vertrauen gesagt«, sie trat einen Schritt näher an ihn heran, »wenn Sie mich fragen, mit der hat es kein gutes Ende genommen.«

»Was, glauben Sie, ist mit ihr geschehen?«

»Nun, das liegt doch wohl auf der Hand!«

»Ja?«

»Ich will keine Gerüchte in die Welt setzen, aber …« Sie verstummte. Ein Handwerker im Blaumann ging mit einem Werkzeugkasten in der Hand vorbei.

»Moin«, grüßte er Engel freundlich.

»Na, Anni, protst du wer over anner Lüt?«, foppte er die Frau.

»Hest du nix tau daun?«, konterte sie auf Plattdeutsch und griff nach Engels Arm.

»Wie gesagt, das Haus der Bremers steht dort«, erklärte sie, dem Handwerker den Rücken zuwendend.

»Ist deine Cousine zu Hause?«, ließ dieser sich nicht abschütteln.

»Nein, die ist eben mit dem Fahrrad weg«, verriet sich Engel. Die beiden starrten ihn an.

»Ich muss fort!«

So schnell seine Füße ihn trugen, eilte er davon.

Die kommende Stunde verbrachte er damit, planlos herumzulaufen und sich selbst Vorwürfe zu machen. Er hatte sich verplappert, so etwas konnte schiefgehen. Das war keine Profi-Detektivarbeit. Schlecht gelaunt schlenderte er über den Bahnhof und kaufte sich in der Bismarckstraße beim Italiener ein Hörnchen Eis. Als er die Kugeln Nuss und Schokolade aufgeschleckt hatte, stand er zu seinem eigenen Erstaunen wieder vor Bremers Haus. Er schaute auf seine Armbanduhr. Der Vormittag war erst halb vorbei, die Mittagsschicht in der Küche vom Nordsee-Hotel, das wusste er genau, hatte ihre Arbeit noch nicht angetreten.

»Höre auf deinen Instinkt, lausche dem Unterbewusstsein, es hat dich hergeführt«, redete er mit sich selbst. Spontan ging er auf die Haustür zu und klingelte. Bremer öffnete, er trug bereits seine Arbeitskleidung. Seine Überraschung konnte der Mann nicht verbergen. Schweigend sahen sie sich an, bis Bremer den Augenkontakt als Erster abbrach.

»Herr Engel, was führt Sie zu mir?« Seine Stimme klang wenig einladend mit einem Hauch Aggressivität.

Tja, was wollte er eigentlich hier? Engel schaute sich nach allen Seiten um, so als wolle er sichergehen, von niemandem gesehen zu werden. Bremer ließ sich davon anstecken und tat es ihm nach. »Kommen Sie herein!«

Engel wunderte sich über die Einladung, zögerte aber keinen Moment einzutreten.

Hatte er einen Fehler gemacht? Ein Gefühl nahender Gefahr durchfuhr ihn. Nun war es zu spät, einen Rückzieher zu machen. Er folgte Bremer in den Hausflur. Ein Windzug schlug die Haustür hinter ihm ins Schloss, und Engels Blutdruck schnellte in die Höhe. Die Hand auf die linke Brust drückend, folgte er Bremer ins Wohnzimmer. Gut, dass sein Spazierstock ihn stützte.

»Nehmen Sie Platz.« Bremers ausgestreckte Hand deutete auf einen tiefen Sessel. Seine rötlich blonden Armhaare standen deutlich zu Berge, stellte Engel fest, was seine Panik noch vergrößerte. Aus dem Sessel komme ich nie wieder heraus, da wäre es ein Leichtes, mich zu überrumpeln, dachte er.

Letzte Chance, den Rückzug anzutreten, warnte seine innere Stimme. Dennoch setzte er sich. Die Erkenntnis, eine riesige Dummheit begangen zu haben, übertraf den stechenden Schmerz in seinen von Gicht geplagten Knien. Was mache ich hier, in der Höhle des Löwen, in der Gewalt eines Mörders?, fragte er sich, und sein Körper reagierte auf seine innere Aufregung. Er hechelte. Seine Lunge füllte sich immer weniger mit Luft. Ihm wurde schwindelig. Bremers Gesicht, nur wenige Zentimeter von seinem entfernt, drehte sich und verschwamm. Engels Spazierstock fiel polternd zu Boden, er griff sich mit beiden Händen an den Hemdkragen und zerrte daran. Dann wurde ihm schwarz vor Augen.

Er erwachte mit einem unangenehmen Geruch von Essig in der Nase. Leichte Ohrfeigen ließen seine Wangen glühen, sein Atem ging beschwerlich, aber besser als vor seiner Ohnmacht. Seine Augen flatterten, dann schlug er sie auf.

»Da sind Sie ja wieder. Alles okay? Sie haben mir einen Schrecken eingejagt. Soll ich einen Arzt holen?«

»Mein Asthmaspray. Dann geht es wieder besser.«

»Wo ist es?«

»In meiner Jackentasche.«

Bremer zog Engel mit einer Mühelosigkeit, als würde er ein Kind hochnehmen, halb aus dem Sessel heraus, hielt ihn mit einem Arm und durchwühlte mit der freien Hand seine

Taschen. Er hob ihn ein wenig mehr an und klopfte seine Hosentaschen vorn und am Po ab.

»Da ist nichts.«

Bremer ließ ihn los, und Engel plumpste zurück in den Sessel. Er hatte sein Spray vergessen.

»Ein Glas Wasser«, keuchte er und bereute es im selben Moment. Was, wenn Bremer ihm etwas untermischte? Ein Schlafmittel vielleicht, um ihn ersticken zu können, ohne dass er sich wehren konnte. Bei einem Asthmakranken konnte Bremer anschließend leicht behaupten, er habe nichts gegen den Schub tun können, und er würde bestimmt damit durchkommen. Ehe er zu dem Schluss kommen konnte, dass sein Gastgeber diese Gelegenheit bereits gehabt und ungenutzt gelassen hatte, wurden seine Bedenken durch das Knacken des Deckels einer neuen Wasserflasche zerstreut. Bremer kam ins Zimmer zurück und reichte ihm die kleine Plastikflasche.

»Geht es Ihnen besser?«

Er nickte.

»Ganz bestimmt? Sagen Sie die Wahrheit.«

Engel ahnte, dass er damit nicht nur auf sein körperliches Befinden anspielte. Verkniff sich sein Gegner womöglich gerade ein fieses Grinsen?

»Danke, es geht schon wieder.« Er reichte die Flasche zurück und wollte sich erheben, wurde aber von Bremer in den Sessel zurückgedrückt. »Sie bleiben erst einmal hier.«

»Aber mir geht es gut.«

»Danach sehen Sie aber nicht aus.«

»Ich möchte gehen.«

»Sie bleiben, bis …«

Jetzt hat er dich doch. »Sie haben kein Recht, mich hier festzuhalten. Ich werde die Polizei rufen.«

»Die Polizei?«

Bremer bückte sich nach dem Spazierstock, hob ihn auf, drehte ihn in seinen Fingern und betrachtete ihn, als sehe er so etwas zum ersten Mal. »Wieso?«

Die Frage klang scheinheilig. Engel verfolgte wie hypnotisiert, wie der Mann seinen Stock mit den Fingern drehte, sich erhob und den Stock einmal hin- und herschwang, dass die Luft zischte.

»Im Hotel weiß man, wo ich bin. Wenn ich nicht rechtzeitig zurückkehre, werden sie mich suchen.«

Der Stock verharrte kurz, dann fasste Bremer den Griff fester und schwang ihn erneut, als wäre er ein Schwert und er ein Käufer, der es ausprobierte. »Sie suchen? Herr Engel – aber doch nicht bei mir!«

»Tatjana weiß, wo ich bin.«

»Tatjana Schmidt?«

»Nein, Tatjana von der Rezeption.«

»Sag ich doch. Frau Schmidt junior.«

Engel musste wohl ein dämliches Gesicht gemacht haben, denn Bremer betrachtete ihn amüsiert. Die Atmosphäre zwischen ihnen hatte sich geändert.

»Wie? Das wissen Sie nicht?«, klang es spöttisch. »Sie sind mir ein feiner Detektiv.« Bremer versuchte erst gar nicht, sein zufriedenes Lächeln zu verbergen. »Tatjana und Fokke sind ein Ehepaar. Die beiden haben schon vor längerer Zeit geheiratet.«

»Das wusste ich nicht.«

»Sie wissen vieles nicht, Sie Meisterdetektiv.« Er deutete auf die Wasserflasche. »Austrinken.«

Engel folgte gehorsam und reichte die leere Flasche zurück. Im Gegenzug bekam er seinen Stock wieder.

»Apropos Detektiv! Sie schnüffeln in unseren Werkstätten herum und durchsuchen die Technikräume des Schwimmbades. Was soll das?«

»Ich, äh …« Den Küchentrakt hatte er nicht erwähnt, das war gut.

»Ja?«

»Ich glaube …«

»Und ich glaube nicht, ich weiß es, Herr Engel. Ich weiß, dass Sie mich des Mordes an meiner Frau verdächtigen, das Zimmermädchen hat es mir gesagt.« Er hob die Hand, um Engels Einwand zu blocken. »Aber ich sage Ihnen, das ist völliger Blödsinn. Meine Frau ist verreist, da können Sie die Nachbarn fragen. Ach ja, ich vergaß, Sie haben ja schon alle gefragt. Ich kann Ihnen versichern, meiner Frau geht es blendend.« Er hielt ihm eine Hand hin. »Soll ich Ihnen aus dem Sessel helfen?«

Engel ließ sich hochziehen. Ein herrliches Gefühl, auf den Beinen zu stehen und einen Stock in der Hand zu haben. »Dann kann ich ja mit ihr sprechen.«

»Nein, Herr Engel, das können Sie nicht. Ich sagte bereits, sie ist verreist.«

»Aber sie hat ein Telefon.«

»Hat sie.«

»Geben Sie mir die Nummer.«

»Wozu? Wollen Sie ihr sagen: ›Hallo, Frau Bremer, ich wollte nur eben hören, ob Sie noch leben.‹? Das ist doch albern, sogar für Sie, Herr Engel.« Sie starrten sich erneut an. Dieses Mal war es Engel, der zuerst aufgab. »Ich gehe jetzt!«

»Tun Sie das und lassen Sie mich in Ruhe«, mahnte Bremer.

Das war knapp! Engel wollte im Moment nur eines. Zurück ins Hotel. Er musste sich von der Aufregung erholen. Gestützt auf seinen Gehstock ging er durch die Straßen. Sein Weg führte durch die Strandstraße. Vor der Polizeistation hatte er seine Atmung und sein Herzklopfen so weit unter Kontrolle, um sich über sich selbst zu ärgern. Bremer wusste, dass er den Mord an seiner Frau untersuchte. Er fühlte sich von ihm bedroht, er musste sich vor ihm in Acht nehmen. Dennoch nahm er den geworfenen Fehdehandschuh an. Er musste es tun, sonst hätte er sich für den Rest seines Lebens darüber geärgert, feige gewesen zu sein und es nicht versucht zu haben. Bremer musste schon stärkere Geschütze auffahren, um ihn an weiteren Nachforschungen zu hindern. Nur eines wollte er in der kommenden Zeit vermeiden – er sollte dem Mann nicht mehr dort begegnen, wo sie allein waren. Hier, in sicherer Entfernung, kam ihm die Erkenntnis, dass Bremer ihm heute nichts hatte anhaben können, weil zu viele Personen gesehen hatten, wie er sein Haus betrat. Schwein gehabt. Ein Gutes hatte das Zusammentreffen: Die Fronten waren geklärt. Bremers Jugend, Schnelligkeit und Kraft gedachte er die Erfahrung des Alters und seine detektivischen Kenntnisse entgegenzusetzen.

Motiviert von diesem Gedanken und körperlich wieder fit, führten ihn seine Schritte in die Polizeistation. Vielleicht ergab sich eine Möglichkeit, etwas in Erfahrung zu bringen.

Das Borkumer Polizeigebäude war modern und funktional. Das Foyer wirkte wie der Eingangsbereich in einer Krankenhausnotaufnahme. Zu viele Fliesen, zu weiß und viel zu kahl. Engel drückte auf den Klingelknopf, wurde durch die Glasscheibe in der Tür von einem Polizisten begutachtet und für gut befunden, denn er drückte den Summer, sodass Engel den Hauptraum betreten konnte. Der junge Polizist hinter dem für Engel zu hohen Empfangstresen trug die neue blaue Polizeiuniform, die Engel immer an amerikanische Filme erinnerte.

»Guten Tag«, grüßte er, schnaubte geräuschvoll, stellte sich vor die gut einen Meter dreißig hohe Holzwand, die das Publikum von den Staatsdienern trennte, und legte einen Arm auf die Tresenoberfläche. Er musste sich ein wenig verrenken dabei und ließ es schnell wieder bleiben. Für Kinder musste diese Wand wie ein unüberwindbares Hindernis wirken. Wie sollten sie da Vertrauen zur Polizei – dem Freund und Helfer in der Not – aufbauen?

»Tür zu«, befahl der Polizist. »Kann ich Ihnen behilflich sein?« Er wirkte wie jemand, der kein Gespür für alte Leute hatte. Engel ahnte, dass es kein leichtes Gespräch werden würde. Sein Vorsatz, schusselig zu wirken, mehr als nur einfache Hilfe zu brauchen und dem Beamten durch Plauderei Hinweise zu entlocken, würde bei dem nicht funktionieren. Nach der herben Niederlage noch vor wenigen Minuten brauchte Engel etwas, das ihn seelisch aufbaute. Der gereizte Unterton des Polizisten nervte. Warum schaute er nicht von seiner Arbeit hoch, wenn Engel mit ihm sprach? Jetzt beugte er sich zu seiner Schreibtischschublade hinunter, wühlte ein bisschen darin herum, ehe er sie mit Schwung wieder schloss. Noch immer schaute der Mann nicht zu ihm herüber. Für heute verspürte Engel keine Lust mehr, angreifbar zu erscheinen. Was sein Selbstbewusstsein dringend brauchte, war, ernst genommen zu werden.

Er spürte, dass er den jungen Beamten mit nüchterner Kompetenz und strengem Gehabe ansprechen musste.

»Behilflich sein? Erstens grüßt man zurück, und zweitens heißt es ›Schließen Sie bitte die Tür‹«, blaffte er und sah mit Freude, wie der Mann seinen Rücken durchdrückte, sich von seinem Stuhl erhob und ihn anschaute.

»Ist Ihr Vorgesetzter zu sprechen?« Engel verlieh seinen harten Worten durch ein heftiges Klopfen mit dem Stock gegen die Theke mehr Kraft.

»In welcher Angelegenheit?« Na bitte, das klang doch schon bedeutend höflicher.

»Das werde ich ihm schon selbst sagen.«

»Tut mir leid, ich glaube, der Chef ist nicht im Hause.«

»Das können Sie jemand anderem erzählen, junger Mann. Ich wünsche auf der Stelle mit Ihrem Vorgesetzten zu sprechen.« Er klopfte erneut hart gegen den hölzernen Tresen.

Offensichtlich durch die Unruhe herbeigelockt, betrat eine Beamtin den Raum.

»Was ist denn hier los?«, rief sie und verstummte, als sie ihn erkannte. »Ah, guten Tag, Herr Engel.«

Für seinen Geschmack zu übertrieben freundlich. Er sah seine Ausstrahlung einer nüchternen Kompetenz in sich zusammenbrechen. Sie war die Polizeibeamtin, die sich damals mit seiner U-Boot-Geschichte befassen musste. Er konnte nur hoffen, dass sie ihrem Kollegen nicht seinen Spitznamen verraten hatte. Noch eine Demütigung mochte er im Moment nicht verkraften.

»Fabian, ich übernehme Herrn Engel. Herr Engel, kommen Sie doch bitte mit in mein Büro.« Sie öffnete die Tresenklappe für ihn, hakte sich bei ihm unter und führte ihn durch die Tür, durch die sie gekommen war, einen Gang entlang.

Er ließ sich von ihr in ein Büro bringen, wobei er fieberhaft überlegte, welche Geschichte er ihr auftischen sollte. Er fragte sich, was ihn überhaupt hier hineingetrieben hatte. Der jungen Frau würde er wohl kaum entlocken können, ob und gegebenenfalls wie weit sie in Sachen Susi Bremer ermittelten.

»Nicht so schnell, Kindchen.« Er hatte etwas entdeckt und

benötigte Zeit, um es genauer zu betrachten. Es war ein Bild, das durch eine angelehnte Tür an der Wand eines der angrenzenden Büros zu sehen war.

»Lassen Sie mich einen Moment verschnaufen.«

Den Mann kannte er. Gar nicht so lang her, dass er ihn gesehen hatte. Ob er näher an das Bild herantreten sollte? Nein. Jetzt erinnerte er sich. Es war das Foto des Mannes, der in Begleitung der eleganten Dame mit dem honigfarbenen Haar Gast im Hotel war. Heute Morgen hatte er sie noch zusammen gesehen.

Ein Fahndungsfoto, folgerte er. Wäre schön zu erfahren, warum der Mann gesucht wurde. Engel beschloss, erst einmal nicht nach dem Grund des Fotos an der Wand zu fragen, das konnte er später immer noch, und hoffte darauf, dass der Mann mit der Wanze womöglich gar nicht hinter Bremer her war.

»Ach, Kindchen, mir geht es auf einmal nicht gut.«

Er hustete heftig und wirkte recht leidend, das konnte er gut. »Lassen Sie mich lieber nach Hause gehen, ich sollte mich hinlegen.«

»Soll ich Ihnen ein Taxi rufen?«

»Nein, danke. Die paar Meter, das lohnt nicht.«

Die Polizistin wirkte erleichtert.

Fünf

»Ich habe Pluto im Quadrat.«

»Mein Gott, wie fürchterlich!«

»Und mein Aszendent steht schräg.«

»Das ist ja grausig. Jetzt, wo du es sagst, du siehst wirklich schrecklich aus. Tut das weh? Ist das eine ansteckende Krankheit?«

»Keine Krankheit – eine Stellung der Planeten.«

Sarah, das Zimmermädchen, tat, als wenn sie das auch wüsste und nur einen Spaß gemacht hätte.

»Und du hast sie – die Sterne im Quadrat, mein ich? Ist das gut?«

»Angeblich kommt es sehr selten vor, und es gibt nichts Schöneres.«

»Sagt wer?«

»Meine Astrologin.«

»Aha!« Erika Schiffer, die Hausdame, las nicht nur Horoskope, jetzt hatte sie auch eine eigene Astrologin. Wahnsinn! Sarah war beeindruckt.

»Eine gute Phase, um künstlerisch tätig zu werden und innere Harmonie zu finden.«

»Kannst du denn malen oder Musik machen?«

»Nein. Meine Astrologin sagt, die kommenden Tage sind außerdem hervorragend für eine ausgeglichene Liebe.«

Sarah schüttelte besonders heftig an einem Kopfkissen. Sollte sie die Hausdame daran erinnern, dass sie erst gestern den bestimmt siebenundzwanzigsten Ehestreit in diesem Monat gehabt hatte? Lieber nicht, entschied sie und schwieg.

»Ich soll mein Leben in vollen Zügen genießen und jeden Sicherheitsgedanken über Bord werfen«, sagte die Hausdame und zupfte an einer Ecke des Bettlakens, obwohl es glatter nicht ging. »Aber warum erzähle ich dir das alles? Du glaubst ja doch nicht daran.« Sie wandte sich vom Bett ab, und Sarah sah, wie sie ihren Kontrollblick durchs Hotelzimmer schweifen ließ. Alles perfekt!

»Mach einen tieferen Knick ins Kopfkissen. Ich kümmere mich schon mal um Zimmer hunderteinundvierzig.«

»›Engel Putin‹?«

»Sarah, ich möchte diesen Namen nicht hören. Wie leicht könnte ein Gast das mitbekommen!«

Sarah nickte ergeben, weil es von ihr erwartet wurde, und Frau Schiffer ging zwei Räume weiter, um für den treuesten Stammgast des Nordsee-Hotels das Zimmer zu reinigen.

Ein sehr sympathischer alter Herr, fand Sarah, wenn auch zeitweise recht sonderbar. Sie grinste bei dem Gedanken an die U-Boot-Geschichte und meinte, den Klang seiner hysterischen Stimme noch im Ohr zu haben. »Die Russen kommen!«

Erika Schiffer hatte die meiste Zeit ihres Lebens auf der Insel Borkum verbracht. Geboren wurde sie nur wenige Kilometer entfernt in Emden. Ihre Ausbildung hatte sie hier in diesem Hotel abgeleistet, sich dann ein wenig anderweitig beruflich herumgetrieben, ehe sie wieder in ihrer alten Wirkungsstätte landete. Im April vorletzten Jahres konnte sie zur leitenden Hausdame aufsteigen und war seither der gute Geist auf allen Etagen. Mit Argusaugen beobachtete sie die Zimmermädchen, denn jede noch so kleine Schlampigkeit auf den Zimmern fiel auf sie zurück. Erika führte ein hartes Zepter, was bei dem oft flatterhaften Personal heutzutage auch nötig war. Warum sie eben noch in Sarahs Gegenwart diese feste Hand ein wenig schleifen ließ, konnte sie sich selbst nicht beantworten. Irgendetwas Unerwartetes und Skandalöses lag in der Luft. Um das zu ahnen, brauchte sie nicht einmal ihre Astrologin.

Engel besuchte das Nordsee-Hotel ein zweites Mal in dieser Saison. Das war in der Zeit, in der sie ihn kannte, niemals vorgekommen, und sie fragte sich, warum.

In seinem Zimmer fand sie keine Antwort auf ihre Frage. Hätte sie den Gast nicht schon so lang gekannt, wäre sie über seinen Detektivkoffer überrascht gewesen. Der lag aufgeschlagen auf seinem Bett, was auch noch niemals vorgekommen war. Meistens lag er unter dem Bett, und sie musste ihn jedes Mal beim Staubsaugen wegschieben.

Im Koffer befanden sich allerlei nützliche sowie in ihren Augen unbrauchbare Dinge. Mehrere Lupen lagen nach Größe sortiert nebeneinander. Sie nahm die kleinste heraus und betrachtete unter ihr einen ihrer Fingernägel. Tadellos!

Da lagen Klebeband, Paketband, Schere und Taschenlampe. Mehrere Einmalhandschuhe und wiederverschließbare durchsichtige Plastiktütchen. Diverse kleine Fläschchen mit irgendwelchen Flüssigkeiten. »Luminol« stand auf einer. Sie wusste aus Krimis, dass man diese Flüssigkeit verwendete, um Restbestände von Blut wieder sichtbar zu machen, die für das bloße Auge nicht mehr zu erkennen waren. Einige Puderpinsel, Pinzetten und winzige Zangen steckten in Taschen im Kofferdeckel. Sie klappte den Deckel zu und ließ die Spangen einschnappen, ehe sie den Koffer vom Bett herunternahm und auf die dafür vorgesehene Ablage stellte. Danach machte sie das Bett und reinigte das Zimmer.

Als sie einige Zeit später das Einzelzimmer eines Mannes eine Etage tiefer zusammen mit Sarah betrat, hatte sie Hubert Engel und seinen Detektivkoffer längst vergessen.

»Frau Schiffer?« Alarmiert vom Tonfall dieser beiden Worte folgte sie Sarah ins Bad.

»Sehen Sie sich das an. Verrückte Leute gibt es. Das habe ich noch nie gesehen.« Sarah begann im Badezimmer vorsichtig um die herumliegenden falschen Bärte, Perücken und Schminkutensilien herumzuwischen. Erika wollte sie eben ermahnen. Erstens habe sie jedes Teil anzuheben und auch darunter zu wischen, und zweitens solle sie eine negative Feststellung über einen Gast nicht laut herausposaunen. Beim Anblick der Utensilien schwieg sie jedoch und trat näher. Wie affig. Sarah gegenüber verschwieg sie ihre Meinung über Männer, die sich schminkten, und fragte nur: »Wie heißt der Gast?«

Sarah warf den Lappen ins Waschbecken, trocknete ihre Hände an den Hosenbeinen ab und zog einen Zettel aus ihrer Kittelschürze. Die Zimmerliste. »Faust.«

»Hat er auch einen Vornamen?«

»Bestimmt.« Sarah schaute ihre Vorgesetzte an, so als hätte

diese behauptet, es gäbe auch Menschen ohne Vornamen, ehe sie verstand. »Hier steht nur Faust.«

»Passt. Nomen est omen«, sagte sie.

»Ein neues Sternbild?«

»Nein.« Sie versuchte, Sarah die Zusammenhänge zwischen dem Namen Faust, dem Theater im Allgemeinen und falschen Bärten im Besonderen zu erklären. Als sie vom Erzengel Michael und Mephisto erzählte, die einen Pakt schlossen, nach dem Mephisto die Erde gehören würde, wenn es ihm gelänge, die Seele des Faust zu erringen, merkte sie, wie Sarah sich vergeblich mühte, ein interessiertes Gesicht zu machen, aber schon lang nicht mehr zuhörte.

»Kein Sternbild – nur eine böse Ahnung«, unterbrach sie ihren Vortrag und deutete auf den Putzlappen. »Weitermachen.«

Sie ging zurück ins Zimmer, verrichtete ihre Arbeit und hing ihren eigenen Gedanken nach.

Mochten die Sterne auch noch so sehr für innere Harmonie stehen, heute trafen für Erika die Vorhersagen überhaupt nicht zu.

Sechs

Da war er wieder, dieser große, dicke Mann mit den kurzen Beinen. Er wirkte wie ein Ringer, der sich albern verkleidet hatte. Gabriela Blume meinte, ihn in der vergangenen Zeit mehrmals gesehen zu haben – und das nicht nur auf der Insel, sondern auch auf dem Festland. Er hockte am Nebentisch vor einer Kaffeetasse und machte keine Anstalten, mit seinem Frühstück zu beginnen und sich am Büfett zu bedienen. Wenn er sich nicht beeilte, bekam er nichts mehr zu essen, die Kellner räumten bereits das Frühstücksbüfett ab.

Er nippte an der Kaffeetasse, die ihrer Meinung nach schon längst leer sein müsste, und er kam ihr mit jedem weiteren Blick bekannter vor. Wenn sie nur wüsste, woher. Gelegentlich versuchte er, unauffällig zu ihr herüberzusehen, schaute aber sofort woandershin, wenn er merkte, dass sie zu ihm hinsah. Der Mann machte sie nervös. Bewundernde und begehrliche Blicke fremder Männer war sie gewohnt. Dieser schaute anders. Als er das nächste Mal zu ihr herüberblickte, warf sie ihm einen koketten Augenaufschlag in Kombination mit einem verführerischen Lächeln zu. Wie erwartet fühlte er sich nicht geschmeichelt, wirkte, als wäre er bei etwas ertappt worden.

Der Mann hatte zu viel Gel ins spärliche Haar geschmiert und sich einen Salvador-Dalí-Bart unter die Nase geklebt, der sich auf einer Seite löste. In Kombination mit seinen abstehenden Ohren wirkte es lächerlich. Erneut schaute er zu ihr herüber und wandte den Blick sofort wieder ab. Sehr beunruhigend und unangenehm.

Was will der Kerl? Ein beklemmendes Gefühl nahm ihr die Kraft, einfach aufzustehen und zu gehen. Sie nahm einen Schluck aus ihrer Tasse. Die bittere Flüssigkeit schnürte ihr die Kehle zu. Im Magen bildete sich ein Knoten, und ihre Handflächen wurden feucht. Jede Faser ihres Körpers signalisierte Gefahr. Ein Gefühl, das sie seit ihrer Schulzeit nicht mehr kannte. Damals überfiel es sie, wenn sie geschwänzt hatte und wusste, dass ihre Mutter es erfuhr.

Vielleicht war der Mann ein Verflossener von ihr, einer, den sie um sein Erspartes geprellt hatte. Nein, entschied sie. An einen ehemaligen Kunden mit so einer auffälligen Statur konnte sie sich nicht erinnern. Sie musste ihn im Auge behalten, mahnte sie sich und schob den Anflug von Angst beiseite, indem sie sich einredete, Gespenster zu sehen. Im Augenblick musste sie sich um Wichtigeres kümmern. Felix Bunzel, glücklicherweise bis eben mit seinem Frühstück beschäftigt, hatte etwas zu ihr gesagt und verlangte ihre ungeteilte Aufmerksamkeit.

»Was sagst du?« Sie stellte ihre Tasse ab.

»Du hast geträumt, das ist süß. Ich hoffe, nur von mir.« Seine Hand ergriff ihre. »Ich fragte, ob wir jetzt zur Kutschfahrt aufbrechen wollen.«

»Die Kutschfahrt? Ja, natürlich, das würde mir gefallen!« Sie beugte sich vor, um ihm Gelegenheit zu geben, in ihren Ausschnitt zu blicken, und hauchte ihm einen Kuss über den Tisch hinweg auf seine vollen Lippen, vor denen sie sich ekelte. Prall gefüllte Lippen konnte sie nicht ausstehen. Ihre Abscheu bemerkte niemand. Sie war Profi und hatte ihre körperlichen Reflexe unter Kontrolle.

Da mussten schon schwerere Geschütze aufgefahren werden, ehe sie so angewidert war, dass man es mitbekam. Gänsehaut oder gar Herpesbläschen zu bekommen, wenn reiche Beute winkte, war ein No-Go. Hässliches Rückenrieseln und Aufstellen der Armbehaarung hatte sie unter Kontrolle, und es schauderte sie schon lang nicht mehr, fette, grapschende Finger auf ihren Pobacken zu spüren, und gelassen nahm sie ungelenkes Streicheln ihres Nackens hin. Was sie nur schwer ertragen konnte und wenn irgend möglich vermied, waren Küsse in ihre Handflächen und Atemschnauben am Ohr.

Beides waren für sie Berührungen und Zärtlichkeiten, die sie nur zuließ, wenn sie jemanden wirklich gern mochte.

Sie setzte sich aufrecht hin, ihre Hand, immer noch in seiner liegend, wollte sie ihm gerade entziehen und »Lass uns gehen« sagen, als er »Ich habe einen Anruf von meiner Bank erhalten« flüsterte. Sie ließ es geschehen, wie er jede einzelne Fingerkuppe küsste und ihre Handfläche seinen Lippen zudrehte. Für zwei Millionen tat man so einiges. Sie erhob sich von ihrem Stuhl, beugte sich erneut vor und legte ihre Wange an seine. »Du machst mich glücklich.« Dabei ließ sie seinen Atem an ihrem Ohr über sich ergehen, nahm dann den Kopf zurück und strahlte ihn mit einem Lächeln an, als hinge ihr Leben davon ab. »Wann werden sie die Überweisung durchführen?«

»Bald, mein Liebling.« Er ließ ihre Hand los und tupfte sich mit der Serviette seine Lippen. »Aber, wie wir besprochen haben, eine Kleinigkeit muss erst noch erfüllt werden.«

»Das, mein Süßer, werde ich gleich nach der Kutschfahrt veranlassen.« Mit diesen Worten tat sie einen Schritt. »Lass uns gehen«, schnurrte sie, nicht ohne nochmals einen kurzen prüfenden Blick auf den verkleideten Mann am Nebentisch zu werfen.

***

Hubert Engel verließ mit zwiespältigen Gefühlen die Polizeistation. Sein Selbstbewusstsein war heute Morgen angeknackst durch die Bedrohung von Bremer, durch den Polizisten, der ihm nicht genügend Respekt entgegenbrachte, und durch die Polizistin, bei der er den Eindruck hatte, sie behandle ihn wie ihren Großvater. Er wandte sich nach links, überquerte die Gleise und verpasste der grünen Fahrwassertonne, die als Dekoration auf der Straße mehrere Meter in die Höhe ragte, einen leichten Stups mit dem Stock. Ihm gefiel der satte Klang der metallenen Tonne.

Andererseits war er mit sich zufrieden, weil er das Fahndungsfoto bemerkt hatte. Und genau dieses Foto bereitete ihm Sorgen. Es verlockte ungemein, einen weiteren Kriminellen zu überführen. Was für ein Erfolg, das würde ihm gefallen. Dieses Gefühl hielt nur so lang, bis er an seinem eigenen Erinnerungsvermögen zweifelte und nicht mehr definitiv behaupten konnte, ob es sich bei dem Bild um ein Fahndungsfoto oder ein Foto in einem Bilderrahmen gehandelt hatte. Was einen gewaltigen Unterschied machte. Er nahm sich vor, zum Augenarzt zu gehen, sobald er wieder in seinem Heimatort war. Seine Brille hatte vermutlich nicht mehr die erforderliche Stärke.

Im Hotel angekommen, winkte er Tatjana an der Rezeption zu, die einen Telefonhörer zwischen Ohr und Schulter geklemmt hielt und kurz von ihrem Computerbildschirm aufblickte, ihm grüßend zunickte, dabei lächelte und, ohne ihr Telefonat zu unterbrechen, seinen Zimmerschlüssel herüberreichte. Er mochte dieses Lächeln. Ihre beiden Eckzähne standen ein wenig vor, sodass es aussah, als habe sie unter der Oberlippe zwei Erbsen.

Die Frühstückszeit war noch nicht vorbei, der Saal noch geöffnet. Er konnte einen starken Kaffee gebrauchen und trat wenige Minuten vor Gabriela Blume und Felix Bunzel ein. Er hatte über vieles nachzudenken. Zum einen über den Mann auf dem Foto an der Polizeiwand, zum anderen über den, der eine Abhöranlage bei sich trug. Ob es zwischen denen einen Zusammenhang gab? Sehr wahrscheinlich. Niemand außer ihm war auf der Suche nach der Leiche von Susi, hier ging es um etwas ganz anderes.

Am Fenster saß Engel am liebsten. Von da aus konnte er sowohl den ganzen Saal überblicken als auch hinausschauen. Auf dem Weg zu einem der Tische dorthin nahm er sich ein Glas Saft vom Frühstücksbüfett, als er den Ermittler entdeckte, der sich einen albernen Salvador-Dalí-Bart angeklebt hatte. Den Saft vorsichtig vor sich her balancierend, ging er ganz langsam in dessen Richtung. Das Glas war nicht besonders voll, gab ihm aber einen Grund, bedächtig zu laufen und dabei seine Umgebung zu beobachten. Man musste schon mit Blindheit geschlagen sein, um nicht zu erkennen, dass der verkleidete Mann das Pärchen beobachtete, das einen Tisch vor ihm saß. Man sollte meinen, so eine verdeckte Operation der Kriminalpolizei läuft professioneller. Engel lächelte in sich hinein. Für seinen Geschmack war die Observierung recht stümperhaft, zumal der Mann die falsche Person beobachtete, oder konnte man von der Stelle aus in die Küche sehen? Quatsch, mach dich nicht verrückt, mahnte er sich und steuerte den Tisch hinter dem Beobachter an. So hatte er alle im Blick.

Doch so blöd, wie er sich gern einreden wollte, war die Kripo nun auch wieder nicht, das wusste er. Was glaubte sie zu erfahren, wenn sie es für notwendig hielt, jetzt auch noch die Frau zu überwachen?

Engel hätte sich fast an seinem Saft verschluckt, als ihm der Gedanke kam, die Polizei könnte überhaupt nicht involviert sein. Hier war etwas ganz anderes im Gange, und er hätte zu gern gewusst, um was es ging. Gleich würde die Frühstückszeit vorüber sein, kein Wunder, war ja bald Mittag. Er musste sich entscheiden, wem er folgen sollte, wenn sie alle gleichzeitig aufstanden.

Der Kellner kam mit einer Kanne Kaffee und einem Tablett an seinen Tisch und verstellte ihm den Blick.

»Antonio«, flüsterte er und legte eine Hand auf seinen Arm. »Das Pärchen dort drüben, wer sind die?«

Antonio wandte den Kopf.

»Nicht hinsehen.«

»Habbe keine Auge an Hinterkopf.«

Wenigstens beugte er sich vor, um Engel die Namen ins Ohr zu flüstern.

»Grazie.« Antonios Augen bezeugten seinen aufrichtigen Dank, als er den winzig klein zusammengefalteten Geldschein in seiner Hemdtasche verschwinden sah.

Als er endlich Tasse, Milch und Zucker abgestellt und ihm eingeschenkt hatte, bekam Engel wieder freie Sicht. Salvador Dalís Double war verschwunden. Er suchte den Frühstücksraum ab und fand ihn in der Nähe der Treppe, die zur Hotelküche hinunterführte. Der Mann wirkte unschlüssig und stand einfach nur rum.

»Typisch Beamter«, murmelte Engel. Er sprach aus Erfahrung und entschied, sein Augenmerk auf das Pärchen zu lenken, das eben den Frühstücksraum verließ. Er folgte ihnen.

Eine gute Entscheidung, denn sonst hätte er die kleine

Verwirrung im Eingangsbereich vor dem Empfangstresen des Nordsee-Hotels verpasst.

***

Die mit der ersten Fähre anreisenden Gäste waren eben angekommen. Mit reichlich Gepäck, als wollten sie einziehen und nicht Ferien machen, schoben sie sich lärmend durch das Hotelfoyer und drängten sich an den Tresen, um ja als Erste an ihre Zimmerschlüssel zu gelangen. Überall standen Gepäckstücke im Weg, Tatjana und ihre Kollegin hatten alle Hände voll zu tun. Eine Frau, Engel schätzte sie auf Anfang vierzig, in einem hellgrünen Sommermantel fiel ihm sofort auf. Sie stand inmitten des Gewühls und betrachtete das Treiben um sie herum, als säße sie in einem Zirkus und bestaune Dinge, die sie noch nie gesehen hatte.

Er hatte viel zu lang auf sie geachtet und wäre fast in das Pärchen hineingelaufen, das er verfolgte. Felix Bunzel war unerwartet stehen geblieben und stoppte seine Begleiterin, indem er ihren Arm festhielt. Nur wenige Millimeter trennten Engel von dem Rücken des Mannes. Welch ein Glück. So spürte er, wie Bunzel vor ihm erstarrte, seine Schultern leicht senkte und zurückgetreten wäre, wenn nicht Engel hinter ihm gestanden hätte. Seinen Schrecken konnte er weder vor seiner Begleiterin noch vor ihm verbergen. Beide erkannten sie die Ursache: die Frau in Grün.

»Kennst du sie?«, fragte Gabriela Blume.

»Nein, nein«, wehrte Bunzel ab.

»Du starrst sie an, als wäre sie ein Gespenst.«

Flunkern musste Bunzel noch lernen, dachte Engel. Er selbst hatte die Lüge sofort bemerkt. Genau wie die Frau dicht vor ihm. Engel fragte sich, warum sie sich mit seiner Lüge zufriedengab. Sie wirkte wie jemand, der sich nicht die Butter vom Brot nehmen ließ beziehungsweise ihren Anspruch auf einen Mann jedermann auch ohne Worte wissen ließ.

Engel trat ein paar Schritte zurück, diese körperliche Nähe war ihm unangenehm. Wenn er das Unbehagen des Mannes spüren konnte, so hoffte Engel, dass der Mann selbst sich seiner Nähe nicht bewusst war. Bunzel zog seine Begleiterin fort, und Engel konnte sehen, wie er ihr etwas zuflüsterte, das ihr nicht zu gefallen schien, ehe beide im Treppenhaus verschwanden. Ihm war klar, dass die Frau abgelenkt werden sollte und es auch wusste. Vermutlich würden die beiden im Treppenhaus darüber streiten.

Er überwand seine Abneigung gegen Aufzüge und betrat den Fahrstuhl. Wahllos drückte er einen der Knöpfe und hoffte, zufällig den richtigen erwischt zu haben. Er hatte Glück. Der Aufzug hielt, die Tür öffnete automatisch, und er streckte den Kopf heraus. »… etwas anderes anziehen«, hörte er und sah, in welchem Zimmer die beiden verschwanden.

Er setzte einen Fuß vor die Fahrstuhllichtschranke, schaute erwartungsvoll den Flur hinunter und wartete. Die Zimmertür der beiden blieb verschlossen.

»Raus oder rein«, schreckte ihn eine Stimme. »Sie blockieren den Aufzug.«

Engel ignorierte die patzige Bemerkung, trat aber dennoch in den Flur. Die Frau wirkte, als sollte man sich besser nicht mit ihr anlegen. Er überlegte, sich in einen der Sessel zu setzen, um zu warten. Höchstens zehn Minuten, entschied er, länger brauchte keiner, um sich etwas anderes anzuziehen. Danach war es müßig, hier herumzuhocken, weil sie vermutlich etwas anderes taten und unmöglich zu sagen war, wann die beiden das Zimmer wieder verließen. So etwas konnte dauern.

Er lehnte seinen Gehstock an die Wand und schob einen der Sessel etwas näher an die Zimmertür heran. Der Teppichboden verschluckte die Geräusche des Möbelrückens. Er setzte sich, beugte sich leicht vor, streckte den Hals und lauschte. Zwecklos. Aus dem Zimmer war nichts zu hören. Er hätte auf einen handfesten Eifersuchtsstreit mit anschließender Versöhnung getippt.

Warum bestritt der Mann seiner reizenden Partnerin gegenüber, die Frau in der Halle zu kennen, die er angestarrt hatte und der er offensichtlich nicht begegnen wollte? Engels erster Gedanke: Die Fremde in Grün war die Ehefrau. Konnte es so einfach sein? Ja, aber nur, wenn da nicht das Foto an der Wand im Polizeigebäude hinge, das darauf schließen ließ, dass auch sie hinter Bunzel her war.

Noch ein Mysterium, das es aufzuklären galt. Viel zu tun. Engel erhob sich und ging. Er musste mehr über die Personen erfahren.

Sieben

Helga hieß die Frau, die Felix Bunzel bei ihrem Eintreffen im Hotel für kurze Zeit die Fassung verlieren ließ. Seine Ehefrau.

Helga war die Tochter von Menschen, denen von zwanzig Bekannten neunzehn nicht fromm oder sittsam genug waren. Ihre Mutter strickte für den Kirchenbasar, der Vater läutete die Kirchenglocken und sammelte die Kollekte. In dieser Atmosphäre wuchs Helga auf und wurde im Laufe der Jahre zu einer Frau erzogen, die vom wirklichen Leben und von Menschenkenntnis kaum Ahnung hatte. So war es nicht verwunderlich, dass sie früh ihr Elternhaus verließ und den Erstbesten heiratete, der um ihre Hand anhielt. Sie geriet an einen Alkoholiker und Spieler, den sie fünfundzwanzig Jahre lang ertrug, und war froh, als dieser sich nach einer ausschweifenden Pokernacht vor lauter Gewinnerglück dermaßen besoff, dass Herz, Leber und Nieren gleichzeitig ihren Dienst quittierten. Kurz darauf heiratete sie den attraktiven, von allen Frauen umschwärmten Felix Bunzel, der sieben Jahre jünger war als sie. Und genau so lang währte jetzt ihre zweite Ehe. Eine trügerische Zahl, wie die Statistiker behaupteten, und die Statistik hatte recht.

Ihre Ehe stand kurz vor dem Ende, nur gut, dass ihre Eltern das nicht mehr mitbekommen würden. Eine Scheidung in der Familie kam nicht in Frage, und dennoch war sie nicht mehr abzuwenden.

Ihr Felix war lieb und zärtlich, ging regelmäßig arbeiten, brachte das Geld nach Hause und trank nicht. Seine Raucherei war ihr mittlerweile vertraut. Doch an eines würde sie sich nie gewöhnen. Er betrog sie nach Strich und Faden, und damit sollte jetzt Schluss sein. Es war vorhersehbar, redete sie sich ein. Wie konnte sie so gutgläubig sein zu glauben, dieser attraktive Mann wurde ihr allein gehören. Als sie seine Betrügereien entdeckte, war ihre erste Reaktion, sich selbst die Schuld daran zu geben. Sie musste attraktiver werden, sich für Dinge interessieren, die außerhalb des Haushaltes, ihres beschränkten

Horizontes lagen. Sie wollte um ihn kämpfen. Seither arbeitete sie hart an ihrer Figur, die sich sehen lassen konnte, und pflegte Körper und Geist sorgfältig. Ging ins Theater und besuchte Abendkurse, wenn er unterwegs war, und machte sich vor, ihn durch ihre Veränderung vom Fremdgehen abzubringen. Diese Bemühungen um ihn gingen eine lange Zeit, bis sich in ihr selbst eine Änderung der Sicht auf das Ganze einstellte.

Mittlerweile wäre sie gern ledig. Sicher, sie war irgendwann einmal in ihrem Leben allein gewesen, nur für wenige Monate, konnte sich allerdings nicht mehr daran erinnern, da es erstens sehr lang her war und sie zweitens bereits mit achtzehn Jahren geheiratet hatte. Heute jedoch hatte sie eine Vorstellung vom Ledigsein, die ihr immer mehr behagte. Sie hatte ihr Lebensziel umgesteckt und versuchte nun, ein gut situiertes Ledigsein zu erreichen und sich finanziell abzusichern. Helga stellte sich bereits heute in ihren Tagträumen vor, was sie alles anstellen würde. Tennis spielen, Männer verführen und hinterher eiskalt abblitzen lassen, Kosmetikstudios besuchen, durchtanzte Nächte, am Strand in der Sonne braten, Hunderte von Schuhen kaufen und jede Menge mehr Frauensachen, die Spaß machten.

Um ihr Selbstbewusstsein zu stärken, hatte sie Bücher gelesen, Kurse besucht und professionelle psychologische Hilfe in Anspruch genommen. Abendkurse und Fernstudien brachten ihr die komplizierten Zusammenhänge finanzieller und digitaler Art näher. Heute, so glaubte sie, war sie so weit. Der große Wandel in ihrem Leben stand kurz bevor. Um ihren Plan in die Tat umzusetzen, war sie hier.

»Ich habe ein Einzelzimmer reserviert«, teilte sie Tatjana, die ein Namensschild am Blusenkragen trug, mit. »Ein preiswertes nach hinten hinaus.«

Sie kramte in der Handtasche nach ihrem Ausweis. »Brauchen Sie meinen Personalausweis?« Selten war sie in einem Hotel gewesen, Felix hatte sie nie mitgenommen, wenn er dienstlich unterwegs war. Dieses Haus gefiel ihr auf Anhieb.

Gewöhn dich an den Gedanken, ab und an ein wenig zu prassen, machte sie sich Mut.

»Wir haben ein Zimmer mit Meerblick frei. Wenn Sie möchten …«

»Nein, nein, ich …« Ach was, schalt sie sich selbst. Fang gleich damit an, dem Luxus in die Augen zu schauen. Sparen, das war einmal.

»Das hört sich schön an. Ich nehme das Zimmer!«

»Eine gute Wahl«, versicherte Tatjana. »Zimmer hundertzweiundvierzig im vierten Stock. Der Fahrstuhl ist gleich dort drüben. Ich wünsche Ihnen einen angenehmen Aufenthalt in unserem Haus.«

Wenn mein Plan gelingt, dachte Helga, werde ich den haben.

»Sie wirken so nachdenklich«, stellte das Lehrmädchen, das Tatjana über die Schulter blickte, um etwas über Zimmerbelegungspläne zu lernen, fest. Der aufmerksame Teenager hatte gleichfalls vom Computerbildschirm aufgeblickt und dem neuen Gast hinterhergeschaut.

Tatjana klopfte mit dem Kugelschreiber auf die Hotelanmeldung neben der Tastatur. »In ihrem Ausweis steht Bunzel, aber auf dem Anmeldeformular und bei der telefonischen Reservierung hat sie einen anderen Namen angegeben.«

»Die ältere Dame da?«

»Ich glaube nicht, dass Frau Bunzel sehr erfreut darüber wäre, wenn du sie eine ältere Dame nennst.«

»Aber sie ist eine ältere Dame«, beharrte das Lehrmädchen.

Für Siebzehnjährige ist alles jenseits der Dreiundzwanzig alt, dachte Tatjana und beschloss, die Sache vorerst auf sich beruhen zu lassen, der Belegungsplan hatte Vorrang.

***

Nervös hielt Felix Bunzel Gabriela Blume die Hotelzimmertür auf und war froh darüber, sie sofort im Bad verschwinden zu sehen.

»Dauert nicht lang, Schatz. Will mich nur kurz frisch machen, ehe wir losfahren.«

Gott sei Dank! Das konnte dauern. Er brauchte Zeit zum

Nachdenken und musste sich von dem Schock erholen. Keine drei Minuten war es her, dass er fast mit seiner Ehefrau unten im Foyer zusammengestoßen wäre. Er hatte sein Zittern noch nicht unter Kontrolle. Zuerst glaubte er, er hätte Halluzinationen oder sehe nicht richtig. Doch es gab keinen Zweifel. Noch brauchte er keine Brille. Es war Helga, da war er sich sicher, auch wenn sie verändert wirkte. So selbstbewusst, schick und sehr attraktiv. Sie trug ihre schwarzen Haare hochgesteckt, was er besonders an ihr liebte und was sie nur zu festlichen Anlässen ihm zuliebe tat. Und sie war geschminkt, das hatte er genau gesehen. Eine Tatsache, die ihn besonders beunruhigte. Sie wirkte so weltoffen in ihrem schicken Hosenanzug, den er noch nie an ihr gesehen hatte.

Du lässt sie einfach zu viel allein, rügte er sich. Was weißt du überhaupt noch über sie? Ihre Wünsche, ihre Träume? Er musste viel zu viel vor ihr verheimlichen, da blieben solche Themen auf der Strecke. Doch das erklärte nicht, warum sie auf der Insel war, und noch dazu in diesem Hotel.

Seine Gedanken überschlugen sich, ihn überkam eine Hitzewelle, er schlug sich mit der Hand gegen die Stirn. Du Idiot. Das konnte nur eines bedeuten. Sie war ihm auf die Schliche gekommen, jetzt schnüffelte sie ihm nach. Sie wusste von seinen Betrügereien und beschattete ihn. Sicher plante sie, ihn in flagranti zu erwischen, womöglich wollte sie die Scheidung. Nur das nicht!

»Scheiße!«

»Sagtest du etwas?«, klang es aus dem Bad.

Der Schrecken stahl ihm die Stimme. »Nein, nein«, krächzte er und wurde seiner Panik kaum Herr. Helga durfte ihn nicht verlassen, er liebte sie doch.

Nie hätte er ihr zugetraut, ihm nachzureisen. Du kennst deine eigene Frau nicht, flüsterte ein kleines Teufelchen in seinem Kopf. Vielleicht ist sie gar nicht so naiv, wie du immer geglaubt hast, stichelte es weiter.

»Nein, das glaube ich nicht«, protestierte er laut.

»Ich bin gleich fertig«, zwitscherte es aus dem Bad.

»Keine Eile – lass dir Zeit.«

Genügend Zeit, ich muss nachdenken. Er trat ans Fenster und starrte hinaus, ohne wirklich etwas zu sehen. Helga weiß von deinen Lügen und Märchengeschichten, die du ihr immer wieder aufgetischt hast, um ihr einen Beruf vorzugaukeln, den du gar nicht hast.

Schon begann sein Herz zu jagen. Er spürte den Rhythmus seines Atems, sein Herz, das immer schneller schlug, und den eiskalten, klebrigen Schweiß, der seinen Körper bedeckte. Die Angst, Helga zu verlieren, nagte an seiner Seele. Sein sicherer Hafen, sein Halt war in Gefahr.

Ganz schön blöd von dir, zu glauben, sie nimmt alles, was du ihr erzählst, für bare Münze, stichelte seine innere Stimme. Hatte er sich so getäuscht?

Nein! Er kannte die Frauen. Helga hatte ihm alles geglaubt und ihm vertraut, war nie misstrauisch gewesen. Sie wusste nicht, womit er ihren gemeinsamen Lebensunterhalt verdiente. Er war immer vorsichtig gewesen, hatte jede verräterische Quittung sofort vernichtet und niemals eine Telefonnummer notiert. Keine Kundin hatte je seine Privatanschrift erfahren, und den Kilometerzähler an seinem Wagen konnte er nach Belieben vor- oder zurückstellen, damit Helga nicht merkte, wie weit er in Wirklichkeit täglich fuhr. Jede verräterische Kleinigkeit hatte er ausgemerzt, damit sie die Wahrheit nicht erfuhr.

Er glaubte nicht an Zufälle. Irgendetwas war schiefgegangen, sie hatte ihn entlarvt. Warum sonst war sie auf der Insel und im selben Hotel?

Hatte dieser letzte Coup ihn so sehr in Anspruch genommen, dass er jedes andere Warnsignal ausgeblendet hatte? Er dachte an ihr Verhalten kurz vor seiner Abreise. Alles wie immer, vollkommen normal. Keine versteckte Andeutung, keine misstrauischen Fragen, nichts. Und doch war sie hier. Warum?

Heiß schoss ihm ein neuer Gedanke durch den Kopf.

Sein Blutdruck stieg erneut, eine zweite Hitzewelle überfiel ihn. Er schnaubte.

Sie hatte einen Liebhaber! Frauen verändern sich im Aussehen, wenn sie frisch verliebt sind, das wusste jeder. Helga betrog ihn. Ihn! Ist das die Möglichkeit.

Unruhig rannte er im Zimmer auf und ab. Eifersucht griff nach seinem Herz und drückte es, ihm wurde ganz flau im Magen. Die Angst, sie zu verlieren, nagte an ihm. Ein vollkommen neues Gefühl.

Ach was, sei nicht albern. Helga und einen Geliebten! Das mochte er sich nicht vorstellen. Er hätte es gemerkt.

So wie sie es gemerkt haben musste, wenn du von einer anderen Frau zurück nach Hause kamst?, meldete sich wieder die kleine hämische Stimme in seinem Kopf.

Er griff mit beiden Händen je einen Gardinenschal und zog sie mit einem Ruck zu. Die Sorge um Helga konnte er jetzt nicht gebrauchen. Reiß dich zusammen, mahnte er sich. Nur noch ein oder zwei Tage, dann war das Geschäft beendet. Er blieb vor dem geschlossenen Vorhang stehen und rührte sich nicht, aber sein Entschluss stand fest. Er würde seinen Plan nicht ändern und vertraute darauf, immer ein Glückspilz gewesen zu sein. Er stand stets auf der Sonnenseite des Lebens, darauf baute er. Alles wird gut gehen. Aber die Zeit drängte. Gabriela Blume musste noch heute seinem Charme erliegen und die Vollmacht über ihr Konto herausrücken. Gleich nach der Kutschfahrt, oder besser noch, währenddessen würde er ihr einen Heiratsantrag machen. Mit Kniefall, schmalzigen Worten und allem Drum und Dran. Das gefiel den Frauen.

Er lächelte und öffnete die Gardinen wieder. Zuversichtlich schaute er zum Fenster hinaus. Für ein Heiratsversprechen taten die Damen alles.

Den Balanceakt, in den kommenden Stunden nicht mit seiner Ehefrau zusammenzutreffen, würde er hinbekommen. Herauszufinden, was Helga hier wollte, musste warten. Später konnte er sich immer noch um seine Frau kümmern.

Gabriela um den Finger zu wickeln, hatte oberste Priorität. Als er die Badezimmertür hörte, erstarrte sein Gesicht zu einem nichtssagenden Ausdruck. Er wandte sich um und bedachte Gabriela mit seinem Charme.

***

Gabriela stand zur selben Zeit tatenlos im Badezimmer. Sie musste kurz allein sein. Ihre Gedanken waren geschärft und aufs Äußerste gespannt. So zu tun, als merke sie nichts, war eine ihrer leichtesten Übungen, im Laufe ihrer Berufsjahre ein normaler Reflex. Sie war sich sicher, Felix hatte nicht erkannt, dass sie seine Reaktion und den Versuch, diese zu vertuschen, sehr wohl bemerkt hatte.

Etwas, das außerhalb ihrer Kontrolle lag, war vorhin im Foyer geschehen, und es hing mit der schwarzhaarigen Frau im Hosenanzug zusammen.

Sie spürte, dass etwas Unvorhersehbares in der Luft lag, das nicht nur sie, sondern auch Felix beunruhigte. Sie musste herausbekommen, was es war.

Sie warf einen kontrollierenden Blick in den Spiegel und war mit dem, was sie sah, zufrieden. Ihr besorgter Gesichtsausdruck wandelte sich in einen zufriedenen und beschwingt fröhlichen. Mit dem verführerischsten Lächeln auf den Lippen verließ sie das Badezimmer.

Es wirkte, als habe er auf sie gewartet. Seine Gesichtszüge gefielen ihr gar nicht, als wäre ihm in ihrer Abwesenheit Luzifer begegnet.

»Felix«, gurrte sie und war versucht, ihre Hände auf seine Schultern zu legen. Seine steife Haltung hielt sie davon ab.

»Ich bin fertig, wir können gehen.«

Seine straffen Schultern dehnten sich, der durchgedrückte Rücken wirkte, als nähme jemand den Stock heraus, und er wandte sich zu ihr um. Leicht verwirrt über seine innere Veränderung deutete sie auf das Leuchtturmbild an der Wand, gemalt von Ole West.

»Genau so eines sollten wir in unser zukünftiges Schlafzimmer hängen.«

Felix schwieg und wandte sich erneut dem Fenster zu.

»Schatz, ist alles in Ordnung?« Sie trat hinter ihn und folgte seinem Blick aus dem Fenster. Dieses Mal legte sie ihre Hände auf seine Schultern und drückte ihren Busen in seinen Rücken. Eine gute Art, die Schwingungen einer Stimme auch körperlich zu spüren.

In der Ferne meinte sie, einen Dampfer vorbeifahren zu sehen. Felix wirkte, als wäre er gern darauf gewesen.

»Alles in Ordnung.« Seine Mundwinkel zuckten ein wenig, sie konnte es in der Spiegelung der Scheibe erkennen. Er holte leise, aber kräftig Luft.

»Das Bild gefällt mir auch. Ich wollte schon den gleichen Vorschlag machen. Liebling, wir werden eine wunderbare Zukunft haben, alles ist so harmonisch zwischen uns.«

Wer es glaubt, wird selig. Laut sagte sie: »Du und ich, wir beide, das wird wunderbar.«

Im Stillen dachten beide wohl das Gleiche – ran an die Arbeit.

***

Tatjana sah, wie Hubert Engel ganz in Gedanken versunken das Haus verlassen wollte. Es war nicht seine Art, ihr nicht fröhlich zuzuwinken. Er war schon an der Rezeption vorbei und stand oben am Treppenabsatz, um die Stufen hinunter das Haus zu verlassen, da machte er kehrt, als hätte er etwas vergessen.

»Meine Frau hat morgen Hochzeitstag.«

»Nur Ihre Frau, Herr Engel?«, neckte sie.

»Weiberkram«, winkte er mit einem Augenzwinkern ab. »Würden Sie ihr einen Blumenstrauß schicken?«

»Gern, Herr Engel. Was für einer soll es sein?«

»Davon hab ich keine Ahnung, das überlasse ich ganz Ihnen, Kindchen.«

»Ein großer oder ein kleiner Strauß?«

»Selbstverständlich ein großer! Buchen Sie es auf mein Zimmerkonto.«

»Gern. Wird noch in dieser Stunde erledigt. Kann ich sonst noch etwas für Sie tun?«

Er nickte heftig, trat nah an den Tresen heran und beugte sich so weit vor, wie es sein Körper zuließ. Mit dem Zeigefinger lockte er sie zu sich heran. Er schaute sich schnell nach allen Seiten um. »Das Pärchen von Zimmer hundertvierzig?«

»Zimmer hundertvierzig?«, stellte sie sich dumm. Ihre Augen

blitzten amüsiert hinter den Brillengläsern, sie musste sich ein Schmunzeln verkneifen. Der alte Herr spionierte denen nach, die auch ihr Sorgen bereiteten. Vermutlich würde er sich auch noch nach Frau Bunzel erkundigen. Er besaß wirklich einen siebten Sinn für Menschen, die etwas zu verbergen hatten. Nein, entschied sie. Das war reiner Zufall, vermutlich sah er in jedem Menschen einen potenziellen Kriminellen. Ihrem Mann war es gar nicht recht, dass er den Hausgästen hinterherschnüffelte.

»Wissen Sie, wer die beiden sind? Namen und Adresse bitte.«

Tatjana sah in diesem Moment ihren Gesprächsgegenstand hinter Engel vorbeigehen und merkte, wie sich ihre Wangen röteten. Sie fühlte sich ertappt. Engel bemerkte ihre Veränderung und wandte sich um, ehe er blitzschnell wieder Tatjana anschaute. Fehlte nur noch, dass er sich hinter einem der Werbeprospekte, die auf dem Tresen lagen, versteckte. Ein Hauch von Mitleid vertrieb ihre Röte und das miserable Gefühl, ertappt worden zu sein. Sie seufzte theatralisch. »Sie werden doch nicht eher Ruhe geben, bis ich es Ihnen gesagt habe, stimmt's?«

Besser, sie sagte ihm, was er wissen wollte, bevor er andere Gäste im Hotel danach fragte.

»Ich schaue nach.« Sie klickte mit der Computermaustaste und überlegte kurz, ob sie ihn mit der Länge ihres Herumklickens hinhalten sollte, um ihn auf die Folter zu spannen, entschied sich aber dagegen.

»Herr und Frau Meier-Lüdenscheid.«

Sie sah, wie Engel die Augen verdrehte, und musste lachen.

»Wir wissen doch beide, dass der Name falsch ist.«

»Ich weiß nicht, was Sie meinen, Herr Engel.«

»Dann ist die Anschrift sicher auch falsch. Übrigens, die richtigen Namen weiß ich schon längst, und vielleicht, wenn Sie weiter so nett sind, verrate ich es Ihnen.«

Er tat zwei Schritte zurück und sah sich um. »Oh nein, jetzt sind sie weg.«

Beide schauten sie aus den großen Fenstern zur Straße hinaus. »Die holen Sie nicht mehr ein.«

»Tu ich eben was anderes.« Er brauchte frische Luft.

»Sollte jemand nach mir fragen, ich mache einen schönen langen Strandspaziergang.«

»Achten Sie auf den Himmel, es soll Regen geben.«

Engel wippte fröhlich mit seinem rechten Zeigefinger, und seine Augen bekamen einen pfiffigen Ausdruck.

»Keine Angst, ich kenne mich aus.«

Er winkte erneut und verließ das Hotel.

»Ab zum Tatort«, dachte er laut. Nicht dass man nach so langer Zeit noch etwas finden konnte, zu oft waren Ebbe und Flut darüber hinweggegangen. Doch gehörte es sich für einen guten Detektiv, wenigstens ein Mal den Tatort aufzusuchen. Jeder Idiot konnte im Fernsehen mitverfolgen, wie Ermittler an genau der Stelle, an der die Tat begangen wurde, innere Eingebungen oder gar Visionen über den Tathergang hatten.

Gut gelaunt schwenkte er seinen Gehstock und marschierte los.

***

Alexander Bremer fragte sich zum x-ten Mal, ob alles anders gelaufen wäre, wenn er sich mehr um seine Susi gekümmert hätte. Nun war es für seine Ehe zu spät.

Er hatte Mittagspause. Seit er allein war, trieb ihn nichts nach Hause. Bei schönem Wetter vertrödelte er seine Zeit am Strand. Er krempelte seine Hosenbeine hoch und watete durch das Wasser, ohne sich um die Blicke der Leute zu scheren, die in Badehosen herumliefen und sich vermutlich über seine Kochkluft wunderten. Manchmal ging er in eine Milchbude und holte sich ein Eis oder ein kühles Getränk. Dann saß er auf einer Parkbank und betrachtete das bunte Treiben am Hauptbadestrand. Heute war seine Lieblingsbank besetzt.

»Darf ich?«, fragte er der Höflichkeit halber und setzte sich, ohne eine Antwort abzuwarten. Er war ein wenig auf Krawall gebürstet, wie seine Azubis gesagt hätten. Die Leute nickten, und er dachte: Die werden sowieso gleich verschwinden. Er hatte wegen der Wärme seinen Küchenkittel ausgezogen, nur ein einfaches T-Shirt und die gestreifte Hose an und roch unangenehm nach Küche. Es dauerte weniger als eine Minute, in der die beiden sich mehrere Male schweigend ansahen und dabei die Nase rümpften, dann hatte er die Bank für sich allein. Er starrte aufs Meer und ließ sich vom Klang der umschlagenden Wellen einlullen. Ihr stetes Rauschen beruhigte seine Nerven, obwohl seine Gedanken bei Susi waren. Heute war nicht das Wetter für Meeresleuchten, stellte er fest. Erinnerungen an schöne Zeiten tauchten auf, wie sie gemeinsam im Sommer in schwülen Nächten, wenn das Meer bei jeder Bewegung funkelte, baden gingen. Es war mehr als einmal vorgekommen, dass sie sich nach Abendschichten gleich nach Dienstschluss zu zweit oder mit Kollegen in die Fluten stürzten, wenn das Meer glühte. Nüchtern betrachtet war das Funkeln ein Zusammenwirken von lichterzeugender Substanz (Luziferin) mit einem Ferment (Luziferase). »Noctiluca« hießen die kleinen Tierchen. Sie brauchten zum Leuchten einen mechanischen Reiz wie das Brechen einer Welle oder die Bewegungen eines Fisches oder eines Menschen. Jede Bewegung mit dem Arm wirkte, als zöge man einen Schweif von Licht hinter sich her.

Er lächelte bei dem Gedanken, denn jedes Mal, wenn sie schwimmen gewesen waren, hatte die Strömung sie abtreiben lassen, und sie fanden im Dunkeln ihre Kleidung nicht sofort wieder.

Später einmal wollten sie sich ein Haus kaufen und sich Kinder anschaffen, wenn die Zeit dafür reif war. Jetzt war es zu spät dazu. Er versuchte, die trüben Gedanken zu verscheuchen, aber es gelang ihm nicht.

In letzter Zeit hatten sie fast nur noch gestritten. Die Anlässe zu Zwistigkeiten wurden immer banaler, die Anzahl häufiger und der verbale Schlagabtausch von Mal zu Mal heftiger. Die Gründe dafür verdrängte er gern. Meistens lag es am Geld, das in ihren Augen nicht genug war. Sie wünschte sich mehr vom Leben, als von seinem Kochgehalt und ihrem Verdienst zu bestreiten war. Erstaunlich, wie klar er jede einzelne Sekunde ihres letzten Streits vor Augen hatte.

Eine der heftigsten Auseinandersetzungen überhaupt, und

deren Folgen konnte man nur einmal im Leben verkraften. Er bezweifelte, jemals darüber hinwegzukommen. Unaufhörlich und grausam plagten ihn diese Erinnerungen.

Er hatte gehofft, der Schmerz würde vergehen, doch die Zeit, die inzwischen vergangen war, linderte seine Seelenpein kein bisschen. Gestern noch meinte er, die Erinnerung an Susi könnte ihn nun nicht mehr aus der Fassung bringen, doch das war reine Selbsttäuschung und drei Gläsern Whisky zu verdanken.

Er sollte sich hüten, zu viel Alkohol zu trinken, das löste die Zunge. Wie schnell sagte man etwas, das man später bereute.

Acht

Hermann Faust war ein leidenschaftlicher Esser, dennoch hatte er sich nicht ans Frühstückbüfett gewagt, aus Angst, Gabriela Blume und Felix Bunzel aus den Augen zu verlieren. Nun galt es, mit nüchternem Magen an die Arbeit zu gehen, obgleich Arbeit nicht seine Stärke war. Er ging hinauf in sein Zimmer. Die beiden nur zu beobachten, half nicht viel, er musste wissen, was sie miteinander besprachen, wenn sie allein waren. Es wurde Zeit, die Wanze zu installieren. Noch ein paar Tage arbeiten, und dann ab in Rente. Diese Triebfeder brachte ihn auf Trab. Eine Rente mit achtunddreißig, von der Vater Staat keine Ahnung hatte. Faust lächelte zufrieden. Wem würde das nicht gefallen. Ihn amüsierte der Gedanke, mit dem ergaunerten Vermögen gleich zweier Heiratsschwindler ein sorgenfreies Leben zu beginnen. Vermutlich in der Karibik. Er würde am Strand die Beine von der Sonnenliege baumeln lassen und seiner Lieblingsbeschäftigung nachgehen, nämlich dem Nichtstun. Ab und an würde er seinen Kontostand überprüfen und sich dabei die Sonne auf den Leib scheinen lassen. Viel Sonne auf viel Bauch, grinste er zufrieden.

Faust war in seinem Hotelzimmer und hatte seine Verkleidung abgelegt. Die Oberlippe juckte heftig vom Klebstoff des falschen Bartes. Sie war rot, und die ersten kleinen Pickel zeigten sich. Er schlüpfte in einen schlabbrigen Jogginganzug. Um sich in ein fremdes Zimmer zu schleichen, brauchte er keine Verkleidung, da sollte man eher flink sein. Er hatte beim Frühstück den größten Teil des Gesprächs der beiden belauschen können und wusste, dass die Turteltäubchen eine Kutschfahrt machen wollten. Über zwei Stunden dauerte so etwas, wie er an der Rezeption erfahren hatte. Wunderbar, sie konnten so schnell nicht wieder im Hause sein.

Er öffnete seine Zimmertür, ohne hinauszutreten, und streckte den Kopf hinaus. Niemand zu sehen, der Flur war leer. Vor der Tür der beiden blieb er stehen. Verdammt, er hatte sich keine Gedanken gemacht, wie er hineinkommen sollte. Unschlüssig stand er da. Ob er warten sollte, bis eines der Zimmermädchen kam? Ihr konnte er vorlügen, sich ausgesperrt zu haben. Keine gute Idee. Ihm war aufgefallen, dass große Teile des Personals die Gäste mit Namen ansprachen. Er musste davon ausgehen, vom Reinigungspersonal erkannt zu werden, und konnte es sich kaum leisten, Verdacht bei irgendjemandem zu erregen. Seine Hand griff nach der Türklinke. Die Tür war unverschlossen.

Zwei Sekunden später stand er im Zimmer von Gabriela Blume und Felix Bunzel.

Wie vertrauensselig Verbrecher doch sind. Kamen erst gar nicht auf die Idee, selbst Opfer eines Verbrechens werden zu können. Er schaute sich im Zimmer um. Er hatte erwartet, dass alle Zimmer die gleiche Ausstattung hatten, und in seinem schon mal getestet, wo er die Wanzen anbringen wollte und wie viel Zeit er dafür benötigte. Dieser Raum sah anders aus als seiner.

Unschlüssig stand er vor dem Doppelbett. Nach längerem Überlegen entschied er sich, eine Wanze unter dem linken Nachttischchen anzubringen und eine zweite unter der Tischkante des Schreibtisches. Im Bad sollte er besser keine installieren, er wusste nicht, ob die Dinger Feuchtigkeit vertrugen. Zufrieden mit seiner Entscheidung, legte er eine Hand auf die Türklinke, um zu verschwinden. Auf dem Flur erklangen Stimmen. Sein Ohr fest ans Türblatt gedrückt, meinte er zu hören, wie jemand direkt vor der Zimmertür stand und mit jemandem sprach. Oh je, die Zimmermädchen. Hektisch schaute er sich um. Ob er unter das Bett kriechen sollte, damit sie ihn nicht entdeckten? Faust wollte eben lossprinten, stoppte und schlug sich gegen die Stirn. »Blödmann«, schimpfte er sich selbst. Die Betten waren schon gemacht und im Bad lag kein Handtuch ungefaltet herum. Der Zimmerservice war schon durch. Erleichtert ging er in die Knie und schaute durch das Schlüsselloch. Vor sich sah er etwas Weißes, was vermutlich ein Kittel war. Zwei Frauen unterhielten sich. Das konnte dauern, nur hoffentlich nicht zu lang. Er wurde nervös. Es wäre schade, wenn auf den letzten paar Metern noch etwas schiefginge. Er spürte einen Luftzug am Auge und vermutete, dass eine Tür zum Flur aufgegangen war. Hinter ihm bewegte sich die Gardine leicht. Der weiße Stoff verschwand aus seinem Blickfeld, dafür sah er zwei Leute an der Tür vorbeigehen. Er wartete noch ein wenig und lauschte, ehe er die Tür einen Spalt öffnete. Alles still. Ein abschließender letzter Blick in den Raum. Perfekt, er hatte nichts verändert.

Sobald die beiden zurückkamen, würde sich zeigen, ob die Abhörgeräte funktionierten.

***

»Kurt.«

Mit dem Zeigefinger winkte Frau Schmidt den Nachtportier zu sich heran. In ihren Augen stand ein Leuchten, das auf große Vitalität schließen ließ und darauf, dass sie etwas vorhatte.

»Kommen Sie.«

Kurt stand im Flur der ersten Etage und machte seine Runde durchs Haus, um zu sehen, ob alles in Ordnung war.

Er seufzte innerlich. Er hatte viel zu tun und eigentlich keine Zeit, sich auf irgendwelche Theorien der Tante seines Chefs einzulassen.

»Kuhuurt«, lockte sie, und er unterbrach seinen Kontrollgang. Ein wenig Zeit konnte er schon erübrigen. Er mochte die alte Dame, auch wenn sie einem manchmal auf die Nerven gehen konnte.

»Noch ein bisschen näher.« Sie schaute sich nach allen Seiten um. »Muss nicht gleich jeder mitbekommen.«

Kurt tat ihr den Gefallen.

»Die Gäste aus Zimmer hundertvierzig, ist Ihnen an denen etwas aufgefallen?«

Kurt wusste weder, welcher Gast in besagtem Zimmer wohnte, noch war ihm etwas aufgefallen, was ihre Besorgnis erklären konnte. »Mir ist nichts aufgefallen. Sollte es denn?«, versuchte er es mit einer Gegenfrage.

Sie zupfte an seinem Ärmel und zog ihn näher an sich heran.

»Die sehen mir so aus, als machten sie keinen Urlaub, sondern würden etwas Bestimmtes beabsichtigen.«

»Wie kommen Sie auf die Idee?«

»Nennen wir es Intuition. Ich habe ein Gespür für so etwas. Und ...«, sie tippte sich an die Nase, »... Herr Engel interessiert sich auch für sie.«

Darauf mochte Kurt nur schweigen, niemals hätte er sich herausgenommen zu sagen, dass seiner Meinung nach beide viel zu neugierig waren.

»Kurt, ich sehe Ihrem Gesicht an, was Sie glauben.« Dabei tippte sie sich an die Stirn und ließ seinen Ärmel los. »Sie denken, er ist ein wenig durcheinander, der Herr Engel.«

Sie lächelte, und Kurt dachte: Nicht nur er. Anstandshalber machte er ein betroffenes Gesicht. »Nun ja, diese Detektivspielereien ... Ein wenig chaotisch ist er manchmal schon.«

»Das denken Sie!« Sie tippte mit ihrem Zeigefinger heftig gegen seine Brust. »Aber Sie irren sich. Ich bin mir sicher, Engel möchte nur, dass wir das glauben.« Sie hob ihren Zeigefinger an die rot geschminkten Lippen. »Das bleibt unser Geheimnis.«

»Ich schweige wie ein Grab, versprochen!« Er reagierte zackig wie ein Soldat und legte seine rechte Hand aufs Herz.

Sie nickte zufrieden und wedelte mit den Händen, er möge fortgehen. Dabei kicherte sie. Seiner Meinung nach besorgniserregend, so als wüsste sie etwas, das anrüchig war und sie amüsierte. Nach einigen Schritten drehte er sich zu ihr um und sah, wie sie den Flur hinunterging. Am Treppenabsatz angekommen, schaltete sie die Beleuchtung aus.

»Frau Schmidt!«, rief er ihr hinterher und verlieh seiner Stimme einen mahnenden Ausdruck. »Für die Gäste ist das viel zu dunkel!«

»Ach was«, sagte sie streng, drückte jedoch den Lichtschalter wieder an.

Kauzig und ein wenig durcheinander, dachte Kurt, aber nett und liebenswert. Trotz oder gerade wegen ihrer Macken musste man die sechsundachtzigjährige Dame einfach mögen, sie strahlte so viel Sympathie aus.

Ihre permanente Angst vor Feuer, Einbrechern und sonstigen

Kriminellen war anstrengend und konnte schnell zu Unfällen oder bösen Verdächtigungen führen. Aber welcher Mensch ist schon ohne Marotten – nur Langweiler. Niemand konnte vorhersagen, wie er selbst einmal in diesem Alter sein würde. Sie war jedenfalls alles andere als langweilig.

Neun

Das Wetter war umgeschlagen. An der Nordsee geht so etwas schnell. Eben noch der schönste Sonnenschein, und wenig später die dunkelsten Wolken am Himmel. In der Nacht hatte es gestürmt, jetzt brach der Tag an.

Engel hatte unruhig geschlafen. Wirre Träume plagten den Achtundsiebzigjährigen. Als er endlich schweißgebadet erwachte, erinnerte er sich an jede einzelne Kleinigkeit aus dem Traum.

Erleichtert, nur geträumt zu haben, stieg er aus dem Bett, reckte sich und öffnete das Fenster. Die Sonne ging eben auf. Die kühle Luft sog er gierig in seine Lungen. Das tat gut. Er stand einige Minuten und starrte hinaus, ehe er sich bewusst wurde, dass er sich erkälten würde, wenn er weiter hier stehen blieb. Er schloss das Fenster und kniff die Augen ein wenig zusammen. Seine Brille lag auf dem Nachttisch. Barfuß tappte er ins Bad, die Fußbodenheizung wärmte die Fliesen und war sehr angenehm. Über das Waschbecken hinweg schaute er in sein eigenes Spiegelbild. Sein rechtes Auge zwinkerte ihm zu, so als wüsste es schon mehr als sein Verstand. Da schlossen sich einige Synapsen in seinem Kopf zusammen, sendeten ihr Signal, und er meinte, heller zu sehen. Er verließ das Bad, umrundete das Bett und setzte seine Brille auf. Seine Hand fand automatisch das Fernglas. Er musste eben schon etwas Ungewöhnliches gesehen haben. Durch das Fernglas schaute er auf die aufgewühlte See. Zwei Fischkutter fuhren hinaus, sie hatten die Fangnetze hochgezogen. Die Gischt spritzte empor, jedes Mal, wenn das Schiff eine Welle durchfuhr. Er beobachtete das Schaukeln ein wenig länger.

Er drehte leicht den Kopf und erkannte die Seehundbank. Alle Tiere waren verschwunden. Wellen mit weißen Schaumkappen rollten über die Stellen, an denen sie sich an weniger stürmischen Tagen in der Sonne aalten.

»Das gibt es nicht«, flüsterte er, nahm das Fernglas herunter, hauchte auf die Gläser und rieb sie mit dem Zipfel seines Pyjamahemdes, hielt es erneut vor die Augen und drehte an den Einstellungsrädchen. Die Schärfe war auf das Bestmögliche für seine Augen eingestellt.

Ein Mann zog eine Last. Er lief leicht vorgebeugt, es wirkte, als würde er etwas Schweres schleppen. Er kam vom nördlichsten Ende des Strandes, im Hintergrund konnte Engel die Windräder sehen, die fünfzehn Kilometer entfernt im Meer standen und Strom erzeugten.

»Fast wie im Mai«, dachte Engel, nur dass dieses Mal eine Last gezogen statt getragen wurde. Engel ließ das Fernglas sinken und verfolgte mit bloßem Auge jede Bewegung des Mannes. Er bildete sich ein, das Gesicht des Hotelkochs zu erkennen. Er blickte erneut durch das Fernglas. Das, was der Mann hinter sich herzog, war groß und wirkte sehr schwer. Der Mann blieb stehen und rieb sich den Kopf, sodass seine Mütze sich kurz verschob und rotblonde Haare zu erkennen waren. Eindeutig Alexander Bremer.

»Das tut der nicht zweimal. Deine Phantasie geht mit dir durch«, mahnte Engel sich laut. »Du träumst mit offenen Augen.«

Er wischte sich mit dem Unterarm über die Stirn und fühlte ein angenehmes Kribbeln auf der Haut. Sein Bluthochdruck erreichte ungeahnte Höhen, doch er ignorierte den leichten Schwindelanfall, zum Kranksein hatte er jetzt keine Zeit.

»Wie aus dem Lehrbuch«, sagte Engel. »Den Täter führt es an den Tatort zurück.«

Er warf das Fernglas aufs Bett und wäre beim Ausziehen der Pyjamahose beinahe über seine eigenen Füße gestolpert. Er zog Hose und Hemd an, fand seine Socken nicht und schlüpfte barfuß in sein Schuhwerk. Noch schnell die Regenkleidung übergezogen, dann eilte er aus seinem Zimmer, die Treppenstufen hinunter und zum Hotel hinaus. Bei dem Wetter war in dieser frühen Morgenstunde kein Mensch zu sehen.

Wie blöd musste jemand sein, um einen Mord gleich zweimal auf einer Sandbank zu begehen und danach die Leiche fortzuschleppen, anstatt sie einfach liegen zu lassen? Das erste

Mal im Mai war für Engel einigermaßen verständlich. Da war das Wetter gut gewesen, die Leiche wäre wohl kaum vom Meer fortgetragen worden. Doch heute bestanden die besten Voraussetzungen, dass alles, was an der Wasserkante lag, einfach von den Wellen hinausgezogen wurde.

Die einmalige Gelegenheit, jemanden in flagranti zu erwischen, ließ keinem zweifelnden Gedanken Platz.

Wenn er sich beeilte, konnte er ihn abfangen. Bremer war noch weit genug entfernt, er hatte gute Chancen, ihn zu erwischen.

Vom Wind der Nacht war das Meer zornig und dunkel. Hohe Wellen wurden an den Strand gepeitscht, brachen dort und hinterließen weit oberhalb der eigentlichen Hochwasserlinie einen Streifen mit Treibgut. Nach jedem Sturm konnte man die sonderbarsten Sachen an der Wasserkante finden. Lagen hier sonst nur abgerissene Algen, Muscheln und die traurigen Überreste, die manch unachtsamer Seemann einfach über Bord schleuderte, warf ein Sturm oft ungeahnte Schätze an den Strand. In der Nacht noch teilte der Radiosprecher seinen Zuhörern mit, dass draußen auf der Seefahrtsstraße einem Frachter eine Deckladung über Bord gegangen sei. Die Meeresströmung und der Westwind trieben sie an den Strand. An solchen Tagen oder Nächten hielt nichts Bremer zu Hause, dazu war er zu sehr Borkumer.

Unablässig troff von seinem dunkelblauen Seeparka das Regenwasser herunter, seine Jeanshose hatte sich mit salzigem Meerwasser, das bei jeder größeren Woge heraufspritzte, vollgesogen, sein Gesicht war nass, aber es störte ihn wenig. Was für ein Fund. Es lohnte sich immer, bei so einem Wetter die Wasserkante abzusuchen.

Er konnte sich so lange darüber freuen, bis er Hubert Engel entdeckte. Konnte der nicht wie alle Touristen um diese frühe Morgenstunde schlummernd im Bett liegen? Diese Nervensäge hatte ihm gerade noch gefehlt. Bestimmt wird er ihn anhalten und wissen wollen, was er hier machte, warum er so früh unterwegs war, und vor allem, was er hinter sich herzog. Er war nicht erpicht auf eine weitere Konfrontation mit dem Mann. Wenn er jetzt nach links abbog und einen Schritt zulegte, konnte er ihm ausweichen. Aber das bedeutete einen beträchtlichen Umweg. Er verspürte keine Lust, sich unnötig körperlich anzustrengen. Er behielt seinen direkten Kurs bei und stapfte dem alten Herrn entgegen. Dieser trotzte den heftigen Böen und dem Regen, eingehüllt in einen alten, schon lang aus der Mode gekommenen Ostfriesennerz, eine typisch gelbe Öljacke, und den farblich dazu passenden Gummistiefeln.

Gleich würde er schnellen Schrittes an ihm vorbeigehen und so tun, als erkenne er ihn nicht. Einen Moment nur blieb er stehen, beugte die Knie, fasste das Tau kürzer und zog mit beiden Händen die schwere Last auf seinen Rücken hinauf. Das tat zwar weh, bot aber die Möglichkeit, schneller zu laufen. Auf gleicher Höhe mit Engel angekommen, stellte der sich ihm in den Weg.

»Was haben Sie da?«

Pech gehabt. Bremer war ein höflicher Mensch, also blieb er stehen. Mit einem rückwärtigen Kopfwippen deutete er über seine Schulter. »Strandgut, das sieht man doch.«

»Strandgut? Wie interessant. Zeigen Sie doch mal.«

Engel tropfte Regenwasser auf die Brillengläser und in die Augen, als er zu dem Mann hochsah. Er zwinkerte, sah aber, wie Bremer einen Schritt zur Seite machte, um an ihm vorbeizugehen. Er trat ihm abermals in den Weg.

»Heute ohne Gehstock?« Bremers Frage klang wie eine Bedrohung, so als wäre es ein Fehler, ihn ohne Hilfsmittel aufhalten zu wollen. Was es vermutlich auch war. Wenn Bremer ihm einen Schubs zur Seite gab, hätte er seiner Kraft nichts entgegenzusetzen.

»Brauche ich den?« Engel fragte sich, wo er den Mut hernahm, um so viel Aggression in die Gegenfrage zu legen. Vermutlich daher, dass er neben dem Schrei einer Möwe auch das Brummen eines Motors hörte. Gott schütze die Mitarbeiter der Kurverwaltung, die so früh am Morgen die Wasserkanten von Unrat reinigen mussten, ehe die ersten Badenden den Strand erreichten. Sie waren nicht mehr allein.

»Nun zeigen Sie doch mal, was Sie da haben«, wiederholte Engel seine Frage.

Bremer hob leicht den Kopf und lauschte. Engel war stolz, vor ihm den Motor gehört zu haben. Bremer stieß laut die Luft aus und ließ das Seil los. Seine schwere Last fiel in den Sand. Auf Plattdeutsch gemurmelte Verwünschungen trafen Engel, der tat, als würde er sie nicht hören. Ihren Inhalt verstand er zwar nicht, aber er musste kein Genie sein, um sich denken zu können, dass es nichts Nettes war. Er tippte mit der Fußspitze gegen das Strandgut, beugte sich vor. Mit beiden Händen rüttelte er daran, ehe er aufschaute.

»Enttäuscht?« Bremer machte ein Das-hätte-ich-dir-vorhersagen-können-Gesicht. »Was haben Sie denn erwartet?«

»Was ist das?«

»Sieht man doch.« Bremer trat so kräftig mit dem Fuß dagegen, dass Engel hoffen konnte, er würde ein Loch hineintreten. Tat er leider nicht.

»Wozu brauchen Sie das?«

»Das geht Sie gar nichts an.« Ein drohend erhobener Zeigefinger direkt vor seiner Nase ließ Engel einen Schritt zurück machen.

»Kein Fremder wird je die Philosophie des ›Strandjen‹ verstehen, also lassen Sie mich in Ruhe.«

Die Tide hatte umgeschlagen, die Ebbe war zu Ende. Durch den auflandigen Wind begann das Wasser schneller als normal wieder aufzulaufen. Der Doppeleffekt von Gezeiten und Wind erzeugte mehr Wasser, das schneller auflief als gewöhnlich. Die beiden Männer standen viel zu nah an der Wasserkante. Eine Welle traf schäumend gegen Fuß und Wade, zerrte an ihnen und spülte wieder zurück.

Engels Enttäuschung wurde mit gleicher Welle weggespült. Was hatte er erwartet? Noch eine Leiche? Eine, die Bremer an Haaren oder Beinen hinter sich herzog? Von dieser Aussicht hatte er sich hinreißen lassen, oder wurde er dazu verführt? Ihm kam der Verdacht, hierhergelockt worden zu sein, einfach nur, um für die Zukunft etwas gegen ihn in der Hand zu haben, um ihn zu gegebener Stunde lächerlich machen zu können. Das ärgerte ihn. Wann und wo er sich lächerlich machte, bestimmte noch immer er.

Bremer hatte das Seil, das den Fund hielt, fester gepackt, über die Schulter gelegt und marschierte los.

»Ich helfe Ihnen«, schlug Engel mit Blick auf das dunkle Meer vor. »Bevor es weggespült wird.« Bremer reagierte nicht auf sein Angebot, und so sah Engel zu, wie er allein ein altes, mit soliden Metallringen beschlagenes Holzfass in Richtung Promenade zog.

»Haben Sie schon reingeschaut?« Noch hatte Engel keine Probleme, mit ihm Schritt zu halten. Endlich erreichten sie trockenen Sand. Es hatte aufgehört zu regnen, und das Meerwasser konnte sie nicht mehr erreichen, doch der weiche Sand machte das Gehen schwieriger.

»Was ist drin?«

Schweigen.

»Vielleicht sollten Sie es leer machen.« Er konnte es vor Neugierde kaum aushalten. »Dann ist es nicht so schwer.«

Bremer tat, als höre er ihn nicht. Engel ließ seiner Phantasie freien Lauf. In dem Fass steckte keine Leiche, das war vorhin schon ein blöder Gedanke gewesen. Dennoch rechnete er zusammen, wie schwer so ein Fass mit dem Gewicht eines durchschnittlichen Menschen zuzüglich Meerwasser sein konnte, und kam zu dem Ergebnis, auf keinen Fall die von ihm errechneten Kilos ziehen zu können.

Kurze Zeit später hatte er keine Kraft mehr zum Denken. Seine Bronchien machten ihm bei der körperlichen Anstrengung zu schaffen. Er brauchte jeden Fetzen Energie, um mit Bremer Schritt halten zu können.

Zu spät, er musste eine Pause einlegen. Schwer atmend stützte er seine Hände auf den Knien ab und schaute Bremer hinterher. Als er wieder gleichmäßig atmen konnte, war Bremer weg.

Engel schaute auf seine Armbanduhr. Die Frühstückszeit hatte noch nicht begonnen. Den Wind im Rücken, beschloss er, nicht den direkten Weg zum Hotel zu nehmen, sondern querab zum nördlichen Ende der Promenade zu gehen. Das war die kürzeste Strecke, um gepflasterten Boden zu erreichen. Beim Haus »Borkum Riff«, dort, wo es nach links über einen Fußgängerweg Richtung Café Sturmeck und FKK-Strand ging, standen einige Bänke. Auf einer davon saß die Frau, die von Faust observiert wurde. Für Engel *die* Gelegenheit, sich mit ihr bekannt zu machen.

»Guten Morgen, darf ich?«, sprach er Gabriela Blume an und setzte sich, ohne ihre Antwort abzuwarten.

»Guten Morgen.«

»Sie kommen mir bekannt vor.« Zugegeben, ein abgedroschener Satz, um eine Frau in ein Gespräch zu verwickeln, aber ein wirkungsvoller. Sie wandte sich zu ihm und schenkte ihm ein Lächeln.

»Sie wohnen im Nordsee-Hotel.«

»Ja, woher wissen Sie das?«

»Riechen Sie das?« Er ließ die Frage unbeantwortet. »Diese salzige Luft, der Geruch nach Meer?« Er atmete laut und tief ein, so als müsse er den Umgang mit der gesunden Seeluft demonstrieren. Sie nickte leicht und wirkte, als wolle sie gleich gehen.

»Sie sind also auch eine Frühaufsteherin?«, hielt er sie auf.

»Eigentlich nicht, doch bei diesem herrlichen Wetter.«

»Herrliches Wetter?«

»Es wird gerade schön.« Wie auf Befehl kam die Sonne hinter einer Wolke hervor. »Das Unwetter ist vorbei, auch wenn Sie aussehen, als wären Sie direkt hineingeraten.«

Er folgte ihrem Blick nach unten. Seine Stiefel waren mit nassem Sand beklebt, die Hose bis zu den Knien nass und sandig.

»Halb so schlimm.«

Sie lehnte sich zurück, legte den Kopf in den Nacken und schloss kurz die Augen. Innerhalb weniger Minuten hatte sich der Wind gelegt, das Meer wirkte im hellen Licht nicht mehr bedrohlich, die Sonne strahlte vom Himmel und versprach einen schönen, warmen Tag.

»Sie sind ganz sandig. Waren Sie am Wasser?«

»So ähnlich. Da holt man sich richtig Appetit für das Frühstück.«

»Sehr vernünftig.«

Sie beugte sich wieder vor und legte ihre Hand auf die Sitzfläche zwischen ihnen. Er legte seine kurz darauf, drückte ihre und ließ sofort wieder los.

»Sie wirken so bedrückt. Sie haben doch hoffentlich keinen Ärger mit Ihrem Freund?« Es lag so viel Anteilnahme in seiner Frage, wie sie nur ältere Menschen aufbrachten, die besorgt um die zwischenmenschlichen Beziehungen der Jugend waren und regen Anteil am harmonischen Miteinander der Leute nahmen. Er wusste, diese indiskrete Frage wurde Menschen jenseits von siebzig Jahren immer verziehen, auch wenn es sie nichts anging.

»Nein, nein«, unternahm Gabriela den Versuch, ihn zu beruhigen. »Alles in Ordnung.«

Das war gelogen, ihm machte man nichts vor. Er hob seinen Handballen an ihren Arm und rieb leicht hin und her.

»Kindchen, wenn Sie jemanden zum Reden brauchen, der alte Engel kann zuhören. Das können die wenigsten Menschen heutzutage.«

»Danke, aber es ist wirklich alles in Ordnung.«

»Dann lassen Sie uns zurückgehen.«

»Sie wohnen auch im Nordsee-Hotel?«

»Machen Sie einem alten Mann die Freude und begleiten Sie ihn.« Auffordernd reichte er ihr seinen Arm. Sie zögerte einen Augenblick, dann half sie ihm hoch und hakte sich unter.

Er versuchte, noch einmal den Grund ihres Kummers aus ihr herauszulocken, doch sie verschwieg beharrlich, was ihr auf der Seele lag.

»Sind Sie schon einmal zu den Sandbänken hinausgelaufen?«, schnitt er ein anderes Thema an.

»Nein, der Weg ist mir zu weit. Aber ich habe einen herrlichen Blick dahin von meinem Zimmer aus. Das reicht mir.«

»Ein gefährliches Pflaster«, sagte er.

»Wie bitte?«

»Es heißt, dort lauert der Tod.«

»Sie machen mir Angst.« Ihre Stimme klang so gar nicht, als würde sie sich fürchten. Sie blieb stehen und schaute aufs Meer hinüber. »Ist jemand ertrunken? Es sieht alles so friedlich aus. Ich kann mir nicht vorstellen, dass es für Menschen gefährlich ist.«

»Im Mai soll dort eine Frau zu Tode gekommen sein.«

»Wie schrecklich. Was ist geschehen?«

»Das wüsste ich auch gern.« Er fragte sich, warum er das Thema angeschnitten hatte. Gabriela erweckte den Eindruck, als sei sie zum ersten Mal auf der Insel. Nichts deutete auf eine Verbindung zwischen ihr und Susi Bremer hin, und dennoch kam ihm kurz der Gedanke.

»Reden wir nicht mehr davon. Bestimmt habe ich mich verhört, in meinem Alter kann man schon mal was verwechseln.«

»Wie alt sind Sie denn, wenn ich fragen darf?«

»Sie dürfen, Kindchen, Sie dürfen. Achtundsiebzig.«

»Danach sehen Sie aber nicht aus.« Engel nahm das Kompliment gern entgegen.

»In zwei Jahren beabsichtige ich, meinen achtzigsten Geburtstag ganz groß auf Borkum zu feiern.«

»Das wird sicher schön.«

»Was machen Sie eigentlich beruflich?«

»Ich arbeite im Bankwesen.«

Er nickte und spürte, dass sie nicht die Wahrheit sagte.

»Sparkassenangestellte?«

»Nein.«

»Bankmitarbeiterin?«

»Nein, ich beschäftige mich mit finanziellen Transaktionen.«

»Börse?« Er tat beeindruckt.

»Ja.« Sie schaute ihn mit einem Blick an, als sei sie unfähig zu lügen. Engel wusste es besser.

»Dann gehören Sie sicher auch zu den Leuten, die nicht abschalten können und im Urlaub ihren Computer dabeihaben?«

»Einen Laptop? Selbstverständlich.«

»Ach, so heißen die Dinger. Und damit sind Sie mit Ihrer Bank verbunden?«

Sie lächelte, als habe ein Kind eine niedliche Bemerkung gemacht.

»Jederzeit?«

»Jederzeit, Tag und Nacht.«

»Könnten Sie mit den Dingern auch, sagen wir mal, eine Zugverbindung herausfinden? Ich vergesse immer, wann meine Bahn abfährt.«

»Natürlich.«

»Dürfte ich Sie um den Gefallen bitten, dieses für mich zu tun?« Er ließ ihr keine Gelegenheit, seine Bitte abzuschlagen. »Danke. Das ist nett von Ihnen. Sie sind ein Schatz. Nach dem Frühstück besuche ich Sie auf Ihrem Zimmer.«

Sie betraten das Hotel.

»Auf Wiedersehen. Ich werde mal schauen, was mein Schatz macht«, sagte Gabriela. Sie hakte sich von ihm los, eilte die Eingangsstufen hoch, durchquerte das Foyer und verschwand im Fahrstuhl.

Engel konnte sich ein fröhliches Schnalzen mit der Zunge nicht verkneifen. Es war immer wieder erstaunlich, wie einfach es für einen Mann ab einem gewissen Alter war, sich selbst auf das Zimmer einer Frau einzuladen.

***

Engel verließ sein Zimmer. Er war auf dem Weg zum Frühstück und ließ im engen Flur Antonio, der ein Tablett trug, vorbei, indem er sich mit dem Rücken an die Wand stellte. Neugierig darauf, wer sich sein Frühstück bringen ließ, machte er kehrt.

Frau Möller war für zwei Nächte im Nordsee-Hotel abgestiegen, um so richtig die Sau rauszulassen. Die vergangene Nacht in der Disco »Kajüte« in der Nähe vom Bahnhof war hart gewesen. Sie fühlte sich nicht in der Lage, den Frühstücksraum aufzusuchen, und hatte sich ihr Essen aufs Zimmer bestellt. Antonio, der diesen Job gern übernahm, da er ein Trinkgeld versprach, klopfte an ihre Tür und betrat das Zimmer. Die Zimmertür blieb hinter ihm einen Spaltbreit geöffnet, und Engel wagte sich bis an die Türschwelle. Er stellte seinen Gehstock zwischen Tür und Zarge, um ein komplettes Schließen zu verhindern. Durch den Spalt konnte er in einen Spiegel schauen, der so günstig hing, dass er ins Zimmer blicken konnte.

Zu dieser Stunde, so früh am Morgen, bot Frau Möller, die aufrecht in ihrem Bett saß, keinen erfreulichen Anblick. Die Haare standen ihr zu Berge, die Augen wirkten blutunterlaufen, verstärkt durch dunkle Augenringe, die Haut war zerknittert und faltiger ohne ihr tägliches Make-up, der Mund verkniffen. Sie zeigte alle Anzeichen eines schweren Katers. Ihr sonst so wohlentwickelter Wortschatz hatte über Nacht eine Wandlung durchgemacht.

Ach, wären ihr die Wörter doch im Halse stecken geblieben, dachten wohl der lauschende Engel und Antonio gleichzeitig, als sie den Italiener ankeifte:

»Was glotzen Sie mich so dämlich an? Noch nie eine ungeschminkte Frau gesehen?«

Schon, dachten erneut beide Herren unisono, nur keine, die man nicht wiedererkannt hätte, würde sie nicht in diesem Hotelzimmer wohnen.

Engel konnte im Spiegel erkennen, wie Antonio sich eine Antwort verkniff, was hätte er auch sagen sollen, was sich gegenüber einem Gast geziemte?

»Scheiße auch, war das 'ne geile Disco«, setzte Frau Möller noch einen drauf. »Nicht einer dabei, den ich von der Bettkante gestoßen hätte!« Sie schnippte mit den Fingern und ließ sich das Glas Orangensaft reichen, nahm einen Schluck, rülpste und kratzte sich im Ausschnitt.

Nicht nur Antonio, der einen Schritt zurückgetreten war, wagte einen genaueren Blick auf ihr zerwühltes Bett und das unbenutzte Bettzeug daneben und stellte fest, dass die Herren anscheinend anders darüber gedacht hatten. Es sah so aus, als habe Frau Möller für die Nacht keinen abbekommen.

»Aber man soll nicht jeden in sein Bettchen mitnehmen, lassen Sie sich das einen guten Rat sein«, sagte sie, als habe sie Antonios Gedanken erraten. »Her mit dem Frühstück.«

Auffordernd klopfte sie mit der flachen Hand auf die Bettdecke neben sich. Antonio ignorierte die Geste. Er machte einen weiteren Schritt rückwärts und drehte sich halb, um das Tablett auf dem Schreibtisch abzustellen.

»Nein, nein. Hierher«, forderte Frau Möller und klopfte heftiger aufs Bett. Antonios Gesicht war starr, wahrscheinlich hoffte er, dass man ihm seine Panik nicht ansah. Er drückte seine Schulterblätter ein wenig mehr nach hinten und trat näher ans Bett heran. Mit ausgestreckten Armen, außer Reichweite ihrer Hände, hielt er Frau Möller das Tablett hin. Sie beugte sich vor, und Antonios Kopf wich wenige Zentimeter nach hinten, ohne die Position seines restlichen Körpers oder des Tabletts zu verändern. Sie nahm sich einen Toast, biss eine Ecke ab und spülte sie ohne zu kauen mit einem Schluck Kaffee hinunter.

»Wollen Sie so stehen bleiben?« Ihre Stimme klang schroff mit einem Hauch Sarkasmus. Antonio tat einen Schritt vor und setzte das Tablett auf ihrem Schoß ab. Engel hatte wohl erwartet, dass ein quirliger Italiener fixer war, und zuckte genau wie Antonio leicht zusammen, als sie ihn mit einem schnellen Griff am Handgelenk festhielt.

»So geht das nicht.«

Sowohl Antonio in gefährlicher Nähe zu ihr als auch Engel, den Blick im sicheren Spiegelbild, erbleichten, was man der Stimme des jungen Mannes sogar anhören konnte. »Was?«

Der Griff am Handgelenk musste kräftig gewesen sein, dort rötete sich die Haut. Spätestens jetzt wäre Engel geflohen. Frau Möller ließ sich mit der Antwort Zeit, die Antonio wohl ausreichte, um sich zu wappnen.

»Was geht so nicht?«, nahm seine Stimme einen herausfordernden Klang an.

»Ich muss mich beschweren.« Das angebissene Toastbrot flog auf das Tablett zurück.

»Ist mit Frühstück etwas nicht in Ordnung?«

»Papperlapapp, es geht nicht ums Frühstück.«

»Worüber Sie sich beschweren?«

Sie hob beide Arme und wedelte mit den Fingern herum, als müsse sie ihn auf die Zimmerdecke und die Wände hinweisen. Das Tablett kam ein wenig ins Rutschen, Antonio machte keine Anstalten, es aufzuhalten.

»Ihnen gefällt Zimmer nicht?«

»Kein Auge habe ich zugetan«, erhob sie die Stimme. »Die ganze Nacht nicht, das können Sie mir glauben.«

Antonio, außer Reichweite und wieder im Besitz all seiner Fähigkeiten, fragte höflich: »Signora, was nicht war zu Ihre Zufriedenheit? Sie mir sagen, ich stelle sofort ab.«

»Hier piept's!«

In diesem Punkt waren alle drei einer Meinung.

»Gucken Sie nicht so«, forderte Frau Möller, obwohl Antonios Mimik sich nicht verändert hatte.

»Wenn ich sage, hier piept es, dann piept es. Die halbe Nacht habe ich kein Auge zugetan. Mein Nachbar«, sie deutete auf eine Wand, »hat die ganze Nacht sein Radio laufen lassen. Er sollte es auf den Müll schmeißen. Hat nur gepiept und gezischt, das alte Scheißding.«

Engel erschrak, Antonio aber nickte. Er wirkte, als habe er in diesem Moment den Übeltäter des unangenehmen Geräusches ausgemacht. Er deutete auf ihren Kopf, was sie nicht mitbekam, weil sie kräftig mit dem Plastiklöffel auf ein Ei eindrosch. Doch Engel konnte von seiner Position aus sehen, was Antonio wohl sagen wollte, dann aber doch bleiben ließ.

Hinter Frau Möllers Ohr, zwischen wild abstehenden Haaren, sah man ein Hörgerät. Aus Erfahrung – ein Freund von ihm hatte auch so ein altmodisches Modell – wusste Engel, dass diese Geräte bei Überreichweiten oder in der Nähe von Handys Störgeräusche verursachen konnten.

»Ich kümmern mich darum«, versprach Antonio. »Werde es sofort Hausdame sagen.«

Bevor Engel entdeckt werden konnte, drückte er das Türblatt ein wenig auf, um seinen Stock zu befreien. Er trat zurück und erreichte rechtzeitig einen Sessel im Flur, um sich zu setzen und so zu tun, als müsse er verschnaufen.

»Arrivederci, ich wünsche eine schöne Tag«, hörte man Antonio sagen. Engel fand zwischen den Polstern eine Tageszeitung, die er hervorzog, und versteckte sich dahinter. Eine Sekunde später öffnete sich die Fahrstuhltür.

»Frau Schiffer«, winkte Antonio sie heran. »Ich habe Beschwerde.«

»Sag es mir später.« Hinter seiner Zeitung verschanzt, entging Engel die Zeichensprache der Hausdame, die erkannte, dass er unmöglich bei dem Licht hier am Sessel lesen konnte. Sie führte Antonio ein Stück den Flur hinunter.

»Du willst dich beschweren?«

Frau Schiffer klang, als hätte sie von jedem anderen, nur nicht von Antonio erwartet, dass er sich beschwerte.

»Nicht ich. Die *grande tedesca* hat sich beschwert von Geräusche aus Nebenzimmer.« Antonio deutete mit dem Finger hinter sich.

»Geräusche? Was für Geräusche?« Sie wandte sich zu Engel um, der sich hinter seiner Zeitung nicht rührte, und führte Antonio noch ein paar Schritte weiter weg.

Antonio erzählte von seiner Begegnung mit Frau Möller, wobei er pikante Details verschwieg. Am Ende seines Berichtes äußerte er auch gleich seine Vermutung, die gleiche, die Engel auch hatte.

»Ich kann mir nicht denken, dass die modernen Hörgeräte so störanfällig sind«, zweifelte Frau Schiffer und hielt eines der Zimmermädchen an, das einen Putzwagen durch den Flur schob. Sie ließ sich den Belegungsplan geben, um nachzusehen, wer in den Zimmern rechts und links daneben wohnte. »Siebenkötter und Faust.«

»Faust? Den Mann kenne ich. Das ist der mit die falsche Bart.« Antonio warf einen Blick über ihre Schulter auf den Plan, als könne er mehr erkennen als nur die Namen.

»Der ist mir irgendwie – *sinistro* – unheimlich«, flüsterte er. »Sie haben ihn gesehen. Seine Zähne sind so komisch.«

»Was stört dich daran?«

»Es sinte so viele. Und sie stehen gerade wie eine Lattenzaun.«

»Du kannst gehen, ich kümmere mich um die Angelegenheit.«

Engel hatte genug gehört und sofort verstanden, was passiert war. Die Störgeräusche kamen weder von einem defekten Radio noch von einem altersschwachen Hörgerät, sondern von Fausts Abhöranlage, und er konnte sich beim besten Willen keinen Grund vorstellen, warum Faust Frau Möller abhören sollte. Aber wen belauschte er dann? Wer wohnte auf diesem Flur, bei dem es sich lohnte, ihn zu überwachen? Engel wusste, wer.

***

Gegen zehn Uhr strahlte die Sonne vom Himmel, kein Wölkchen war zu sehen. Die Touristen strömten bunt bepackt an den Strand.

Felix Bunzel beobachtete die Urlauber durch das Fenster des Frühstückssaals. Er schenkte sich eine Tasse Tee ein. Darauf hatte er sich schon den ganzen Morgen gefreut. Es ging nichts über den Tee, wie die Menschen in Ostfriesland ihn machten. Da behaupteten die Engländer immer, sie wären die größten Teetrinker der Welt. Doch sie kannten die Ostfriesen nicht. Nicht nur, dass diese wesentlich mehr schwarzen Tee als die Briten tranken, sie verstanden es auch, einen weit besseren Tee zu kochen. Bunzel vermutete, dass es an der besonderen Wasserqualität lag.

Genüsslich schlürfte er die zweite Tasse leer. Stark, mit süßen Kluntjes und Sahne. Köstlich!

Sein Blick wanderte zum Eingang des Frühstücksraumes. Dort stand Gabriela, und es sah so aus, als suche sie ihn. Er hatte das Zimmer verlassen, als sie sich im Bad zurechtmachte. Auf dem Weg nach unten hatte er gemerkt, wie er sich Schritt um Schritt wohler fühlte, je weiter er sich von ihr entfernte. Ihre Gegenwart bereitete ihm Unwohlsein, was er auf die Anwesenheit seiner Frau zurückführte. Gabriela entdeckte ihn und winkte.

Ehe sie sich zu ihm setzte, strich sie ihm mit den Fingerspitzen über die Schulter, hauchte ihm einen Kuss auf die Wange und warf ihre voll bepackte Strandtasche auf einen der Stühle. »Ich hoffe, du hast mich die vergangenen Minuten vermisst«, zwitscherte sie.

Hatte er nicht, aber das musste sie ja nicht wissen. Er schenkte ihr ein breites Lächeln, das seine Augen nicht erreichte.

Es schien, als bemerkte sie es sehr wohl. Zeit für seinen Hundeblick. Wunderbar – Gabriela wirkte gleich entspannter.

»Ich nehme einen schönen starken Kaffee. So früh am Morgen brauche ich mein Quantum Koffein, um wach zu werden. Tee hilft mir da wenig.«

Im Tee ist ebenso viel Koffein enthalten, hätte er ihr erklären können, ließ es aber bleiben – und früh am Morgen war es lang nicht mehr. Er schluckte seine Kommentare mit dem letzten Rest Tee hinunter. Keine besserwisserischen Weisheiten, wenn man etwas von einem anderen wollte.

»Mit diesen Teestövchen kann ich mich nicht anfreunden«, machte sie sein Getränk schlecht. »Zuerst ist der Tee zu schwach, am Schluss zu stark und irgendwie immer zu heiß zum Trinken.«

Sie hat keine Ahnung vom anständigen Teegenuss, diese Banausin, grollte es in ihm. Er schluckte eine weitere Belehrung hinunter und reichte ihr kommentarlos den Korb mit den frischen Brötchen.

»Geht es dir nicht gut?« Sie betrachtete ihn lauernd.

»Doch, doch, mein Schatz«, riss er sich zusammen, »alles bestens.«

»Sehr schön. Du weißt, wenn es dir nicht gut geht, geht es mir auch nicht gut«, schmeichelte sie, und ihn beschlich kurz das Gefühl, als amüsierte sie sich darüber, wie er sich mühte, sie bei Laune zu halten.

Er griff nach ihrer Hand und küsste ihre Fingerspitzen. »Ich weiß gar nicht, wie ich bisher ohne dich leben konnte.«

Gabriela wunderte sich, wie er bei seiner Art zu reden, er hörte sich an wie ein Bauerntrampel, in seinem Beruf so erfolgreich sein konnte. Ihr gegenüber hatte er behauptet, aus dem Bremer Raum zu stammen. Blödsinn, jeder Mensch mit einem geübten Ohr konnte hören, dass er in Bayern aufgewachsen sein musste und später lang irgendwo im Hessischen gewohnt hatte.

Sie lächelte hintergründig, entzog ihm ihre Hand und schnitt umständlich ein Brötchen auf. Dabei schaute sie aufs Meer hinaus und folgte dem Flug einer Möwe, die im Sturzflug auf eine Frau niederging und ihr das Eis samt Waffel aus der Hand riss. Hast du das gesehen?, wollte sie ihn fragen, merkte aber, dass er mit seinen Gedanken ganz woanders war.

Das gab ihr Gelegenheit, noch einmal über die gestrige Kutschfahrt nachzudenken. Er hatte die Tickets dafür schon vorher besorgt, und sie vermutete, dass er dabei übersehen hatte, dass die Kutsche mehr als nur zwei Personen Platz bot. Mit acht weiteren Gästen an einem langen Tisch sitzend, war es alles andere als eine romantische Tour gewesen. Aber lustig war es mit den anderen Leuten – und aufschlussreich. Wenn Bunzel mit dem Ehepaar sprach, das ihm gegenübersaß, passte er sich deren Dialekt einen winzigen Hauch an. Er hatte es selbst wohl kaum gemerkt. Aufgrund seines süddeutschen Singsangs in der Stimme wurde sie das erste Mal stutzig, was seine Vita betraf. Männer logen gern, wenn sie einer Frau imponieren wollten, aber nicht in solchen Dingen.

Gleich nach dem fröhlichen Ausflug konnte sie ihn leicht loswerden. Großmutters uralter Trick, Kopfschmerzen vorzuschützen und um zwei Stunden Ruhe zu bitten, half. Sie nutzte die Zeit für einige Telefongespräche, ließ alte Verbindungen spielen und recherchierte im Internet.

Das Ermittlungsergebnis traf sie wie ein Schlag. Sie stand kurz davor, einem Heiratsschwindler in die Fänge zu geraten. Ihre erste Reaktion war schallendes Gelächter, was ihr Sekunden später im Halse stecken geblieben war. In diesem Augenblick stand sie kurz davor, alles hinzuschmeißen, den Plan abzubrechen. Wut, Hilflosigkeit und Hysterie wechselten sekündlich, ehe sie sich beruhigen konnte. Jetzt erst recht, entfachte ein kleines Teufelchen in ihrem Kopf den Gedanken.

Betrachte es als Wettstreit oder Herausforderung und nenne es die geheime Olympiade der Heiratsschwindler.

Und denke immer daran: Bunzel ist erfolgreich in seinem Geschäft, er hat Geld. Viel Geld. Wie viel es genau war, erfuhr sie mit Hilfe eines Bankangestellten, der ihr noch eine kleine Gefälligkeit schuldete. Sehr viel Geld – und sie wollte es haben.

In ihr erwachte die sportliche Seite. Konkurrenz belebt das Geschäft, spornt an und gibt einem Gelegenheit, sich mit Gleichgesinnten zu messen. Wann hatte man in ihrem Gewerbe schon mit Arbeitskollegen zu tun? Nie! Eine Herausforderung, die sie beflügelte und anspornte. Adrenalin schoss durch ihre Adern. Ein herrliches Gefühl! Wollen doch mal sehen, wer der Bessere von uns beiden ist.

Dieser stille Gedanke ließ sie im richtigen Augenblick ehrlich strahlen, denn Bunzel schenkte ihr wieder seine Aufmerksamkeit, und er war Profi genug, das zu erkennen.

»Du siehst auf einmal so glücklich aus«, stellte er fest, wobei er ihre Hand tätschelte.

»Wenn ich mit dir zusammen bin, kann ich gar nicht anders, als glücklich sein!«, schleimte sie, und ihre Augen strahlten, als habe jemand einen Lichtschalter angeknipst.

»Wenn es dir gut geht, dann geht es mir auch gut«, setzte er noch einen nach.

»Dein Glück ist auch mein Glück.« Nur nicht übertreiben, langsam wurde es zu dick, sogar für Gabrielas Geschmack.

»Und was machen wir beiden Hübschen heute?«

»Lass dich überraschen!«

Nein, du wirst überrascht sein, später, wenn alles vorüber ist und du mit einem leeren Konto dastehst. Jetzt galt es, höllisch aufzupassen, den richtigen Zeitpunkt zu wählen und rechtzeitig das Feld zu räumen. Spätestens dann, wenn beide ihr Geld transferierten, musste sie schnell sein. Gabriela war aufgekratzt und zuversichtlich. Schade, Siegerehrung und Lorbeerkranz würde es nicht geben, auch das betretene Gesicht des Verlierers hätte sie gern gesehen. Wenn er den Betrug bemerkte, würde sie schon lang verschwunden sein.

Und das Schönste kam noch. Es war ein Geschäft ohne Risiken und Nebenwirkungen. Kein Heiratsschwindler rennt zur Polizei, um einen Betrug zu melden.

Gern hätte sie gewusst, wie sein Plan mit ihr aussah.

***

Eine reizende alte Dame, relativ groß, was auch an den Hackenschuhen liegen mochte, mit graublonden lockigen Haaren und einem Glas Orangensaft in der Hand schlenderte an ihrem Tisch vorbei, nickte Bunzel und Gabriela zu und setzte sich Rücken an Rücken mit Gabriela an den Nebentisch. Sie nippte an ihrem Saft, beugte sich kippelnd auf dem Stuhl zurück und flüsterte: »Ist Ihnen aufgefallen, dass man Sie beobachtet?«

Gabriela zuckte leicht zusammen, hatte sich aber sofort wieder unter Kontrolle. Nicht einmal das Blut schoss ihr in die Wangen. Mit ausdruckslosem Gesicht wandte sie sich um und antwortete: »Nein, ich denke nicht.«

»So? Mich würde das an Ihrer Stelle sehr beunruhigen!« Die alte Dame brachte alle vier Stuhlbeine wieder auf den Boden zurück, schenkte kurz ihre ganze Aufmerksamkeit ihrem Orangensaft, nahm ein weiteres kleines Schlückchen und kippelte erneut mit dem Stuhl nach hinten. »Heutzutage ist die Welt voller Krimineller. Man muss immer auf der Hut sein.« Ihre Stimme klang weder sarkastisch, noch hatte sie einen drohenden Unterton. Gabriela hätte gern ihren Gesichtsausdruck dazu gesehen.

In diesem Moment kam eine Serviererin herbeigeeilt. »Ah, da sind Sie ja, Frau Schmidt, ich suche Sie schon. Ihr Großneffe erwartet Sie in seinem Büro.«

»Tut er nicht«, versicherte die alte Dame ihrer Rücken-an-Rücken-Nachbarin. »Aber ich gehe lieber zu ihm. Einer muss ihm ja berichten, welch kriminelle Umtriebe hier herrschen.«

Erneut war es Gabriela nicht möglich, einen warnenden Unterton herauszuhören. Verunsichert schaute sie der alten

Dame, die offensichtlich abgeführt wurde und dabei mehr als mit sich zufrieden wirkte, hinterher. Eine andere Serviererin bemerkte den überraschten Blick von Felix Bunzel, der seine Gesichtsmuskeln nicht so schnell unter Kontrolle hatte wie Gabriela.

»Ich hoffe, sie hat Sie nicht beunruhigt! Die Lady ist schon sechsundachtzig, sollte man nicht meinen, nicht wahr?«

»Ja, äh, nein.«

»Sie ist die Großtante vom Chef.« Als ob das alles erklären würde.

»Lass uns gehen«, sagte Bunzel und schoss von seinem Stuhl hoch. Äußerlich gelassen folgte Gabriela ihm durch den Saal. Innerlich aufgeschreckt beobachtete sie ihre Umgebung noch aufmerksamer als gewöhnlich. In der Hotellobby stockte ihr kurz der Atem, und ihr Herz raste. Sie war Profi genug, um es sich nicht anmerken zu lassen.

»Geh doch schon mal vor, Schatz, ich komm gleich«, zwitscherte sie.

»Was hast du vor?«

»Ich komme gleich nach.« Sie drückte ihm ihre Strandtasche in die Hand und nickte zum Ausgang. Bunzel tat ihr den Gefallen, vermutlich musste er sich selbst Gedanken über das Geschwätz der alten Dame machen.

Da war er wieder, der verkleidete Mann. Er saß in der Lobby, hielt sich hinter einer Zeitung versteckt und bildete sich ein, er würde nicht gesehen werden. Wenn sie doch nur den Hauch einer Ahnung hätte, warum er sie ständig beobachtete. Gabriela musste es wissen. Mit einem flauen Gefühl im Magen lungerte sie ein wenig herum, bis Bunzel endlich das Haus verließ, dabei beobachtete sie die Menschen in ihrer Umgebung. Jetzt war der richtige Zeitpunkt, sie war mit dem Unbekannten allein. Sogar die Rezeption war im Moment nicht besetzt. Mit erhobenem Kopf und selbstbewusster auftretend, als ihr im Augenblick zumute war, trat sie auf ihn zu.

»Würden Sie mir sagen, was Sie von mir wollen?«

Keine Reaktion.

»Hallo, ich rede mit Ihnen! Sagen Sie mir, was das Ganze soll?«, wurde sie ein wenig lauter.

Bebrillte, erschrockene Augen blinzelten über den Rand der Zeitung. Gabriela hätte all ihre Schuhe darauf verwettet, dass die Brillengläser aus einfachem Fensterglas waren. Die Perücke saß perfekt, aber nicht nur Heiratsschwindlerinnen erkannten aus zehn Metern Entfernung falsche Haare. Seine Verkleidung war lächerlich. Wen versuchte er damit zu täuschen? Mit seinen kurzen Beinen, dem langen Oberkörper mit dickem Bauch und kräftigen Oberarmen konnte er sich noch so schminken und in wallende Tücher hüllen, er würde immer erkannt werden. Lächerlich!

»Kann ich Ihnen helfen?«

»Sagen Sie mir augenblicklich, warum Sie mich beobachten!«

»Ich weiß nicht, was Sie von mir wollen.«

»Wie bitte? Was ich von Ihnen will? Nichts, gar nichts. Sie verfolgen mich.«

»Ich muss doch schon bitten.«

»Ich muss *Sie* bitten, und zwar sofort!«

»Sie sind erregt, sicherlich täuschen Sie sich und verwechseln mich mit jemand anderem.«

»Ich mich täuschen? Sie versuchen, mich zu täuschen.«

»Ich mache überhaupt nichts«, log der alberne Verkleidungskünstler.

»Und was soll diese blöde Maskerade?«, trat sie näher heran, fegte leicht mit einer Hand über die abstehenden Haare seiner Perücke und zupfte am falschen Bart. Dieser blieb an ihren Fingern kleben, als hänge ein Wurm am Daumen. Beide starrten darauf.

»Ich muss doch sehr bitten!« Faust bedachte sie mit einem vernichtenden Blick, ehe er den Bart von ihrem Finger zupfte. Schwankend zwischen dem Gefühl der Lächerlichkeit der Situation und der Angst vor dem Mann, wich Gabriela ein Stückchen zurück.

»Warum verfolgen Sie mich?«

»Das ist doch albern, was Sie da behaupten. Ich verfolge Sie nicht.«

»Natürlich tun Sie das! Im Restaurant beobachten Sie mich ständig, andauernd laufen Sie mir im Flur über den Weg, und gestern habe ich Sie in der Fußgängerzone gleich in drei Läden gesehen, in denen ich war.«

»Zufall!«

»Zufall nennen Sie das? Im Teeladen versuchten Sie sich erfolglos, hinter einem Rondell zu verstecken, beim Juwelier taten Sie so, als suchten Sie sich eine Armbanduhr aus, und im Wäschegeschäft am Park mussten Sie aus lauter Verzweiflung eine Unterhose kaufen. Der Verkaufsraum ist so klein, da kann man nicht so tun, als würde man sich was anschauen wollen.«

Der Mann schwieg und klebte mit eisiger Miene seinen Bart wieder an. »Unverschämtheit! Ich kann anziehen, was ich will, und kaufen, wo und was ich mag.« Zornig schüttelte er seine Zeitung und versteckte sich erneut dahinter.

»Kommen Sie hinter Ihrer Zeitung hervor. Sie sagen mir auf der Stelle, was Sie von mir wollen.«

»Sie verwechseln mich«, erfuhr Gabriela durch das bedruckte Papier. »Gehen Sie.«

»Ich gehe, aber wenn Sie mich in Zukunft nicht in Ruhe lassen, rufe ich die Polizei.«

Langsam senkte sich die Zeitung, ein harter Blick traf sie.

»Sie doch nicht, Gnädigste.« Er grinste böse. »Aber wenn Sie meinen, dass es Ihnen hilft, bitte sehr!«

Gabriela wusste, wann sie verloren hatte. Ihr Magen fühlte sich an, als drücke eine eiskalte Hand das Organ. Ihre Nerven begannen zu flattern. Mit einem Gefühl von Machtlosigkeit machte sie kehrt und eilte davon.

Sie hatte es falsch angefangen. Wie konnte sie nur so unüberlegt handeln? Amateurhaft, ohne Plan! Aus dem würde sie auf diese Weise keine Informationen herauskitzeln. Sie musste auf althergebrachte Art herausbekommen, mit wem sie es zu tun hatte. Das bedeutete, das Hotelpersonal und andere Gäste zu befragen. Garantiert wusste eines der Zimmermädchen etwas. Ein mühevolles Vorgehen, zu dem sie eigentlich keine Zeit hatte. Doch ein Gutes hatte das

Gespräch ergeben: Polizist war dieser Mann nicht! Mit denen kannte sie sich aus.

***

Vom Ehevermittler und zukünftigen Trickbetrüger zur lächerlichen Figur, dachte Hermann Faust. Er konnte dem Zusammentreffen mit Gabriela Blume nichts Gutes abringen. Verstört ließ er seine Zeitung sinken. Sie war weg. Gott sei Dank!

Mit hysterischen Weibern hatte er noch nie gut umgehen können. Aber er fand, er hatte sich wacker geschlagen. Einfach blöde stellen und so tun, als wüsste man von nichts, half kurzfristig immer. Doch auf Dauer sollte er sich etwas anderes einfallen lassen. Seine Tarnung jedenfalls war futsch. Andererseits, ganz so schlecht konnte sie nicht gewesen sein, Gabriela hatte ihn nicht als ihren Vermittler vom Institut »Glühende Rose« erkannt. Ein Pluspunkt für ihn.

Minutenlang saß er da und dachte nach. Was sollte er jetzt tun? Das Vorhaben aufgeben und auf das Geld verzichten? Nein, dafür hatte er schon viel zu viel Arbeit hineingesteckt. Einen Trumpf hatte er noch im Ärmel. Die Wanze, die er in ihrem Zimmer angebracht hatte. Beschatten ging nicht mehr, er musste sich damit begnügen, ihren Gesprächen im Zimmer zu lauschen. Er tröstete sich mit dem Gedanken, dass sie ihre Bankgespräche wohl kaum in der Öffentlichkeit erledigen würden. Seine große und auch einzige Hoffnung. Es galt, zeitig genug zu erfahren, wann er den Zugriff auf die beiden Konten starten konnte. Zuversicht durchflutete ihn. Sie waren so vertrauensselig, diese Betrüger. Die Firma »Glühende Rose«, und damit er, besaß echte Einzugsermächtigungen für die Konten der beiden und hatte somit freien Zugriff darauf. Diese Berechtigung galt zwar nur für die Vermittlungsgebühren, die bereits eingezogen worden waren, aber das wussten die Bankangestellten ja nicht. Ehe Argwohn aufkommen konnte und alles storniert wurde, wäre er schon lang über alle Berge.

Diese Zukunftsaussichten ließen seine Augen leuchten, um seinen Mund erschien ein energischer und zufriedener Zug.

Er faltete die Zeitung zusammen, legte sie auf den Tisch und schlenderte davon, um sich auf der Strandpromenade an den Musikpavillon zu setzen. Wenn er Glück hatte, spielte gerade das Kurorchester. Die Musik würde seine angespannten Nerven ein wenig beruhigen.

Zehn

Um sich zu entspannen oder etwas für seine Gesundheit zu tun, fehlte Hubert Engel die Zeit. Das Holzfass und dessen Inhalt beschäftigten ihn, obwohl beides für die Lösung des Falles keine Bedeutung haben musste. Viel eher war zu befürchten, Bremer habe absichtlich Fass und Wanderung arrangiert, um ihn herauszufordern. Er hätte ganz schön blöd dagestanden, wenn er den Koch gezwungen hätte, das Fass zu öffnen, mit der Begründung, darin könnte eine Leiche liegen. Ja, je länger er darüber nachdachte, desto mehr konnte er von Glück sagen, auf den Trick nicht hereingefallen zu sein. Zweimal jemanden des Mordes zu verdächtigen und beide Male ohne Leiche dazustehen, war noch blamabler als der U-Boot-Angriff. Weiter machte er sich Gedanken darüber, warum der Mann, der sich Faust nannte, jemanden mit einer altersschwachen Abhöranlage abhörte. Seinen ersten Gedanken, dass Bremer verfolgt wurde, legte er endgültig zu den Akten. Die Reichweite des Gerätes konnte von der Etage aus bis hinunter in die Küche nicht langen, da die Anlage alt sein musste, sonst hätte sie keine Störgeräusche verursacht.

Eine logische Schlussfolgerung, denn Faust beobachtete das Pärchen nicht nur, er belauschte es auch.

Engel beschloss, ihn ganz harmlos zu befragen, um wenigstens herauszufinden, wo der Mann arbeitete. An dieses Wissen konnte man immer anknüpfen. Engel meinte, ihn noch vor wenigen Minuten im Foyer hinter einer Zeitung sitzen gesehen zu haben. Auf dem Weg die Treppe hinunter überlegte er, wie er ihn am besten ansprechen und ausfragen sollte.

»Zu spät«, schimpfte er an der untersten Treppenstufe angekommen. Faust hatte in diesem Moment seine Hand auf den Griff der Hoteleingangstür gelegt.

»Darf ich mal vorbei?«

Engel versperrte den Treppenaufgang und trat einen Schritt zur Seite. Helga Bunzel, ebenfalls von oben kommend, überholte ihn auf hohen Stöckelschuhen. Seinen Plan spontan über den Haufen werfend, heftete er sich an ihre Fersen. Sie tat sich schwer mit ihrem Schuhwerk, da konnte er sie bequem verfolgen. Zu wissen, was sie vorhatte oder mit wem sie sich traf, konnte nicht schaden.

Engel spürte es förmlich in den Knochen, keine falsche Entscheidung getroffen zu haben, und winkte Tatjana grüßend zu, die ihm gestern Nachmittag, wenn auch nicht freiwillig – sie hatte sich verplappert –, bestätigt hatte, dass Helga die Ehefrau von Felix Bunzel war. Er konnte darauf wetten, dass sie, ihren Ehemann, Gabriela und Faust irgendetwas miteinander verband. Nur Bremer passte nicht ins Bild.

Vor dem Hotel blieb Helga Bunzel stehen, wirkte unschlüssig, in welche Richtung sie gehen sollte. Engel musste sie ansprechen oder an ihr vorbeigehen, wollte er nicht als Verfolger auffallen. Er trat neben sie.

Sie trug ihr Haar hochgesteckt. Hals und Nacken waren geschwungen wie bei einer griechischen Statue. Aus der Nähe betrachtet war sie nicht mehr so jung, wie sie von Ferne wirkte.

»Ihre Frisur ist genau das Richtige bei diesem Wetter«, sagte er zu ihr.

»Wie?«

Er fuhr sich selbst mit der Hand über den Nacken. »Die Haare – so ist es luftiger.«

Sie nickte, lächelte, schwieg und tat einen Schritt zur Seite, vermutlich, um ihn vorbeizulassen. Dabei knickte sie auf dem hohen Absatz um. Engel konnte ihr rechtzeitig unter die Arme greifen.

»Alles in Ordnung?«

»Danke, geht schon.«

Sie schaute ihn an und gab ihm das Gefühl, als blicke sie durch ihn hindurch. Sie sieht dich gar nicht, dachte er und spürte einen winzigen Stich. Kein Mann bleibt gern von einer schönen Frau unbemerkt, vor allem nicht, wenn diese fast in seinen Armen lag.

»Sie können mich jetzt loslassen.«

Das tat er, jedoch nur mit einer Hand. Mit der anderen hakte er sich bei ihr unter und tätschelte ihren Arm.

»Sie sind ganz blass um die Nase. Wir beide gehen jetzt in die Hotelbar.«

Widerspruchslos ließ sie sich abführen.

»Es ist zwar noch nicht Mittag, doch ein Schlückchen können wir beide vertragen.« Er führte sie an den Tresen und hievte sich selbst auf einen Barhocker.

»Ein Aperitif vor dem Mittagessen fördert die Gesundheit«, verkündete er. Sie betrachtete ihn schweigend, sah sie ihn auch? Ja, ihre Augen wirkten, als wäre das Leben in sie zurückgekehrt. Er spürte, wie sich ihr Blick direkt in sein Gehirn brannte, so als wüsste sie, dass er nur so freundlich war, um sie ausfragen zu können. Eine faszinierende Frau. Er holte tief Luft, was bei seinen Atembeschwerden ein pfeifendes Geräusch verursachte, hob die Hand und bestellte zwei Schnäpse.

»Sie reisen allein?«

Sie nickte.

»Ach, wie unhöflich von mir. Darf ich mich vorstellen, Engel ist mein Name.«

»Bunzel«, sagte Helga und fuhr sich überrascht an die Lippen. Er reagierte sofort. »Keine Angst, ich verrat Ihren echten Namen nicht.«

»Sie wissen …«

»Dass Sie sich mit falschem Namen eingetragen haben? Ja.«

»Woher?«

Er nickte in Richtung Rezeption. »Wenn Sie sich anmelden, sollten Sie keinen Ausweis vorlegen, der auf einen anderen Namen lautet.«

»Dann weiß sie es auch?«

»Tatjana? Ja. Aber keine Bange, sie wird es nicht erwähnen.«

»Warum nicht?«

»So etwas kommt öfter vor, als man glaubt. Und solange Sie sich nichts zuschulden kommen lassen …«

Helga nickte. »Verstehe. Und Sie?«

»Mein Name ist echt.« Sie wussten beide, dass sie das nicht meinte, dennoch wirkte sie erleichtert und glitt vom Barhocker.

»Haben Sie Ihren Mann schon konfrontiert?«

Sie schaute ihn nicht einmal an.

»Er kriegt seine gerechte Strafe«, versuchte er sie zu trösten.

»Strafe? Doch, ja. Ich denke, dass er *dafür* ins Gefängnis kommt.« Die langsame Betonung der Worte ließ ihn aufhorchen.

Ehe er nachhaken konnte, leerte sie mit einem Zug ihr Glas und ging.

***

Vor dem Laden standen Ständer mit Eimern und Schaufeln, riesigen Wasserbällen und unaufgeblasenen Luftmatratzen. Der Gummi roch stark in der heißen Sonne. Der Duft vermischte sich mit dem der verschiedenen Sorten von Sonnenmilch. Kokosnuss schien in diesem Jahr der Favorit zu sein. Engel konnte dieses künstliche Aroma nicht ausstehen. Der Sommer war auf seinem Höhepunkt, und die meisten Touristen waren am Strand. Nachdem Helga Bunzel gegangen war, fand er die Gelegenheit, Hermann Faust für kurze Zeit zu verfolgen, bis er ihn verloren hatte. Danach hatte er niemanden mehr, den er befragen oder beobachten konnte. Aus Langeweile spazierte er durch das Einkaufsviertel der Insel, wo er auf Frau Schmidt traf.

»Nett von Ihnen, mich ein Stückchen zu begleiten.« Das hatte er zwar nicht vorgehabt, doch die alte Dame nahm ihm seinen Handstock ab und drückte ihm ihren Einkauf in die Arme. In jeder Hand zwei große Plastiktüten, verkniff er sich die Frage, wofür sie all das Strandspielzeug brauchte. Befreit von ihrem unhandlichen Gepäck, schlenderte sie an den Schaufenstern der Geschäfte in der Bismarckstraße vorbei, und Engel hoffte, sie würde nicht noch mehr kaufen. Er tat sich schon schwer, seine eigene Frau beim Einkaufen zu begleiten. Der konnte er wenigstens sagen, wann er keine Lust mehr hatte. Engel stellte sich neben Frau Schmidt und nutzte die Zeit, um das Geschehen auf der Straße zu verfolgen. Er beabsichtigte nicht, etwas zu kaufen, also lohnte kein Blick in die Auslagen.

»Haben Sie einen schönen Tag gehabt?«, fragte die alte Dame

über ihre Schulter hinweg und ging ein paar Schritte weiter zum nächsten Laden.

»Wunderbar. Bei diesem schönen Wetter …« Er verstummte. Nur wenige Leute waren auf der Straße zu sehen, das würde sich am frühen Abend ändern, wenn die letzten Gäste vom Strand in ihre Quartiere strömten und die ersten schon auf dem Weg in Restaurants, Bars und Imbisse waren.

»Was ist, warum bleiben Sie stehen?« Sie folgte seinem Blick. Hermann Faust kam ihnen in der Fußgängerzone entgegen.

Engel fühlte sich ertappt. Er dachte daran, wie er nach dem Mittagsschlaf den Mann beim Verlassen des Hotels gesehen und ihn den Rest des Tages beschattet hatte und dass er sich wohl einige Male nicht besonders gut dabei angestellt hatte. Jetzt wirkte es, als hielte Faust direkt auf ihn zu, seine Miene versprach nichts Gutes.

War es Angst, die Engels Magen zuschnürte? Faust war ein kräftiger Mann. Jetzt war er auf Höhe einer Bierkneipe, nur noch wenige Meter entfernt, und hielt weiter direkt auf ihn zu. Seine Körperhaltung erinnerte an einen Ziegenbock, der seinen Gegner rammen wollte. Engel sah keine Chance, zu entkommen. Faust griff mit beiden Händen nach seinem Hemd und zog ihn dicht an sich heran. Gut, dass er schnell genug die Tüten hob und dieses blöde Plastikzeug zwischen ihnen steckte.

»Wenn Sie mich weiterhin belästigen, dann …« Faust ließ los und machte eine Bewegung mit den Händen, als drehe er etwas ab.

»Machen Sie das«, sagte Engel. Es klang mutiger, als er sich fühlte.

Frau Schmidt, kaum einer konnte so finster schauen wie sie, trat neben Engel, hob dessen Handstock und drohte damit.

»Verschwinden Sie.« Faust hob die Hände, als hätte sie ihn mit einer Pistole bedroht. Er trat zwei Schritte zurück, was blieb ihm anderes übrig, denn sie drängte sich zwischen die Männer, nahm ihre Tüten und gab Engel seinen Gehstock zurück.

»Er hat im japanischen Stockkampf den schwarzen Gürtel«, warnte sie Faust, der ein Gesicht machte, als wüsste er nicht, was er tun sollte. Ihm blieb nur die Flucht. Er machte kehrt und ging davon. Frau Schmidt erzählte später, er sei gerannt. Vier Männer an einem runden Tisch, die vor der Bierkneipe unter einem Sonnenschirm an ihren Getränken schlürften, johlten Beifall.

»Im Stockkampf gibt es keine schwarzen Gürtel«, war alles, was Engel dazu einfiel.

»Ist doch unwichtig. Lassen Sie uns verschwinden, bevor er zurückkommt. Der Mann macht mir Angst. Was wollte er von Ihnen?«

»War bestimmt eine Verwechslung.«

»Papperlapapp. Erzählen Sie keinen Schmarren. Sie wissen, ich gebe nicht eher Ruhe, bis Sie es mir sagen. Was ist los?«

»Später«, vertröstete er sie. »Hier könnte uns jemand hören.« Wenn er Glück hatte, konnte er sich um eine Antwort drücken.

***

Abendbrotzeit. Helga Bunzel saß an einem der Fenstertische mit Blick über die Strandpromenade, auf das Meer und den Hauptbadestrand. Sie wartete darauf, dass der Ober ihren Rotwein brachte. Das Meerwasser leuchtete orange, rot und golden im Licht der Abendsonne. In kräftigen Farben erstrahlte der Himmel dort, wo die Sonne bald ins Meer tauchen würde. Sie bereute, ihre Kamera auf dem Zimmer liegen gelassen zu haben, doch bis sie nach oben gegangen und wieder an den Tisch zurückgekommen wäre, wäre die Sonne bereits untergegangen. So genoss sie den Anblick, ehe ihre Aufmerksamkeit von einem kleinen Mann in Knickerbockern, komischem Hut und kariertem Jackett abgelenkt wurde. Seine Aufmachung wirkte lächerlich im Gegensatz zu Helga, die sich fürs Abendessen herausgeputzt hatte. Sie trug die Haare hochgesteckt, im Dutt steckten mehrere kleine Stoffblüten. Ihr langes Abendkleid war mit winzigen Perlen bestickt, deren Befestigung die verantwortliche Näherin sicherlich eine Woche Arbeit gekostet hatte.

Er winkte ihr zu und lüftete seinen Hut. Sie lächelte automatisch, ehe sie ihn erkannte.

»So schnell sehen wir uns wieder.« Sein karierter Hut landete auf der Fensterbank. Er nahm ihr gegenüber Platz, ehe sie protestieren konnte.

»Darf ich mich an Ihren Tisch setzen?«

Konnte sie da noch Nein sagen?

»Sie sehen entzückend aus!« Eine Feststellung, die aus tiefstem Herzen kam und seine Selbsteinladung wieder wettmachte. Komplimente hatte sie lang nicht mehr gehört.

»Angeblich höre ich schwer«, sagte Engel, beugte sich vor und legte seine Hand auf ihre. »Das glauben jedenfalls alle.« Er kicherte und schaute sich im Saal um. »Im Vertrauen, ich tue nur so. Die alten Weiber reden hier den ganzen Tag und erzählen mir von ihren Krankheiten oder, Gott bewahre, ihre Lebensgeschichte. Zum Sterben langweilig.«

Helga lächelte, entzog sich seiner Hand und griff dankbar nach dem Glas Rotwein, das der Ober ihr reichte. Warum erzählte er ihr das? Auf sie hatte er bisher weder schwerhörig noch senil gewirkt.

Kurze Zeit später war sie vom Gegenteil überzeugt.

»Wissen Sie, ich bin Detektiv«, verriet er, nachdem der Ober seine Getränkebestellung aufgenommen hatte. Er machte den Rücken gerade und legte die Ellenbogen an. Dabei rückte er das schwere Silberbesteck in absolut senkrechte Position, schob Teller und einen Salzstreuer zurecht, die seinen Sinn für Symmetrie störten, und wartete anscheinend auf eine Reaktion. Helga zupfte nervös an ihrem Kleid. Sie begann trotz sinkender Sonne zu schwitzen und hoffte, das teure Abendkleid nicht mit Schweißrändern zu verderben.

Das hatte ihr gerade noch gefehlt. Ein alter Mann, der sie bei ihrer ersten Begegnung mit den Worten »Er kriegt seine gerechte Strafe« in Verwirrung brachte und ihr nun seine Lebensgeschichte erzählte. Sie seufzte innerlich, verfluchte ihre gute Erziehung und blickte von seiner zurechtgerückten Geschirrkomposition auf. »Detektiv? Nein, wie interessant. Das ist sicher gefährlich.«

Diese Feststellung schien ihn zufriedenzustellen. Er griff in seine Jackettinnentasche.

»Ja, ich glaube, ich habe schon so manche bedrohliche Situation gemeistert.« Er legte einen Stapel Bilder vor ihr auf den Tisch.

»Meine besten Fälle habe ich immer dabei.« Seine Finger bildeten über der Tischplatte ein Dach, die Fingerspitzen schlugen ungeduldig gegeneinander. Abwechselnd schaute er auf die Fotos und in ihr Gesicht. »Das sind meine besten Fotos.« Stolz tippte er mit der Hand auf eines davon. »Das ist die Yacht von Gottlieb Wendehals, Sie wissen, der mit dem schwarz-weiß karierten Sakko. War in den achtziger Jahren recht oft auf Borkum.«

Die »Yacht«, leider verdeckt hinter zwei Kuttern, war kaum zu erkennen. Auf dem nächsten Foto, das er für besonders wichtig hielt, sah sie ein winziges rotes Auto zwischen diversen Lkws auf einem großen Parkplatz mit einer unscharfen Figur davor, von der Engel behauptete: »Claudia Schiffer, in München am Flughafen aufgenommen.«

»Und dieses?«, fragte Helga und verkniff sich ein Schmunzeln. Das Foto zeigte, wenn man ganz genau hinsah, drei unscharfe Gestalten.

»Das sind Madonna, die Queen of Pop, und Melanie C von den Spice Girls. Ja, ja, Sie wundern sich, auch ein alter Knacker wie ich kennt die jungen Stars. Und das da, von dem muss ich Ihnen mal eine schöne Geschichte erzählen, das ist Roberto Blanco. Muss so 1976 hier auf Borkum gewesen sein. Er hat sich lang mit mir unterhalten.«

Stolz blitzte in Engels Augen. »Das waren noch Zeiten, da wurde in der Wandelhalle«, er zeigte mit der Hand aus dem Fenster, »keine zwanzig Meter von hier noch so einiges an Veranstaltungen geboten. Oh, danke schön.« Seufzend griff er nach dem Glas Wein, das der Ober ihm hinstellte.

»Und das da, das ist das Haus von Mike Krüger, leider war der Regen an dem Tag sehr heftig.«

Als Helga glaubte, ihrem Gesicht einen entsprechend ernsten Zug gegeben zu haben, blickte sie von den Bildern hoch. Dem alten Herrn fiel der Rest der Abendsonne ins Gesicht und ließ seine Falten noch tiefer erscheinen. Sie zwang sich, ihr aufkeimendes Mitleid zu unterdrücken. Ihr Gegenüber wirkte in seiner Verwirrtheit zufrieden und glücklich, da war Mitleid fehl am Platz.

»Aber ich verstehe nicht, was das hier mit Detektivarbeit zu tun haben soll«, wagte sie einen kleinen Einwand, um ihm eine Freude zu machen.

»Diese Fotos hier? Nichts.« Er raffte sie zusammen. »Das sind nur Stars und Sternchen. Aber ich kann Ihnen welche zeigen, die Sie besonders interessieren würden.«

»Ach wirklich?« Helga nahm einen Schluck aus ihrem Glas, an dem sie sich verschluckte.

»Warum tun Sie das?«, hustete sie.

»Die Bilder von dem Pärchen machen? Recherche! Ich wollte Ihnen schon in der Bar anbieten, Ihnen zu helfen, aber Sie waren so schnell verschwunden.«

»Wieso Recherche? Wozu?« Helga nahm die Bilder zu einem Stapel zusammen und drehte sie mit der Rückseite nach oben.

»Sagen wir es mal so, Kindchen«, er tätschelte wieder ihre Hand. »Nehmen Sie noch einen Schluck, Sie sind ja ganz blass geworden. Spätestens jetzt haben Sie klare Beweise für die Untreue Ihres Mannes, aber die wollen Sie gar nicht, habe ich recht? Warum gehen Sie denen aus dem Weg, statt sich den Tatsachen zu stellen?«

»Ich verstehe nicht, was Sie meinen«, flüsterte sie. Hektische Flecken zeigten sich auf ihrem Hals, ihr Gesicht bekam wieder Farbe, sie schwitzte, das Kleid war ruiniert.

»Das ist doch Ihr Mann, nicht wahr?«

Sie antwortete nicht.

»Keine Angst, ich bin auf Ihrer Seite. Wenn Sie Hilfe brauchen, sagen Sie es. Ich kann jederzeit seine Untreue bezeugen. Auf mich können Sie sich verlassen.«

»Ich werde mich jetzt auf mein Zimmer zurückziehen.«

»Aber Sie haben doch noch gar nichts gegessen.«

Sie hatte ihren Stuhl zurückgeschoben, blieb aber mit schwebendem Po in halber Höhe hängen und nahm eines der Bilder in die Hand. »Wissen Sie, wie sie heißt?«

Engel sagte es ihr. »Ich wollte Sie nicht quälen, nur behilflich sein«, versicherte er, und sie glaubte ihm.

Sie warf das Foto auf den Tisch und floh aus dem Speisesaal. So entging ihr sein zufriedener Gesichtsausdruck.

***

»Was ist nun schon wieder los?«, wunderte sich Tatjana. Eben noch hatten Engel und Helga Bunzel in schöner Eintracht beieinandergesessen, und kurze Zeit später hastete die Dame mit hektischen Flecken im Gesicht und offensichtlich aufgewühlt davon.

»Kann ich Ihnen helfen?«, versuchte Tatjana die Frau zu beruhigen.

»Nein, nein. Es ist nichts«, wehrte Helga ab. Sie wirkte vollkommen verwirrt, als wüsste sie nicht, in welche Richtung sie laufen sollte.

»Kommen Sie hier herüber und setzen Sie sich. Sie sind ja ganz aufgelöst.« Sie führte Helga in die Hotelbar.

»Ein Schlückchen Sekt wirkt oft Wunder.«

Tatjana winkte einem Serviermädchen. »Einen Piccolo für die Dame, auf Kosten des Hauses.« Helga folgte ihrer Aufforderung, sich zu setzen, und nahm an einem winzigen Tisch Platz.

»Nun trinken Sie erst einmal einen Schluck.« Sie ergriff das Glas und führte es an den Mund. Sie wirkte dabei auf Tatjana, als merke sie nicht, was sie tat.

»Was hat Sie so in Aufregung versetzt? Hat ›Engel Putin‹ Sie belästigt?«

»›Engel Putin‹?«

»Ich meine Herrn Engel, der ältere Herr, der mit Ihnen am Tisch saß. Sein Spitzname ist Putin, aber das ist eine andere Geschichte. Er ist Hobbydetektiv.«

»Ja, der Detektiv. Er spioniert meinem – ich meine, jemandem nach.«

»Hat er Sie belästigt?«

»Nein, er will nur helfen.« Der Sekt tat seine Wirkung, sie sah schon entspannter aus.

»Das muss Sie nicht aufregen. Nehmen Sie ihn einfach nicht

ernst. Herr Engel ist vollkommen harmlos, er ist nur sehr neugierig.«

Tatjana setzte sich zu ihr, rückte näher heran und senkte die Stimme. »Im Moment sucht er einen Mörder, aber den gibt es nicht, ebenso wenig wie es eine Leiche gibt. Aber das bleibt bitte unter uns. Stellen Sie sich vor, er glaubt, unser Koch hat seine Ehefrau umgebracht.« Tatjana freute sich, dass ihre Indiskretion Helga offensichtlich erheiterte und entspannte. Ein zufriedener Gast ist ein guter Gast, lautete ihre Devise.

»Nehmen Sie den alten Herrn nicht ernst. Unser Koch ein Mörder, unmöglich, sag ich Ihnen. Der kann keiner Fliege etwas zuleide tun.«

»Stellt die Polizei Nachforschungen an?«

Der ängstlich klingende Unterton ließ Tatjana vermuten, dass der Gedanke an die Polizei ihr Angst machte. Vielleicht hatte sie ja schlechte Erfahrungen mit denen gemacht, oder die Einquartierung unter falschem Namen bereitete ihr Sorgen. Darüber wollte sie sich jetzt nicht auch noch Gedanken machen müssen. Wenigstens verschwand die Blässe aus Helgas Gesicht. Ob es nun am Sekt oder an der Beteuerung lag, die Polizei sei gar nicht informiert, vermochte Tatjana nicht zu sagen.

»Die Polizei weiß nichts?«

»Warum sollten wir sie einschalten? Es ist nichts passiert.«

»Wie kommt der Mann auf so eine Idee?« Helga konnte ihre Erleichterung nicht verbergen. »Wie ist die Frau gestorben?«

»Die ist nicht tot. Abgehauen ist sie. Obwohl ich zugeben muss, seit Mai hat kein Mensch sie mehr gesehen. Engel vermutet …« Den Rest ließ sie im Raume stehen. Sorgenfalten kräuselten sich auf ihrer Stirn. Was, wenn Engel recht hatte?

»Lassen wir das. Was Engel auch zu Ihnen gesagt hat, nehmen Sie ihn nicht ernst. Er ermittelt in seinem ersten Mordfall.« Dabei zwinkerte sie Helga zu.

»Sie meinen, da sollte man nachsichtig sein?«

Elf

Frau Möllers dunkle Augenringe hatten den ganzen Tag über keine Gelegenheit gefunden, sich zu verflüchtigen. Ihren schweren Kater schien sie über den Tag gebracht und seit dem frühen Abend an der Hotelbar mit einigen Whiskys beruhigt zu haben.

»Völlig rücksichtslos«, schimpfte sie zu später Stunde, nachdem die Bedienung hinter dem Tresen ihr erklärte, dass sie keine herzhaften Sachen zum Essen in ihrer Bar habe.

»Dann holt was aus der Küche.«

»Das Küchenpersonal hat schon Feierabend, tut mir leid.«

Frau Möller versuchte, ihr Whiskyglas zu leeren, und stellte fest, dass sie das bereits getan hatte. Das Angebot »Darf ich noch einmal nachschenken« winkte sie ab, rutschte vom Hocker und schwankte die zwei Stufen hinunter, die von der Bar in den Speisesaal führten. Ehe das Mädchen hinter der Bar sich fragen konnte, was Frau Möller im Speisesaal zu suchen habe, wurde sie abgelenkt. So konnte Frau Möller, vom Personal unbemerkt, den Raum durchqueren und nach links auf die Treppe hinunter zur Hotelküche abbiegen.

Leicht schwankend, sich mit beiden Händen am Geländer festhaltend, ging sie Schritt für Schritt die Stufen hinunter, in der Hoffnung, dort unten einen sauren Hering oder wenigstens eine Gewürzgurke zu finden, auf die sie einen Heißhunger wie eine Schwangere verspürte.

»Ist da jemand?«, hallte es durch die große Küche. Sie bekam keine Antwort. Niemand da, der ihr behilflich sein konnte. Übellaunig durchsuchte sie mehrere Schränke, zog diverse Schubladen auf, wobei sie mal mit der einen, mal mit der anderen Hand die Luft neben ihren Ohren schlug, als wolle sie eine lästige Fliege verscheuchen.

»Dieses Piepen macht mich noch ganz verrückt – und wo, in Gottes Namen, haben die hier was Herzhaftes rumliegen?« In der Küche jedenfalls nicht. Ungeduldig suchte sie nach einem

Lagerraum. Irgendwo mussten die ihre sauer eingelegten Sachen ja aufbewahren. Frau Möller trieb es tiefer in die hinteren Kellergänge. Wie sie sehen konnte, führten mehrere Flure und Gänge durchs Kellergeschoss. Wenigstens blieb sie hier vom Ohrenpiepen verschont. Sie öffnete die erstbeste Tür – ein Lagerraum.

»Wer sagt denn, dass der Frosch keine Haare hat«, kommentierte sie ihren Fund zufrieden. Gierig schraubte sie ein großes Gurkenglas auf, fingerte sich die erste heraus und kaute genüsslich auf dem Grünzeug herum. Nach vier Gürkchen meldete ihr Magen »stopp« und schickte dieser Nachricht ein anständiges Sodbrennen hinterher. Gurkenglas zuschrauben, zurückstellen und die Essigfinger an der Hose abwischen waren fast eine Bewegung, als sie meinte, jemanden kommen zu hören. Sie wollte bei ihrem Mundraub nicht entdeckt werden. Ohne zu schwanken verließ sie das Lager, huschte durch die Hotelküche und entdeckte eine weitere Treppe, die nach oben führte. Wer weiß, wo ich lande, wenn ich die nehme, dachte sie und entschied sich für die Treppe, auf der sie gekommen war. Auf ihrem Weg an den Arbeitstischen vorbei begleitete sie erneut ein hoher, unangenehmer Ton in den Ohren. Dergestalt angestachelt, floh sie die Stufen hinauf in Richtung Restaurationssaal, wo sie mit einem älteren, kleinen, rundlichen Herrn zusammenstieß.

»Passen Sie doch auf«, sagte sie.

»Verzeihung«, antwortete er und wirkte überrascht über ihre heftige Reaktion. Sie glaubte, einen Ausdruck des Erkennens auf seinem Gesicht zu sehen, dem ein »Auch das noch« folgte. Der Mann war ihr noch nie aufgefallen.

»Wie bitte?«

»Nichts. Ich habe Verzeihung gesagt.«

***

Frau Möllers Besuch in der Hotelküche blieb nicht unbemerkt. Tatjana hatte von ihrem Platz an der Rezeption nicht nur einen guten Blick in den Speiseraum, sondern auch auf die Bar. Sie beobachtete, wie Frau Möller vom Hocker rutschte und in den leeren Saal ging. Die Frau wankte ein wenig, vermutlich hatte sie die Orientierung verloren, erkannte gleich ihren Fehler und fand den richtigen Weg zu ihrem Zimmer. Nein, tat sie nicht. Tatjana sah sie zielstrebig in Richtung Küche verschwinden. Dort war um diese Zeit niemand mehr. Sie wartete zwei Minuten, aber Frau Möller kam nicht zurück. Sie ist doch wohl nicht die Stufen hinuntergefallen? Tatjana wollte eben ihren Posten verlassen, um nachzusehen, als die Aufforderung »Zimmer fünfzehn, bitte« sie aufhielt. Sie reichte dem Gast seinen Zimmerschlüssel.

»Angenehme Nachtruhe«, wünschte sie, doch der Gast ging nicht. Er hatte noch einige Fragen, deren Beantwortung mehr als ein knappes Ja oder Nein erforderte, und er begann von seinen Krankheiten und deren Bekämpfung zu erzählen. Sie hörte sich seine Geschichten an und sah über seine Schulter hinweg, wie Engel die Treppe herunterkam, an der Bar vorbeiging und den Speisesaal betrat. Was machten die beiden da bloß? Am liebsten wäre sie ihnen gefolgt, stattdessen versuchte sie, ohne unhöflich zu wirken, Engels Weg durch den Saal mit den Augen zu verfolgen. Zu dumm, ihr blieb nichts anderes übrig, als weiter dem Für und Wider des Heilpraktikerberufes und den Folgen einer missglückten Darmspülung zuzuhören. Ungeduldig wippte sie mit dem Zeigefinger ihre Brille über der Nasenwurzel auf und ab. Das tat sie immer, wenn sie nachdachte. Beide kamen nicht zurück. Was hatten die in der Küche zu suchen? Ein heimliches Stelldichein schloss sie aus, das konnten sie einfacher auf ihren Zimmern haben. Außerdem traute sie Engel so etwas überhaupt nicht zu. Der war nur wie bellende Hunde, die nicht beißen.

»Entschuldigung, was haben Sie gefragt?«

»Ob Sie mir einen Zettel geben, dann schreibe ich Ihnen auf, was gegen …« Sie hörte nicht, gegen was etwas helfen sollte, dachte, sie sollte sich nicht verrückt machen und Engel einfach gewähren lassen, denn sie hatte ihn gern. Alles in allem waren seine Detektivgeschichten in der Vergangenheit nicht nur Spinnereien gewesen. Sie erinnerte sich an einen Tag, als das Wasser im Schwimmbad sich rot färbte. Engel bekam heraus, wer der Übeltäter war. Ein Lausbube von vierzehn Jahren hatte sich diesen Spaß gemacht. Und dann war da ein Gast – drei Jahre musste es her sein –, der sich über alles Mögliche beschwerte, dem man nichts recht machen konnte und der das Personal des Diebstahls bezichtigte. Den konnte Engel auf frischer Tat ertappen, wie er sein Diebesgut, das ihm angeblich gestohlen worden war und das er vom Hotel ersetzt haben wollte, in seinem Kofferraum verstaute. Inklusive Handtüchern und Bademänteln mit Nordsee-Hotel-Aufdruck. Einmal hatte jemand einen Fernseher gestohlen, ihn in ein Paket gepackt und die Dreistigkeit besessen, das Personal zu bitten, es für ihn zur Post zu bringen. Engel entlarvte ihn.

»Ich halte Sie auf«, sagte der Gast und hielt ihr einen vollgeschriebenen Zettel hin. Er wirkte enttäuscht.

»Nein, erzählen Sie weiter.« Bemüht, den medizinischen Ratschlägen zu folgen, schweiften ihre Gedanken ab.

Ging Engel dieses Mal zu weit mit seinen Nachforschungen? Das Küchenpersonal hatte beim täglichen Saubermachen kleine elektronische Knöpfe gefunden, die als Abhörgeräte identifiziert worden waren. Sie hatten ihren Fund dem Chef gemeldet, doch alle Beteiligten ahnten, wem die Wanzen gehörten. Tatjanas Mann hatte angewiesen, sie an Ort und Stelle zu lassen und abzuwarten, was geschah. Sollte die Angelegenheit eskalieren, wäre immer noch Zeit, Engel zur Rede zu stellen. Niemand hatte etwas davon, einen Stammkunden zu verärgern. Fokke Schmidt tat es als rentnerischen Lausbubenstreich und als Mittel gegen Langeweile ab und bat seine Mitarbeiter, sich entsprechend zu verhalten.

»Wer um alles in der Welt sollte ein Interesse daran haben, euch bei der Arbeit abzuhören, außer Engel?«, beruhigte er seine Mitarbeiter.

Schmidt hätte anders entschieden, wenn er gewusst hätte, was die Jungs aus der Küche daraus machten. In dem Bewusstsein, abgehört zu werden, machten sie sich den Spaß und erzählten sich die absurdesten Dinge. Tatjana konnte es den Kollegen nicht verdenken, und sie vermutete, dass Engel in die Küche ging, um die Dinger wieder abzubauen. Sicher hatte er bemerkt, dass er nur veräppelt wurde.

Der Klang der Telefonanlage erlöste sie von ihrem Gesprächspartner. Der Ton verriet, ein Fax war angekommen. Sie eilte ins Büro und verpasste die weiteren Ereignisse im Speisesaal.

***

»Welch eine Stromverschwendung.« Frau Schmidt knipste um dreiundzwanzig Uhr dreißig die Beleuchtung im Speisesaal aus. Kurt, der die Tische für das Frühstücksbüfett zurechtrückte, stand im Dunkeln. Nicht schon wieder, dachte er.

»Licht an!«, brüllte er durch den Speisesaal, doch nichts geschah. Vorsichtig tastete er sich durch die Dunkelheit. Spärliches Laternenlicht von der Strandpromenade fiel durch die Fenster und half ein wenig, den Weg zur Tür zu finden. Jeder kennt es – das Gefühl, nicht allein zu sein, das in der Dunkelheit mehr zu spüren ist als bei Licht. Dieses Gefühl ließ Kurt verharren. Mitten im Saal blieb er lauschend stehen. Knackte es da – links, dort, wo es zur Küche ging? Noch vor wenigen Minuten war er dort gewesen, wähnte sich jedoch allein. Leise ging er ein paar Schritte. Da, da war es wieder.

»Ist da jemand?«

Keine Antwort. Kurt verharrte, lauschte und schlich dann in die Richtung, aus der das Geräusch gekommen war. Warum schleichst du?, schalt er sich im selben Augenblick. Erst rufst du laut, und dann gehst du auf Zehenspitzen durch den Saal. Albern. Er erreichte die Lichtschalter.

»Ist da jemand?«, rief er noch einmal in die Dunkelheit, ehe er nach wenigen Sekunden, in denen er keine Antwort erhielt, das Licht anmachte.

Der hell erleuchtete Saal blendete ihn. Er kniff die Augen zu und zuckte zusammen, als jemand »Einbrecher, weg, weg!« in sein Ohr schrie. Frau Schmidt stand mit erhobener Hand dicht hinter ihm, den Porzellanteller fest im Griff.

»Keine Einbrecher. Ich bin es, der Kurt. Beruhigen Sie sich,

Frau Schmidt. Es ist alles im Lot. Nur Sie und ich, wir sind ganz allein.«

Das glaubte Kurt, Frau Schmidt wusste es besser.

***

»Alles nur Gerüchte«, wehrte Alexander Bremer ab. Er stand am Bahnhof in einem Zeitungsgeschäft. Nur hier gab es die Zigarettenmarke zu kaufen, die er bevorzugte. Seine helle Gesichtshaut passte sich dem rotblonden Haar an. Er war wütend, jetzt schon außerhalb des Betriebes auf sein Problem angesprochen zu werden, und fühlte sich in die Ecke gedrängt. Von den Umtriebigkeiten vergangene Nacht in der Hotelküche wussten anscheinend mittlerweile alle Kunden in diesem Laden.

Nicht einmal an seinem freien Vormittag blieb er von den Gerüchten verschont, die unter dem Hauspersonal die Runde machten und mittlerweile nach außen gedrungen waren.

»Harmloses Geschwätz, auf das ihr hoffentlich nicht hört.«

»Aber ich habe die gleiche Geschichte auch schon gehört«, wagte jetzt auch die Verkäuferin einzuwenden.

»Und wenn du es oft genug wiederholst«, herrschte er sie an, »dann werden die Leute anfangen, es zu glauben.«

»Das verstehe ich«, sagte sie. »Deswegen brauchst du mich ja nicht gleich anzuschreien. Aber –«

»Kein Aber! Alles nur wilde Gerüchte.«

»Aber wo Feuer ist, da ist auch Rauch«, wagte sie es noch einmal.

»Ach, kommen wir jetzt mit Weisheiten«, klang es höhnisch.

Fordernd streckte er die linke Hand aus und ließ sich die Schachtel geben, während er gleichzeitig mit der rechten das abgezählte Geld auf den Tresen knallte. Ohne einen Gruß verließ er das Geschäft.

Seit Mai schon lief für ihn vieles aus dem Lot, jetzt spitzte sich die Situation zu. Die nächtlichen Aktivitäten in der Küche und bestimmt auch im angrenzenden Kellerbereich begannen seiner Kontrolle zu entgleiten. Zu viele neugierige Menschen schlichen dort herum. Er musste etwas tun.

»Verfluchter Mist«, schimpfte er und ließ weitere Verwünschungen laut folgen, ohne auf den argwöhnischen Blick und das Kopfschütteln einer Frau zu achten, die ihm entgegenkam und einen weiten Bogen um ihn machte. Hätte er sich doch bloß im Mai nicht hinreißen lassen. Wie konnte er nur so dämlich gewesen sein. Nun war es zu spät, um sich Gedanken über hätten und haben zu machen, er musste handeln.

Engel war ihm auf den Fersen – und wenn man den Gerüchten trauen konnte, war er mittlerweile nicht mehr allein. Bremer war nicht so dumm, den Mann zu unterschätzen, im Gegenteil, er traute ihm so einiges zu. Die Wanze, die unter dem Arbeitstisch klebte und bei seinen Kollegen für einen Heidenspaß sorgte, machte ihm Sorgen. Engel war ihm auf der Spur. Aber nicht nur er bereitete ihm Kopfzerbrechen. Zusätzliche Gerüchte unter dem Hotelpersonal machten die Runde. Gäste logierten unter falschem Namen, bespitzelten sich gegenseitig und gingen sich dennoch aus dem Weg. Die Verkleidungen eines Mannes verwirrten die ganze Situation zusätzlich. Alle Mitarbeiter waren sensibilisiert. Etwas Unschönes lag in der Luft, und es war nur eine Frage der Zeit, bis etwas geschah und die Polizei auf den Plan rief. Die konnte er ganz und gar nicht gebrauchen.

Der ganz normale Hotelwahnsinn, könnte man meinen, wäre da nicht seine Angst, dass jemand den Inhalt der alten Tiefkühltruhe entdeckte, ehe er ihn entsorgen konnte.

Er musste schnell etwas unternehmen, wollte er sein Glück, unentdeckt geblieben zu sein, nicht weiter strapazieren. Er musste endlich eine Entscheidung treffen, was mit dem Leichnam zu geschehen hatte. Morgen war sein freier Tag, da würde es auffallen, wenn er sich am Arbeitsplatz herumtrieb. Aber übermorgen würde er es endlich tun müssen. Sie musste verschwinden, konnte nicht länger in der Truhe bleiben.

***

So machte Detektivarbeit richtig Spaß.

Engel stand in seinem gestreiften Schlafanzug vor seinem

Bett, in Erwartung einer schlaflosen Nacht. Zunächst musste er erfahren, was Frau Möller in der Küche zu suchen gehabt hatte. Im günstigen Fall und ihrer Alkoholfahne nach zu urteilen etwas zu trinken, was bei näherem Nachdenken unwahrscheinlich war, da die Bar eine Etage höher lag.

»Sinnlos zu spekulieren«, führte er Selbstgespräche und tat den Gedanken an sie mit einem Handwinken ab. Über sie wusste er zu wenig, um sich ein genaues Bild zu machen. Er warf die Bettdecke zurück, krabbelte ins Bett, ohne sich zuzudecken, und starrte an die Zimmerdecke. Er überlegte, das Fenster zu öffnen, um etwas Kühle ins Zimmer zu lassen, war aber zu faul, wieder aufzustehen.

In Gedanken stellte er eine Liste zusammen, alles auf Papier zu bringen, war ihm zu riskant. Man wusste nie, wer es zu lesen bekam.

Da war Hermann Faust mit der Figur eines Ringers, der seine Frisur veränderte, sich Bärte anklebte und doch erkannt wurde und der ihn bedroht hatte. Der Mann war nicht zum Vergnügen da, das hatte Engel gleich am ersten Tag erkannt. Was beabsichtigte Faust mit seinem Auftreten, und was verband ihn mit dem Paar, das aus dem untreuen Ehemann und seiner hübschen Begleitung bestand? Er beugte sich vor und schob Arme und Kopf unter das Bett, um an seinen Detektivkoffer zu gelangen. Umständlich zog er ihn hervor, rutschte in die Mitte des Doppelbettes, legte ihn auf seinen Schoß und öffnete den Deckel. Eine Pinzette rutschte heraus, als er die obere Lage anhob und zur Seite legte. Die zweite Einlage kam auf die andere Seite des Bettes, er bewegte sich vorsichtig, damit nichts aus seinen Fächern herauskippte. Ohne hinzusehen, fanden seine Finger den geheimen Verschluss zum doppelten Boden, heraus kam ein kleines Tablet. »Groß genug für ein Käffchen«, flachste er gern und schaltete es an. Seine Untersuchungen auf althergebrachte Weise, die viel schöner war als die moderne, waren an ihre Grenzen gestoßen. Es wurde Zeit, im Internet zu surfen. Etwas war immer zu finden, man musste nur die richtigen Kriterien in die Suchmaschine eingeben. Bei dem Begriff »Suchmaschine« musste er schmunzeln. Als er sich seinen ersten Computer zulegte und der Verkäufer ihn fragte, welche Suchmaschine er habe, sagte er »Margret«. Das war seine Ehefrau. Heute wusste er es besser.

Erst als er kalte Finger bekam, weil vermutlich durch seine verkrampfte Haltung das Blut nicht richtig zirkulierte, schaltete er die Maschine aus. Alles verschwand wieder unter dem Bett. Durch mehrere Kissen gestützt, lehnte er seinen Kopf an den Bettrand und starrte erneut an die Decke.

Das Gesicht auf dem Bild an der Wand im Polizeigebäude war ein Fahndungsfoto, das wusste er jetzt, und es hatte einen Namen – Felix Bunzel. Er wurde wegen Betrügerei gesucht. Über Faust war wenig im Internet zu finden, was Engel an seinen ersten Gedanken bei ihrer ersten Begegnung mit ihm erinnerte. Das passte zusammen. Schon da hatte er vermutet, der Mann sei ein Ermittler. Wenn dem so war, sollte der Polizeipräsident unbedingt seinen verdeckt arbeitenden Ermittlern mehr von den Steuergroschen zukommen lassen, damit sie sich vernünftige Verkleidungen und Abhörgeräte zulegen konnten. Engel beabsichtigte, sich später darum zu kümmern. Dann kam ihm ein anderer Gedanke. Was, wenn er sich abermals geirrt hatte? Er schloss die Augen.

Ein Gesicht vor dem inneren Auge heraufzubeschwören, war nicht ganz einfach. Er selbst besaß wenig Talent dafür. Dennoch konnte er sich den Mann ungeschminkt vorstellen. Auf jeden Fall durfte er ihn nicht unterschätzen.

Als Drittes machte er sich Gedanken über die attraktive, gehörnte Gattin. Helga. Sie hatte unter falschem Namen eingecheckt und ihm gegenüber eine Bemerkung gemacht, die ihn aufhorchen ließ. Da steckte mehr dahinter als nur ein simpler Ehebruch. Ob sie über die Betrügereien ihres Mannes Bescheid wusste? Und wenn ja, um welche Art Betrug ging es?

Er seufzte, rutschte die Kissen hinunter und kuschelte sich in seine Decke. Er liebte Frauen mit langen Hälsen und hochgestecktem Haar – griechischen Göttinnen gleich. Beabsichtigte sie, die beiden in flagranti zu erwischen? Eher nicht, die Gelegenheit dazu hatte sie schon gehabt. Vielleicht wollte sie sich den Schmerz der Konfrontation ersparen? Wohl kaum, seiner Meinung nach betrieb sie nur ein qualvolles Aufschieben des Endes ihrer Ehe. Ein untreuer Lebensgefährte war immer eine bittere Last. Helga gehörte all sein Mitgefühl. Ich sollte mich ein wenig um sie kümmern. Einen Seelentröster konnte sie bestimmt gebrauchen. In dieser Rolle war im Allgemeinen viel zu erfahren.

Zurück zu Frau Möller, der Walküre. Genau so eine Vorstellung hatte er von Odins Schlachtenjungfrauen.

»Rücksichtslos«, hatte sie gekeift und kam ohne Zweifel aus der Hotelküche. Was fand sie rücksichtslos? Bestimmt nicht die verlassene Küche. Womöglich hatte sie seine Abhörgeräte entdeckt. Aber dann musste sie gezielt danach gesucht, sie gefunden und an Ort und Stelle gelassen haben.

Er drehte den Kopf und schaute zum Schreibtisch hinüber. Da lagen sie, die Wanzen. Gut, dass er sie entfernt hatte. So senil war er noch nicht, um sich nicht beim Belauschen der Küchengespräche veräppelt zu fühlen.

Es lohnte nicht, die Wanzen in sein Detektivköfferchen zu legen. In wenigen Stunden würde er sie in Fausts Zimmer – Polizeispitzel oder nicht – installieren. Bestenfalls erfuhr er Interna über die staatlichen Mordermittlungen und würde rechtzeitig erfahren, ob eine Verhaftung anstand, der er zuvorkommen konnte. Er musste an seinen Ruf denken. Die »Putin«-Geschichte lag ihm immer noch schwer im Magen.

Wenige Minuten später überwältigte ihn die Müdigkeit. Nur noch kurz versuchte er, dem Ticken des Weckers zu lauschen, bis der Schlaf ihn einholte.

Zwölf

Bei Felix Bunzel war nicht alles so gelaufen, wie er es sich vorgestellt hatte.

Er musste sich auf seine Arbeit konzentrieren, das war schwer. Seine Gedanken kreisten um Helga. Was machte sie hier?

Er schaute Gabriela hinterher, wie sie zum »Nasepudern« verschwand, und war froh über die wenigen Augenblicke, die er allein war. So konnte keiner seine gerunzelte Stirn und das nachdenkliche Gesicht sehen und dämliche Fragen stellen.

Er spürte Angst wie einen Kloß im Magen, als läge etwas Unverdauliches darin, das ihn quälte. Er fürchtete sich davor, Helga im Hotel zu begegnen, denn er wusste nicht, wie er sich verhalten sollte. Das Beste wäre, die Insel zu verlassen und zu verschwinden. Zu diesem Schritt konnte er sich nicht entscheiden, also musste er sich mit der Variante, so gut es ging dem Nordsee-Hotel und seiner Umgebung fernzubleiben, zufriedengeben. Zumal er eine überstürzte Abreise Gabriela nicht zu erklären vermochte, seine Phantasie ließ ihn im Stich. Außerdem würde es den Abschluss verzögern, auf jeden Fall aber schwieriger machen, als er eh schon war. Gabriela war schwer zu knacken. So blieb ihm nur die Flucht ans andere Ende der Insel.

Gabriela kam vom Nasepudern zurück. Unter Aufbietung seiner Überredungskunst, mit ihm auswärts essen zu gehen, entgingen ihm ihre hektischen Flecken am Hals, dort, wo Puder den Blusenkragen verschmiert hätte. Sie willigte ohne zu hinterfragen ein, was ihn hätte stutzig machen sollen, und so machten sie sich auf den Weg zum Yachthafen. Dort gab es ein Lokal, über dessen Kochkünste unter Gästen und Einheimischen geschwärmt wurde.

Mit dem Taxi erreichten sie »Port Henry«, wie ein schmiedeeisernes Schild über dem Eingang zu den Liegeplätzen der Segel- und Motorboote verkündete.

»Ich habe noch keinen Hafen erlebt, in dem es nicht zog«, sagte Gabriela, stieg aus dem Taxi und versuchte, ihre Haare zu bändigen, an denen der Wind nur zart rüttelte.

»Auf die schwankenden Stege gehen wir besser nicht«, bestimmte sie, »es wird ja bald dunkel.« Sie hakte ihn unter, als wollte sie verhindern, dass er allein ging, und zog ihn vom Schotterweg die wenigen Stufen zum Restaurant hoch. »Lass uns reingehen, ich habe einen Mordshunger.«

Ein Blick in die Speisekarte hätte ihm unter anderen Umständen das Wasser im Munde zusammenlaufen lassen, heute verspürte er kaum Appetit. Nicht einmal ein Pfeffersteak mit extra viel Soße, das er am Nebentisch erkennen konnte, vermochte ihn zu locken. Er blickte zum Fenster hinaus und beobachtete die Freizeitsportler auf ihren Motor- und Segelyachten, wie sie ihr Deck schrubbten, Leinen zusammenlegten, Kindern und Hunden Schwimmwesten anlegten oder einfach nur an Deck saßen und die Abendsonne genossen. Die Fallen der Takelagen klimperten im Wind wie Dutzende von Glöckchen, was sogar durch die geschlossenen Fenster zu hören war und außer ihn niemanden zu stören schien.

Er verspürte einen Hauch von Neid. Gern hätte er jetzt die Ruhe der Leute auf ihren Schiffen und meinte einen Moment, das leichte Schwanken der Yachten selbst zu spüren.

Gabriela wirkte, als hätten die Hafenbeobachtungen auf sie die gleiche Wirkung. Sie blickte mit einem festgefrorenen Lächeln hinaus und trommelte mit ihren Fingern auf der Tischdecke, ohne es selbst zu merken.

Die Restauranttür öffnete sich. Bunzel wandte den Blick und hielt vor Schreck den Atem an, weil er glaubte, Helga erkannt zu haben. Sie war es nicht. Jetzt bildete er sich schon ein, sie überall zu sehen. Verdammt, die ganze Geschichte stank zum Himmel. Wenn er nur einen Schimmer gehabt hätte, welcher Grund Helga auf die Insel verschlagen hatte.

Sein Blick wanderte durch das Lokal. Die aufgehängten Netze, Reusen und diversen Instrumente, mit denen anno dazumal Fischfang betrieben wurde, verursachten Beklemmungen bei ihm. Er fühlte sich gefangen, festsitzend zwischen zwei Frauen, die ihn in die Enge trieben. Zappelte er etwa an einem Angelhaken und merkte es nicht? Jetzt nur nicht paranoid werden, das lenkt ab vom Wesentlichen. Er durfte sich keine Ablenkung oder Unachtsamkeit erlauben. Der Zweifel des Versagens nagte an ihm. Ihm, der sich für einen Frauenversteher gehalten hatte, für einen, dem es spielend gelang, jede um den Finger zu wickeln und sie machen zu lassen, was er wollte. Die Angelegenheit entglitt ihm. Schlimm genug, seiner Ehefrau aus dem Weg gehen zu müssen. Er schrak hoch. Das leise Klopfen von Gabrielas Finger hatte aufgehört. Schaute sie ihn misstrauisch an, oder bildete er sich das auch nur ein? Sie wirkte ausgeglichen, aber ihm konnte sie nichts vormachen. Sie zwinkerte ihm zu, ehe sie schweigend wieder aus dem Fenster schaute. Ihre Finger fanden die rechte obere Ecke des Papiertischsets und rollten sie ein winziges Stückchen ein und wieder aus. Ein und aus, bis sie sich seines Blickes bewusst wurde. Sie lächelte kurz, schwieg und schaute erneut zum Fenster hinaus.

Er erkannte diese Zeichen, sie begann ihm zu entgleiten. Er nahm einen kräftigen Schluck aus seinem Glas, wobei beim Anheben des Kopfes sein Blick auf einen verstaubten Rettungsring unter der Decke fiel. Er deutete dies als gutes Zeichen. Mit dem Herunterrinnen der kalten Flüssigkeit kam seine volle Konzentrationskraft zurück.

Gabriela, die am Anfang ihrer Beziehung geschmeidig wie alle anderen seiner Kundinnen gewesen war, nun aber herumzickte, zierte sich auf eine Weise, die alle Alarmglocken bei ihm zum Klingen brachte. Sie war intelligenter und argwöhnischer als seine bisherige Kundschaft. Gestern noch hatte er zwei Mal geglaubt, kurz vor dem Ziel zu sein, und genauso oft hatte sie die Anweisung ihres Geldes verzögert und darauf beharrt, dass auch er – zeitgleich auf ein Sonderkonto – seinen Anteil anweisen sollte. Als habe sie Lunte gerochen. Eine harte Nuss, aber zu verlockend, um sie kurz vor dem Ziel aufzugeben, auch wenn ein leises Stimmchen in seinem Kopf ihm riet, sofort die Koffer zu packen und nach Hause zu seiner rechtmäßigen Ehefrau zu fahren. Aber die war hier auf der Insel.

Da schloss er sich wieder, sein Gedankenkreis.

Er suhlte sich in Selbstmitleid, vermisste Helga und verging vor Verlangen, sie in seine Arme zu schließen. Nicht mehr lang, dann war es so weit. Noch dieser eine Coup, und er war in finanzieller Hinsicht bis an sein Lebensende auf der sicheren Seite. Was für eine wunderbare Vorstellung. Keine Betrügereien mehr, keine Lügen, kein Versteckspiel und, was das Allerwichtigste war, kein schlechtes Gewissen mehr. Kein Betrug, den er im Grunde seines Herzens gar nicht wollte. Dermaßen von seiner eigenen Loyalität überzeugt, war ihm entgangen, dass Gabriela vom Tisch aufgestanden war. Nun musste er sich endlich zusammenreißen, wenn nicht alles verloren sein sollte. Er sah sie von der Toilette zurückkommen und empfing sie mit strahlendem Lächeln. »Ich habe dich vermisst.«

Sie setzte sich und griff nach seiner Hand. »Ich dich auch. Ich kann es kaum erwarten.«

Er konnte sich denken, was sie meinte. »Aber wir haben doch noch gar nichts bestellt.«

Sie lachte kokett und wuselte durch seine Haare. »Das meine ich doch nicht, du Dummerchen.«

»Nicht?«

»Nein, mein Süßer. Ich habe eine Überraschung für dich.«

Sein Herz tat einen Sprung, und der Kloß im Magen war wieder da.

»Mein Finanzberater hat versprochen, in den kommenden Stunden meine Gelder lockerzumachen. Ist das nicht herrlich?«

»Dann hat er deine Aktiendepots aufgelöst?«

»Ja. Ist das nicht wunderbar?« Sie leckte sich die Lippen, als habe sie etwas Köstliches gegessen. »Dann können wir heiraten. Ich will nicht mehr warten. Schon morgen früh wird er das Geld anweisen, danach setzen wir uns zusammen und weisen gemeinsam das Geld auf unser Konto.« Ihr Zeigefinger fuhr ihm leicht unters Kinn. »Du von deinem Konto, ich von meinem. Du bist doch damit einverstanden?«

Er nickte, während sie sein Kinn fester packte und leicht drückte. Sie machte ein lüsternes Gesicht und beugte sich vor, um ihm einen Blick in ihr Dekolleté zu gewähren. »Dann können wir … Du weißt schon, was.« Ihrem Versprechen ließ sie einen aus der Ferne gehauchten Kuss folgen, ließ sein Kinn los und schaute in die Speisekarte.

Die ganze Geschichte mit Bunzel machte ihr immer mehr Spaß. Es war aufregend, ja sogar erregend, einen Menschen zu betrügen. Noch aufregender war es, jemanden hereinzulegen, von dem man wusste, dass er dich auch betrügen wollte. Oder es zumindest versuchte. Sie würde als Siegerin aus dem Duell hervorgehen, denn sie war im Vorteil, weil sie seine wahre Identität kannte, und glaubte mehr und mehr zu merken, wie gestelzt seine Worte klangen, wie aufgesetzt seine Gesten und wie übertrieben sein Gehabe um sie war. Nach ihrem Geschmack überzog er ein wenig, war nicht professionell. Doch würde sie auch so empfinden, wenn sie nicht wüsste, dass er ein Betrüger war, sondern glaubte, nur einen einfachen, frisch verliebten Mann vor sich zu haben, zu allem bereit, um eine Frau wie sie für sich zu gewinnen und sie glücklich zu machen?

Die Szene von gestern Abend kam ihr in den Sinn:

Eine schmale Mondsichel hing am Himmel, unter ihr murmelte leise das Meer. Sie stand am offenen Fenster. Er legte seine Jacke beiseite und trat hinter sie. Beide blickten sie zum Himmel hinauf, zu den feinen Wolkenschleiern, eben im Licht des schwachen Mondes zu sehen. Es war windstill, und doch spürten sie einen Hauch von angenehmer Kühle, der vom Meer zu ihnen herüberzog. Gabriela lehnte den Kopf ein wenig zurück an seine Schulter und verschränkte die Arme vor sich. Die Kühle ließ sie leicht erschauern.

»Dir ist kalt«, sagte er. »Komm, wir gehen wieder hinein.«

»Nein, lass uns noch ein wenig den Ausblick genießen.«

Da war er so zärtlich, so …

Felix hatte sie zu sich herumgedreht und sie wild geküsst. Die Wörter »Aktiendepots auflösen«, die sie zwischen zwei Küssen sagen konnte, brachten ihn in Schwung. Es geht voran, dachte sie zufrieden und schaute ihn, wie sie annahm, mit einem besonders verliebten Lächeln an.

»Ich bin ja so aufgeregt«, gurrte sie. »Ein gemeinsames Leben, nur du und ich.«

»Du weißt gar nicht, wie ich mich auf die Zukunft freue«, sagte er. Sie hätte ihm beinahe geglaubt.

Gabriela hätte quieken können vor Vergnügen. Eine traumhafte Zukunft lag vor ihr. Kurz kam ihr der Gedanke, dann ihren Lebensstil aufzugeben. Nein, sie würde die Lügerei vermissen.

***

Die Nacht war angenehm. Er hatte keine Schwierigkeiten einzuschlafen, keine wilden Gedanken, die in seinem Kopf herumwirbelten. Er schlief die Nacht durch, was er seit Tagen nicht mehr gekonnt hatte. Er fühlte sich erholt und ging unter die Dusche. Unter dem rauschenden Wasser glaubte er, ein Klingeln zu hören. Telefon? Er lauschte. Es war sein Wecker. Er war vor dem Klingeln aufgestanden. Er lächelte zufrieden und konnte sich nicht erinnern, wann er das letzte Mal ohne Wecker aufgewacht war. Für sein erstes Vorhaben war er etwas zu früh dran.

Zwei Stunden später wurde es für Engel Zeit, seine Abhörgeräte zu installieren. Der Zeitpunkt war genau richtig gewählt. Die Zimmermädchen waren auf der Etage unterwegs. Er schlüpfte aus seinem Zimmer und zog lautlos die Tür hinter sich zu. Der Teppichboden verschluckte das Geräusch seiner Schritte. Zu seinem Glück ging die Zimmertür von Hermann Faust zum Flur hin auf. Er stellte sich hinter das Türblatt, um den rechten Augenblick abzuwarten. Durch den schmalen Schlitz zwischen Tür und Zarge sah er eines der Zimmermädchen. Sie war in diesem Augenblick fertig mit dem Reinigen des Zimmers. In dem Moment, als sie in den Flur trat und ihre Putzutensilien auf den Wäschewagen stellte, schlüpfte er hinter ihrem Rücken ins Zimmer. Hinter ihm schloss sich die Tür, und Engel musste sich erst einmal von innen dagegenlehnen und abwarten, bis sein Herzschlag sich beruhigte.

»Der perfekte Meisterdieb«, sagte er drei Minuten später und blickte sich suchend in Fausts Zimmer um. Schnüffeln in fremden Privatsachen – eigentlich ein scheußliches Handwerk. Seine Nase in anderer Leute Angelegenheiten stecken war im Allgemeinen widerlich, in seinem Fall jedoch gerechtfertigt. Ein angenehmer Schauer rieselte über seinen Rücken. Er hatte einen Fall aufzuklären. Mit geschickten Fingern überprüfte er den Inhalt des Schranks und der Schubladen. Er vergaß auch nicht, einen genauen Blick in den leeren Koffer zu werfen, und suchte vergeblich nach einem doppelten Boden darin. Einfache Standardware, schnaufte er enttäuscht.

Das gemachte Bett untersuchte er und legte mit spitzen Fingern das pomadige Kopfkissen wieder zurück. Was die Leute sich so alles in die Haare schmierten, ekelhaft.

Er fand unter einem Stapel Handtücher versteckt einen abgeschlossenen Schminkkoffer. Pervers, was Männer heutzutage mit sich selbst machten. Geschickt knackte er das Schloss. Seine Enttäuschung war groß, als er neben diversen Schminksachen, falschen Bärten und Perücken nicht das fand, was er erwartet hatte. Also musste Faust seine eigene Wanze schon irgendwo platziert haben. Aber wo war das passende Empfangsgerät dazu? Vermutlich trug er es bei sich.

Engel hatte viel Zeit mit der Zimmerdurchsuchung vertan. Er musste sich beeilen, wollte er nicht überrascht werden. Das Schminkköfferchen hatte mehrere Seitenfächer. Als er den zweiten Reißverschluss aufzog, breitete sich ein zufriedenes Lächeln auf seinem Gesicht aus. Schnell überflog er die dort untergebrachten Papiere. Da, ein Zettel mit den Kontodaten von Gabriela Blume und Felix Bunzel. Er zog sein winziges Notizbüchlein aus der Jackentasche. Verflixt, er hatte seinen Kugelschreiber vergessen. Auf Fausts Schreibtisch fand er einen und schrieb die Daten in sein Buch, ehe er den Zettel an exakt dieselbe Stelle zurücklegte. In einem handgeschriebenen Brief las er: »Mein geliebter Hermann!« Ein uralter Liebesbrief, verriet ihm das Datum. Komisch, was so manche Leute aufbewahrten. Er nahm sich die Zeit, um weiterzulesen, erfuhr aber nichts Neues. Er faltete den Brief sorgfältig wieder zusammen und steckte ihn so zwischen die anderen Papiere zurück, wie er ihn vorgefunden hatte. Da – Geräusche. Er lauschte und schaute zur Tür. Das Schloss klickte, die Klinke ging hinunter und die Zimmertür ein wenig auf.

»Hier fehlen noch ein paar Handtücher«, hörte er eine weibliche Stimme auf dem Flur jemandem zurufen.

»Nein, nein, die habe ich schon hingelegt«, kam es entfernter zurück, und die Zimmertür schloss sich wieder.

Engels Herz schlug ihm aus dem Hemdkragen heraus, sein Blutdruck erreichte schwindelnde Höhen. Für diesen Job war er in solchen Momenten zu alt. Nichts wie raus aus diesem Zimmer.

In dem Augenblick, als er auf dem Flur stand und die Tür hinter sich zudrückte, trat Hermann Faust aus dem Fahrstuhl.

Uff! Das war eben noch mal gut gegangen. Sie gingen ein paar Schritte aufeinander zu – wenn Engel in die andere Richtung gegangen wäre, hätte es ihn verdächtig gemacht. Faust schien ihm verziehen zu haben, er nickte ihm grüßend zu.

»Zimmermädchen zu sein, stelle ich mir immer etwas voyeuristisch vor«, stellte Faust zu seinem Entsetzen fest. Der Mann verstellte ihm den Weg, sein Gesicht wirkte bedrohlich, in seiner Stimme klang ein undefinierbarer Ton, der Engel gar nicht gefiel. Er fühlte sich, als hätte er mehrere Liter Blut verloren.

Faust bemerkte seine Blässe, und Engel bildete sich ein, die Andeutung eines fiesen Lächelns zu erkennen. Faust deutete auf ein Zimmermädchen, das am Ende des Flures neben ihrem Wäschewagen stand und Handtücher nach Größen sortierte. Es sollte wie eine freundliche Bemerkung klingen, so als spreche man über das Wetter, doch Engel täuschte er nicht.

»Finden Sie?«

»Ja, finde ich. Schließlich betreten sie tagtäglich privates Territorium und fassen sehr persönliche Dinge an.«

Der Mann spricht von dir, ganz klar, dachte Engel. Fast in flagranti bei einer Zimmerdurchsuchung erwischt zu werden, war schon schlimm genug. Von einem Polizisten ertappt zu werden, verschlimmerte alles, obwohl ihm langsam der Verdacht kam, dass Faust gar kein Kriminalbeamter war. Polizist oder nicht, auf jeden Fall konnte er ihn wegen unbefugten Betretens eines Zimmers anzeigen.

»Das gehört zu dem Beruf eines Zimmermädchens«, murmelte er. Fausts Augen schienen ihn zu durchdringen. So muss ein verdeckter Ermittler der Kripo wohl schauen können, wenn er Kriminelle verhört, dachte Engel und bekam wieder etwas Farbe im Gesicht. Der Mann konnte ihm nichts beweisen, sonst hätte er es schon längst getan.

Sein Blick fiel auf einen Aktenkoffer in Fausts Hand. Ein Laptop, folgerte er richtig.

»Es soll Menschen geben, die stöbern gern in fremden Sachen«, ließ Faust nicht locker.

»Ja, solche Menschen soll es geben, neugierige Personen!«, gab Engel ihm recht. »Sie entschuldigen mich, ich muss jetzt gehen, sonst bekomme ich kein Frühstück mehr.«

***

Zwei Stunden später sog Hermann Faust in seinem Zimmer tief Luft in seinen ohnehin schon dicken Bauch, sodass ein Knopf abplatzte und an einem einsamen Faden baumelnd hängen blieb. Er hätte in dem Eiscafé am Bahnhof nicht so schlemmen dürfen. Vorsichtig drückte er auf seinen Magen, er fühlte sich nicht besonders. Jetzt rumorte sein Bauch, als rollten Steine einen Berg hinunter.

»Scheiße«, fluchte er laut. Alles ging daneben. Er hatte sich das Unternehmen einfacher vorgestellt. Die Verfolgung der beiden Heiratsschwindler hatte in der bevölkerten Bismarckstraße geendet. Nur ein Blick zur Seite, und schon hatte er sie in der Menge verloren. In der stillen Hoffnung, die beiden hätten erneut eine Kutschfahrt gemacht, saß er im Eiscafé, weil er von dort die An- und Abfahrtsstelle der Kutschen im Blick hatte. Als er nichts mehr essen mochte und glaubte, die Bedienung werfe ihm misstrauische Blicke zu, weil er nichts mehr bestellte und offensichtlich die Zeit totschlug, gab er auf.

Vielleicht waren die beiden ja wieder im Haus. Er steckte sich den kleinen Hörer ins Ohr, empfing Stimmen und verdrehte die Augen. Super, sie waren da, dumm nur, dass sie sich nur ansäuselten. Dieses Liebesgeflüster nervte. Abscheulich, wie die beiden sich gegenseitig beturtelten und angurrten, er ekelte sich vor der Verlogenheit. Waren die so hirnrissig und merkten nichts? Sie mussten doch beide schon lang gemerkt haben, dass sie sich gegenseitig ihr Geld abgaunern wollten.

Angewidert zog er den Stöpsel aus dem Ohr und warf ihn auf das Bett. Jetzt versicherten sie sich schon wieder gegenseitig, wie toll der andere war und wie unendlich sie sich liebten, dabei redeten sie ständig davon, das Geld endlich anweisen zu wollen, taten es aber nicht. Ekelhaft!

»Ich könnte kotzen«, vertraute er seinem Spiegelbild im Badezimmer an, spritzte sich ein wenig Wasser ins Gesicht und riss den Knopf ganz ab. Er warf ihn ins Klo. Schon kommende Woche konnte er sich die neuesten und schicksten Klamotten leisten, wer nähte da noch Knöpfe an. Er rülpste. Sein Magen dankte es ihm, indem er sich Sekunden besser fühlte.

Resigniert warf er sich auf sein Bett und klemmte sich kurze Zeit später den kleinen Hörer wieder ins Ohr. Er lauschte ein halbes Stündchen, in dem seine schlechte Laune mehr und mehr verflog. Endlich ging es dem Ziel entgegen. Beide deuteten konkreter an, schon bald die Geldtransaktion vorzunehmen.

Jetzt musst du aufmerksam und sehr flink sein, mahnte er sich selbst. Den genauen Zeitpunkt abwarten und ihnen zuvorkommen. Danach wollte er sofort verschwinden.

Er schwang sich aus dem Bett, musste noch einmal aufstoßen und ging an den Schreibtisch. Mit der linken Hand klappte er seinen Laptop auf, mit der rechten hielt er seinen Bauch. Verdammt, er wurde krank. Mit dem Gefühl, als habe jemand seine Innereien durcheinandergeworfen, rannte er ins Bad. Dort blieb er recht lang unter Schmerzen, üblen Geräuschen und schlechtem Geruch. Einer der drei Eisbecher, die er gegessen hatte, war wohl schlecht gewesen.

***

»Venus macht Sie empfänglich für kleinste Schwingungen«, stand noch heute Morgen in ihrem Horoskop. »Nutzen Sie dies für prickelnde Momente.«

Die Astrologen behielten recht. Hausdame Schiffer war auf dem Weg ins Hotelzimmer von Hermann Faust, um den Bezug des schmuddeligen Kopfkissens zu wechseln, welchen das Zimmermädchen vergessen hatte. Wenn man nicht alles selbst machte!

»Zimmerservice«, sagte sie, während sie an die Tür klopfte, und trat ein, als sie keine Antwort erhielt. Aus dem Bad tönten unangenehme Geräusche. Der Ärmste, er kotzt sich die Seele aus dem Leib.

Sie beschloss, obwohl er sie nicht bemerkt hatte, ihrer Arbeit nachzugehen, und legte den frischen Kopfkissenbezug auf der Schreibtischplatte ab, um erst einmal den alten abzuziehen. Dabei berührte sie mit dem Handrücken die Computermaus und schob sie etwas beiseite.

»Empfänglich für kleine Schwingungen«, interpretierte sie ihr Morgenhoroskop, als auf dem Bildschirm am aufgeklappten Laptop etwas sichtbar wurde. Sie warf einen Blick darauf und erwartete den »prickelnden Moment«, der ihr vom Astrologen versprochen worden war. Ja, da war er. Sie genoss den wohligen Schauer.

»Waagen in der dritten Dekade haben hohe Ziele«, fügte sie in Gedanken hinzu, so war es heute früh zu lesen gewesen. Der kränkelnde Mann im Bad musste eine Waage sein, mutmaßte sie aufgrund des Computerbildes. Ihre Lesebrille brauchte sie nicht aufzusetzen, sie erkannte auch so, dass es Menschen gab, die wesentlich mehr auf ihrem Konto liegen hatten, als sie jemals in einem Jahr verdienen würde.

Sie kniff die Augen ein wenig zusammen und beugte sich vor. Die verschiedenen Sichtfenster auf dem Bildschirm lagen übereinander, doch ohne die Maus bewegen zu müssen, ließ sich wunderbar auf den zwei verschiedenen Konten erkennen, dass sie verschiedenen Personen gehörten. Sie wusste genau, wer diese beiden Personen waren.

»Hohe Kontostände gleich hohe Ziele«, die sie selbst, Sternzeichen Steinbock, in den kommenden Tagen nicht erreichen würde. Schon gar nicht in der dritten Dekade. Sie seufzte, ließ ihre Lesebrille, die im Haar steckte, nun doch auf die Nase rutschen und beugte sich näher an den Bildschirm heran. Wie vermutet hatte sie eben die Kommastellung der Zahlen nicht richtig gesehen. Sie spürte, wie ihre Handflächen feucht wurden. Ein weiteres Schaudern kroch über ihren Rücken, in den Nacken, und die Spucke blieb ihr im Halse stecken. Als würde das ausgesprochene Wort die Ungläubigkeit verscheuchen, flüsterte sie ehrfurchtsvoll die beiden Zahlen der Kontostände.

»Merkur verwöhnt Sie mit Ausgeglichenheit«, verhieß vor drei Tagen ihr Wochenhoroskop, sie erinnerte sich genau. Ausgeglichenheit – die könnte sie jetzt dringend brauchen. Zeige mir denjenigen, der bei solchen Kontoständen keinen Neid verspürt und den Rest des Tages zufrieden und ausgeglichen bleibt. Hektische Flecken machten sich auf ihren Wangen breit. Sie konnte es nicht leiden, wenn sie missgünstig war. »Merkur verwöhnt Sie mit Ausgeglichenheit, nichts und niemand kann Sie aus der Ruhe bringen«, wiederholte sie ihren flüchtigen Gedanken. Ihr Blick wanderte vom Bildschirm zur Toilettentür und wieder zurück.

Sie irrten sich, die Astrologen. Ihre Hand schwebte über der Computermaus. Sie zögerte. Da half auch kein »Luna macht Sie überzeugend« mehr. Sie sollte die Finger davon lassen und nicht weiter in der Datei stöbern. Verflixte Astrologen.

Sie wendete sich vom Bildschirm ab und wechselte ungeschickt, die Hände zitterten leicht, den Kopfkissenbezug. Wenn nur der Mann im Bad noch ein wenig länger dort bleiben würde, hoffte sie inständig, so lang, bis sie ungesehen das Zimmer verlassen konnte. Ihr Flehen wurde erhört. Schließlich blieb ihr nur noch zu wünschen, der Bildschirm möge rechtzeitig genug wieder schwarz werden, damit der Gast nichts von ihrer Indiskretion mitbekam.

Sie benötigte keine astrologischen Vorhersagen mehr, um zu wissen, was sie zu tun hatte.

***

»Fast habe ich zwei Weltkriege mitgemacht«, informierte Hubert Engel Tatjana. Sein flaues Gefühl im Magen war mit jedem weiteren Schritt, den er zwischen sich und Hermann Faust legte, zurückgegangen. In Tatjanas Nähe hatte er sich von dem Schrecken seiner Begegnung mit Faust erholt. Doch er wäre nicht Hubert Engel, wenn er in diesem Moment der Erholung nicht gleichzeitig Gabriela Blume beobachtet hätte. Sie saß in der Lobby in einem der Sessel, er konnte sie aus dem Augenwinkel sehen. Er redete irgendwelchen Blödsinn, denn etwas musste er schließlich erzählen, wollte er sein langes Herumlungern im Foyer rechtfertigen. Er merkte sehr wohl, dass Tatjana nicht unfreundlich erscheinen wollte und ihr höfliches Interesse heuchelte. Sie hatte gewiss Wichtigeres zu tun, als seinem Geschwätz zu lauschen.

»Das interessiert doch eine so junge Frau nicht, auf welchen Bunkern Sie im Krieg gesessen haben«, unterbrach ihn Frau Schmidt senior resolut. Er hatte sie nicht herankommen sehen. »Kommen Sie.« Sie hakte sich bei ihm unter und zog ihn mit sich. Normalerweise hatte er nichts dagegen, sich mit ihr zu unterhalten, nur im Moment passte es ihm überhaupt nicht.

»Nun lassen Sie sich doch nicht so zerren. Ich habe Wichtiges mit Ihnen zu besprechen.«

»Jetzt?«

»Es geht um einige unserer Gäste.«

Das hatte ihm gerade noch gefehlt. Es reichte, wenn er selbst überall verdächtige Personen und undurchsichtige Gestalten sah, mehr, als er im Augenblick gebrauchen konnte, da wollte er sich nicht auch noch Frau Schmidts Verdächtigungen anhören. Andererseits war sie eine Gleichgesinnte. Es konnte nicht schaden, ihre Beobachtung zu erfahren.

Bereitwillig ließ er sich fortziehen mit dem Gedanken im Hinterkopf, sich ja nicht durch ihre Schlussfolgerungen von seinem eigenen Weg abbringen zu lassen. In seinen Augen verfügte sie über keinerlei Gespür für wahre Verbrechen, was ihre Schnüffelei von seinen Beobachtungen unterschied.

Hoffentlich pfuschte sie ihm nicht in seine Ermittlungen hinein.

Sie tat es unmittelbar. »Engel, was halten Sie von der jungen Frau aus Zimmer hundertvierzig?«

»Welche junge Frau?«

»Ach, tun Sie doch nicht so. Tatjana können Sie hinters Licht führen mit Ihren Ablenkungsgeschichten, mich nicht. Eigentlich müsste ich Ihnen ja böse sein, dass Sie wieder mal ohne mich ermitteln, wo Sie doch meine Leidenschaft fürs Kriminelle kennen. Doch zum Zanken haben wir keine Zeit. Nicht wahr? Also?«

»Also was?«

»Was ist mit ihr? Ich rede von der Frau, die Sie eben noch beobachtet haben.«

»Das kann ich Ihnen schlecht zwischen Tür und Angel sagen«, wich er aus und schloss rasch eine Hand über ihren ausgestreckten Zeigefinger.

»Recht haben Sie. Kommen Sie, wir gehen in meine Wohnung. Ich lasse uns ein schönes Tässchen Tee mit Wawelkes bringen, und Sie berichten mir alles.«

Bloß keinen Tee! Wawelkes, okay, die sind köstlich, diese hauchfeinen ostfriesischen Gebäckteile, aber Tee, keinesfalls!

»Eigentlich habe ich gar keine Zeit.«

»Natürlich haben Sie die. Die junge Dame, die Sie beschattet haben, holen Sie sowieso nicht mehr ein.« Sie entzog ihm ihren Zeigefinger.

Gabriela Blume war verschwunden. »Verflixt, sie ist weg.«

»Grämen Sie sich nicht. Ich kann Ihnen ganz genau sagen, wohin sie ist und was sie dort macht.«

»Nun?«, fragte Engel später in Frau Schmidts Wohnküche, nachdem er ihr, entgegen seinen festen Vorsätzen, nichts zu verraten, doch die Geschichte, die im Mai mit dem Verschwinden von Susi Bremer begonnen hatte und zu dessen Aufklärung er extra ein weiteres Mal in diesem Jahr angereist war, erzählt hatte.

Frau Schmidts Tee war in der Tasse mittlerweile kalt geworden, sein Glas Mineralwasser warm. Gespannt lauschte sie der Geschichte.

»Ich beabsichtige, das Hotel nicht eher zu verlassen und heimzureisen, bis ich alles aufgedeckt habe«, gab Engel sich sicher.

»Zumal Sie etwas gutzumachen haben, um Ihren guten Ruf wiederherzustellen«, traf sie den Nagel auf den Kopf.

Engel schaute verdrossen – niemand hörte gern die Wahrheit.

»Jetzt machen Sie nicht so ein zerknittertes Gesicht. Ich will Ihnen ja nur helfen.«

»Dann erzählen Sie mal, was Sie von alldem wissen«, brachte er sie auf den Fall zurück. »Was können Sie an Informationen beisteuern?«

»Gerüchten zufolge soll Susi ihrem Mann davongelaufen sein, doch je länger ich darüber nachdenke, desto öfter muss ich sagen, Sie könnten recht haben. Sie könnte tot sein.« Forsch schob sie ihren Stuhl zurück, als wäre dieser an allem schuld, stand auf, schüttete den kalten Tee in den Ausguss, ließ sich diesmal neben ihm auf dem rot karierten Sofa nieder und schenkte sich frischen ein. Mit einer Geste bot sie die Kanne an, doch er schüttelte den Kopf.

»Die beiden haben oft gestritten, sogar in der Öffentlichkeit. Heftig sogar, ich selbst konnte es einige Male hören. Aber ein Mord, Junge noch mal, das wäre eine Sache.«

Sie klang, als wäre eine Zusammenarbeit mit Engel beschlossene Sache.

»Das ist mein Fall …«

»Und Sie wollen mich nicht dabeihaben. Schon klar.« Sie besaß das Talent, ihm mit wenigen Worten und dem passenden Gesichtsausdruck ein schlechtes Gewissen zu bereiten.

»Okay«, schlug er einen abwegigen Gedanken vor. »Ein wenig können Sie helfen. Sie beschatten Gabriela Blume. Ich könnte mir vorstellen, dass sie mit Bremer etwas zu tun hat.«

»Sie meinen, sie ist seine Geliebte?«

»Vielleicht!«

»Papperlapapp, ist sie nicht. Sie teilt sich ein Zimmer mit Felix Bunzel, schon vergessen? Übrigens, ein besonders attraktiver Mann.«

»Bestimmt nur Tarnung.«

»Attraktivität kann man sich nicht als Tarnung zulegen, das sollten Sie eigentlich wissen.«

Er schluckte die Kröte, in der Hoffnung, sie meinte das nicht so. »Ich meine, das gemeinsame Zimmer ist eine Tarnung.«

»Wie kommen Sie auf die Idee? Ist das nicht ein bisschen weit hergeholt?«

»Bunzel ist verheiratet ...«

»Das sind Sie auch.«

»Stimmt, aber meine Frau wohnt nicht einige Türen weiter.« Er tippte mit dem Zeigefinger mehrere Male auf den Tisch. »Bunzels Frau ist auch hier. Und«, er hob den Finger, als bräuchte er noch mehr Aufmerksamkeit, »sie beobachtet ihren Mann, geht ihm aber gleichzeitig aus dem Weg.«

»Wissen Sie, warum?«

»Nein«, log er.

»Sodom und Gomorra«, flüsterte sie mit wohligem Schauer und kräuselte die Stirn. »Etwas passt da nicht.«

Engel zog es vor, darauf nichts zu sagen.

»Eine eifersüchtige Ehefrau, die ihren Mann und dessen Geliebte beobachtet«, spann sie ihre eigene Theorie, »kann nicht gleichzeitig die Geliebte von Alexander Bremer sein.«

»Warum nicht?«, widersprach er, fand den Gedanken jedoch abwegig genug, um Frau Schmidt auf diese Spur zu setzen. »Nehmen wir mal an, Gabriela Blume war erst die Geliebte von Bremer und ist jetzt die von Bunzel. Und nehmen wir weiter an, sie war der Grund für den Mord an Susi. Dann wäre es ein Leichtes für sie, mit ihrem Wissen Alexander Bremer unter Druck zu setzen.«

»Jetzt geht aber die Phantasie mit Ihnen durch, Herr Engel. Es gibt nicht einen einzigen Anhaltspunkt für diese Verbindung.«

»Na, wer von uns beiden hat wohl zu viel Phantasie?« Engel drohte lachend mit dem Zeigefinger, ehe er wieder ernst wurde.

»Und jetzt will ich wissen, wo Gabriela gerade ist. Sie haben es versprochen.«

Sie lächelte wie ein Kind, das seinen Eltern ein Superzeugnis vorlegt, und schaute auf ihre Armbanduhr. »Das Blümlein geht in zehn Minuten auf die Massagebank, also ab mit Ihnen, hinterher. In vier Stunden treffen wir uns wieder hier.« Es klang wie ein Befehl, und Engel wusste, es war einer.

Er brauchte keine drei Minuten, um aus der Wohnung hinunter in den Kurbereich zu gelangen, und hatte Glück. Er saß bereits auf einem der Wartestühle, als Gabriela hereinkam. So wirkte es nicht, als würde er ihr folgen, und sie hatte keine Chance, ihm zu entkommen.

***

»In zwei Minuten geht es los«, sagte eine Frau zu Gabriela und deutete auf einen der Stühle. Sie trug einen rosa Kittel und hatte für eine Frau recht große Hände. Sicher ein Vorteil in ihrem Beruf als Masseurin. »Ich werde Sie rufen.«

Gabriela nahm Engel gegenüber Platz, der in der »Rentner Bravo«, wie sie gern die Zeitschrift aus der Apotheke nannte, las. Zwischen Hüfthaltern, Bruchbändern, Zahnprothesen und Krampfadern fühlte sie sich unwohl. Dieser Warteraum strahlte etwas von einem Wartezimmer in einer Arztpraxis aus. Vermutlich lag es an dem Geruch nach Kräutern und Salben. Gespräche über Krankheiten konnte sie nicht ausstehen. Sie hielt den Kopf gesenkt, in der Hoffnung, von dem alten Herrn nicht in ein Gespräch verwickelt zu werden. Alte Menschen hatten die Schlacht gegen die Zeit geschlagen und verloren und erinnerten sie daran, dass sie selbst einmal alt werden musste.

Die Minuten verrannen. Sie vermied es weiterhin, in seine Richtung zu sehen, und hoffte, seine Lektüre würde ihn so fesseln, dass er nicht auf die Idee kam, sie anzusprechen. Hoffentlich kommt die Masseurin gleich zurück.

Sie hob ganz langsam und nur wenige Zentimeter den Kopf an, um etwas mehr als nur seine Beine zu sehen. Dabei hatte sie das Gefühl, dass er nur so tat, als ob er las. Jetzt erst erkannte sie den Mann. Der kleine Schnüffler hatte es geschafft, sie in ein Gespräch zu verwickeln, an dem sie kein Interesse hatte. Was hatte der nicht alles wissen wollen. Ob sie Frühaufsteherin sei, ob sie Ärger mit ihrem Freund habe, und er hatte sie in die Enge getrieben, als es um ihren Beruf ging. Bankwesen, hatte sie gelogen, und ihm war es gelungen, ihr ein Versprechen abzuluchsen. Als ob er so eine dämliche Zugverbindung nicht auch an der Rezeption erfragen konnte. Aber nein, sie sollte auf ihrem Laptop für ihn danach suchen. Sie hoffte inständig, dass er sie nicht wiedererkannte und ihr Versprechen vergessen hatte.

Verflixt, sie ärgerte sich, von ihm überrumpelt worden zu sein. Mit dem Mittelfinger kratzte sie über ihren Daumennagel. Ein Zeichen innerer Unruhe und steigenden Misstrauens, und dann war es da, das drängende Gefühl, von dem alten Herrn gehe eine Bedrohung aus. Sie wusste, es würde ihr Unbehagen bereiten, sobald er von seiner Zeitschrift aufblickte, um ihr seine Aufmerksamkeit zu schenken. Ein ganz neues Gefühl, an das sie sich nicht gewöhnen mochte. Egal, welche Altersklasse, sie hatte es immer genossen, von Männern angestarrt und bewundert zu werden.

Noch ein Mensch, der ihr Kopfzerbrechen bereitete.

Du solltest auf dich aufpassen, du leidest unter Verfolgungswahn, mahnte sie sich. Er ist ein harmloser alter Mann, der aus Langeweile andere Leute in Gespräche verwickelt, ihnen nachspioniert, weil er nichts Besseres mehr in seinem Leben zu tun hat. Bestimmt sitzt er zufällig zur selben Zeit hier, um auf seine Massage oder ein Schlickbad zu warten. Mehr nicht. Mach dich nicht verrückt.

Tapfer hob sie den Kopf und versuchte ihr schönstes Lächeln, weil er sie über die Zeitschrift hinweg anschaute. Das hätte sie besser bleiben lassen sollen! Für ihn die Aufforderung, sie anzusprechen.

»So eine Massage ist etwas Herrliches und Entspannendes, finden Sie nicht auch?« Mit diesen Worten klappte er das Blättchen zusammen. Sie nickte stumm, in der Hoffnung, so dem Small Talk zu entkommen.

»Geht es Ihnen wieder besser?«

»Wie bitte?«

»Sie wirkten neulich so bedrückt.«

»Alles bestens.«

»Und Ihre Begleitung?«

»Was soll mit ihm sein?«

»Mag er sich nicht massieren lassen?«

»Er hasst es.«

»Und Sie lassen ihn so einfach allein?«

Der Tonfall und sein Gesichtsausdruck gefielen ihr überhaupt nicht. Es klang, als würde sie einen Riesenfehler damit machen.

»Wieso sollte ich nicht?«

Er hob eine Hand, drehte sie in der Luft und wirkte, als hielte er das für gefährlich.

Plötzliche Kopfschmerzen überfielen sie. Sie rieb sich die Schläfen und schniefte mit trockener Nase. Ihr Blick wanderte zur Tür des Behandlungsraums, als könne sie damit die Masseurin herbeirufen.

»Waren Sie inzwischen am Strand?«

»Wie bitte?«

»Sie und Ihre Begleitung. Sie wollten doch einen Spaziergang dahin machen.«

Sie konnte sich nicht erinnern, derlei gesagt zu haben, und schüttelte den Kopf. »Nein.«

»Sie sollten nicht …«

»… gehen? Stimmt, es ist gefährlich.«

»Wenn Sie das sagen.«

»Nein, Sie sagten es.« Gabriela hörte selbst den winzigen panischen Unterton in ihrer Stimme.

»Aber doch nicht für Sie, meine Liebe.«

Es hörte sich für sie wie eine Drohung an. Der Klang einer Türklinke, die mit mehr Kraft als notwendig heruntergedrückt wurde, ließ sie zusammenzucken.

»Kommen Sie bitte?«, erlöste sie die Masseurin.

Sie vergaß Engels Worte, als sie in einer Schlickpackung versank, die mit stinkendem heißen Watt gefüllt war. Eine Liege voller brauner Matsche. Der Schlick schien eine lächerliche Angelegenheit zu sein, wirkte aber überraschend entspannend. Die Masseurin zählte auf, wogegen diese eher eklige Menge Watt alles half, was die biologischen und chemischen Bestandteile Gutes für ihren Körper bewirkten und welche Wehwehchen sie heilten. Gleich ging es ihr viel besser, sie entspannte sich, ihre trüben Gedanken verflogen.

Sie war verschlossen wie sein Detektivkoffer und steckte genau wie er voller Geheimnisse und Überraschungen, da war er sich sicher. Rätselhaften und schönen Frauen traute Engel alles zu, auch oder gerade einen Mord. Doch Vorsicht! Diese Frau war nicht nur kriminell, das spürte er in jedem seiner Knochen, sondern auch Profi in dem, was sie tat, so viel war für ihn sicher. Er wusste nur noch nicht, was genau es war, das sie tat, um ihren Lebensunterhalt zu verdienen. Die Bankkauffrau hatte er ihr von Anfang an nicht abgenommen, was seine Internetrecherche dann bestätigte. Im weltweiten Web konnte er nichts von ihr finden, was ihn zu der Schlussfolgerung brachte, dass sie erstens einen falschen Namen benutzte und es zweitens geschickt verstand, ihre Spuren zu verwischen. Nur auf einer einzigen Seite war es ihr nicht gelungen, ihr Gesicht im Internet zu verbergen. Er fand ihr Bild über Umwege, als er auf der Suche nach Ergebnissen über Hermann Faust war. Der, so wusste Engel, arbeitete für ein Ehevermittlungsinstitut. Er würde eine Haushaltspackung Zahnprothesenreiniger darauf verwetten, dass diese Firma mit Gabriela etwas verband. Nur was? So eine Frau wie sie hatte es nicht nötig, sich einen Ehemann suchen zu lassen.

Trick eins war anzuwenden, was bei ihm seit dem zarten Alter von sechzig Jahren hervorragend funktionierte. Wirke harmlos, so wird dir jede Aufdringlichkeit verziehen, aber Vorsicht, nicht übertreiben. Im Wartezimmer wurde er leider schon in der Anlaufphase seiner Ausfragungskünste unterbrochen und hatte so gut wie gar nichts erreicht, außer dass sie auf der Hut war. Sein Status ihr gegenüber hatte sich verändert, er musste sich was einfallen lassen. Bis dahin blieb ihm nichts anderes übrig, als auf Trick eins zu vertrauen. Ausfragen, Andeutungen machen, dämlich hinterfragen. Irgendwann verplappert sich jeder, und sei es nur durch seine Körpersprache. Er brauchte Antworten, ob nun richtig oder falsch, und er erkannte eine Lüge, noch bevor sie ausgesprochen wurde. Er musste mehr aus ihr herauskitzeln und beschloss, auf sie zu warten. Die nicht freiwillig geäußerte Einladung, ihm mit Hilfe ihres Laptops Auskünfte herauszusuchen, wollte er einfordern und vertraute darauf, dass Gabriela eine ausreichend gute Erziehung genossen hatte, um sich einen restlichen Respekt vor dem Alter zu bewahren.

»Oh, ich habe gehofft, Sie noch anzutreffen«, stellte er sich ihr eine Stunde später in den Weg. Ihr Gesicht war leicht gerötet, jetzt ungeschminkt und dennoch schön. Um den Kopf trug sie ein zu einem Turban gewickeltes Handtuch. Eine leichte Geruchswolke von der Art, wie man sie bei Ebbe an Buhnen roch, umschwebte sie. Er konnte ihr ansehen, dass ihre eben erhaltene Entspannung bei seinem Anblick zum Teufel war.

Keine Zeit für Mitgefühl. »Erinnern Sie sich, was Sie mir nach unserem Strandspaziergang angeboten hatten?«

»Was denn?« Sie klang trotzig, was Engel überhörte. Eine honigfarbene Locke löste sich unter dem Handtuch. Mit dem Zeigefinger stopfte sie sie zurück, sodass zu befürchten stand, die ganze Kopfbedeckung würde sich auflösen.

»Sie hatten mich eingeladen, Sie auf Ihrem Zimmer zu besuchen, wenn ich Hilfe brauche. Ich muss mich entschuldigen …«

»Entschuldigen?«

»Ja. Vermutlich haben Sie mich bereits erwartet.«

Hatte sie nicht, das war ihm klar. Doch sein tollpatschiges Selbstbewusstsein ließ ihr Gefühl, ihm überlegen zu sein, zurückkommen, er konnte es an ihrer Körperhaltung sehen.

Sie nickte und brachte ein Lächeln zustande, das echt wirkte.

»Sie erinnern sich? Sie hatten mir angeboten, auf Ihrem Computer eine Zugverbindung für mich herauszusuchen!«

»Oh, ja – natürlich.«

»Ich komme jetzt auf Ihr Angebot zurück.«

Dreizehn

»Irgendwo müssen doch die Steaks sein. Ich weiß genau, dass wir sie nicht aufgebraucht haben«, stellte Souschef Jonny ungeduldig fest. »Wo hast du sie hingepackt«, fragte er Hauke, einen der beiden Küchenlehrlinge, die Habachtstellung annahmen.

»Dahin, wo alle Steaks verstaut werden«, gab dieser patzig zur Antwort.

»Dann müssten sie ja hier im Kühlhaus liegen«, sagte der stellvertretende Küchenchef im sarkastischen Tonfall. »Siehst du sie etwa?«

»Nö!«

»Es ist immer dasselbe. Euch Lehrlingen muss man alles hinterherkramen«, fuhr er Hauke an. »Sieh zu, dass du wieder an den Herd kommst, wir finden sie schon allein.«

Der Lehrling floh, froh darüber, der schlechten Stimmung seines Vorgesetzten entkommen zu sein. Diese Laune zeigte er immer dann, wenn Bremer seinen freien Tag hatte.

»Diese Lausebengel machen nichts vernünftig.« Laut vor sich hin schimpfend, stand Jonny tatenlos mitten im Kühlhaus, mit beiden Händen seine Oberarme umfassend, als wäre in diesen wenigen Sekunden bereits die Kälte in seine Glieder gefahren.

»Ich kann auch nichts finden«, meldete der zweite Lehrjunge, der Torsten hieß.

»Möchte wetten, ihr habt die Steaks in einer der alten Kühltruhen versenkt. Tausend Mal habe ich gesagt, die Temperaturen sind dort zu hoch.«

Wütend stampfte er durch die Kellergewölbe. »Los, mitkommen«, befahl er. Vor einer Holztür blieb er stehen. Torsten drückte sich an ihm vorbei, öffnete die Tür und machte das Licht an, ehe er beiseitetrat, um Jonny einzulassen.

Da standen sie, die alten Truhen. Vom unterwürfigen Verhalten des Jungen nicht gänzlich besänftigt, zeigte Jonny ihm eine Handfläche, um seinen Eifer zu dämpfen. »Das mache ich selbst.« Torsten trat hinter ihn, und Jonny ließ den schweren Tiefkühltruhendeckel gegen die rückwärtige Wand knallen.

»Wenn ich sie hier finde, Junge, dann kannst du was erleben!«, prophezeite er und beugte sich über den Truheninhalt. Seufzend nahm er diverse Tüten, prall gefüllt mit tiefgefrorenen Karotten, Brokkoli, Rosenkohl und Kohlrabi, heraus und stapelte sie auf einem Stuhl neben der Truhe. Dann stutzte er. Dort lag eine silberfarbene Isoliermatte, die auf den ersten Blick wie ein fester Truhenboden wirkte.

»Was ist das.«

Die Frage klang nicht als solche, daher antwortete Torsten nicht.

Jonny löste die Matte in einer Ecke ab und hob sie an. Darunter lag ein großer, länglicher Körper. Er füllte den kompletten Truhenboden aus. An der linken Truheninnenwand lag etwas, das aussah wie ein Kopf.

Jonnys Finger schmerzten vor Kälte. Er musste einen Handwechsel vornehmen, sodass seine von den Gefriertüten eiskalte rechte Hand jetzt die schwere Truhentür stützte. Mit den warmen Fingern seiner linken Hand wischte er ein paar störende Eisklümpchen und Reif, der wie Schnee aussah, beiseite, dann erstarrte er selbst zu Eis.

Braune Augen, lang bewimpert und ohne Glanz, glotzten ihn an.

»Was ist das denn …«, krächzte er, als versagte gleich seine Stimme.

»Fisch«, meinte Torsten, dem bisher der Blick ins Innere der Truhe verwehrt war.

»Wie … Fisch?«

»Sie wissen schon, Chef. So ein Lebewesen, das nicht in Seenot gerät, wenn es länger unter Wasser ist.«

Der Truhendeckel schlug krachend nieder. »Halt's Maul!«, brüllte Jonny und eilte wie von Furien gehetzt zurück zur Hotelküche. Dort blieb er mehrere Sekunden lang stehen, er wirkte, als müsse er all seine Kraft sammeln. »Sebastian und Hauke«, rief er nach den Lehrjungen, »sofort herkommen!«

»Das waren wir nicht«, verkündeten die Lehrlinge prophylaktisch.

»Schnauze halten!«, fauchte Jonny. Normalerweise herrschte hier ein anderer Ton. »Und du …«, befahl er dem Tellerspüler in hysterischem Ton, »… holst sofort den Chef!«

»Aber ich …?«

»Kein Aber. Sofort – und ein bisschen plötzlich!«

Der Spüler ließ die Teller scheppernd auf die Arbeitsplatte fallen und flitzte davon.

Die Lehrlinge folgten Jonny, der eine nutzlose Runde rund um die Küchenarbeitsflächen lief.

»Das war ich nicht, ehrlich, dahinten habe ich die Steaks auf keinen Fall reingetan«, rechtfertigte sich einer der Jungen.

»Lass doch die blöden Steaks!«, schrie Jonny. »Deine Sorgen möchte ich haben.«

Verwirrt schauten die beiden Auszubildenden sich an. Ungesehen hinter Jonnys Rücken schüttelte Torsten, der Jonny in die Küche gefolgt war, seine flache Hand vor den Augen hin und her. Sebastian grinste.

»Was gibt es da zu grinsen?«, schrie Jonny. Er hatte nicht übel Lust, dem Lausebengel eine zu kleben. Die heutige Jugend war so gar nicht empfänglich für irgendwelche Schwingungen, die im Raum standen. Merkten sie denn nicht, dass er vor Angst und Schrecken am ganzen Leibe zitterte?

Hätte ich nur meine Migränetabletten heute Morgen genommen, dachte er verzweifelt. Schon beim Aufstehen war ihm nicht besonders gut gewesen. Er hätte auf seine innere Stimme hören und zu Hause bleiben sollen. Fröstelnd schüttelte er sich. Diese braunen, lang bewimperten Augen, die ihn vor wenigen Minuten so kalt angestarrt hatten, würde er nie in seinem Leben vergessen.

»Wo bleiben sie nur? Der Spüler ist sicher wieder zu blöd, um den Chef zu finden«, tat Jonny seinem Kollegen unrecht.

Gott sei Dank, da kamen sie. Er konnte Fokke Schmidts Stimme oben auf der Treppe hören.

»Ich hoffe für Sie, dass es wichtig ist!«, schallte es laut, und Jonny dachte, dass die kommenden Sekunden wohl die bedeutendsten des heutigen Tages, ach was, dachte er, des ganzen Jahres wurden.

»Das war ein wichtiges Telefonat, das ich Ihretwegen unterbrechen musste«, schimpfte Schmidt. »Was ist nun so dringend, dass es keinen Aufschub duldet?«

»Folgen Sie mir bitte«, sagte Jonny, dem das Wort »Leiche« nicht über die Lippen kommen mochte.

Der kleine Trupp folgte.

Für so viele Leute war es etwas eng in dem Kellerraum.

»Bitte öffnen Sie die Truhe«, konnte Jonny gerade noch seiner Stimme Kraft geben, ehe er spürte, wie seine Migräne ihn nun doch fest im Griff hatte.

»So eine Schei…« Angesichts der Lehrjungen hatte Fokke Schmidt sich gerade noch beherrschen können. Ein Chef, der fluchte, verlor an Respekt.

»Bremer soll mir morgen unter die Augen kommen«, drohte er angesichts des Truheninhalts, des derangierten Zustands seines Souschefs und der hilflosen Versicherungen der Lehrlinge, wirklich von nichts eine Ahnung zu haben. Nur der Geschirrspüler schwieg.

Schmidt brauchte weniger als zwei Sekunden, die der Truhendeckel geöffnet gewesen war, um den vollen Umfang der Situation zu begreifen. Seine Augen funkelten belustigt hinter den Brillengläsern. Er strich sich über die blonden Haare und zupfte an seinem Ohrläppchen. Amüsiert öffnete er ein weiteres Mal den Deckel. Ja, er hatte richtig gesehen.

»Nie im Leben werde ich diesen Anblick vergessen«, jammerte Jonny.

»Stellen Sie sich nicht so an.«

»Anstellen? Ich?« Jonny fasste sich an die Stirn.

»So eine Katastrophe ist das nun auch wieder nicht.«

»Nicht?« Jonny starrte seinen Chef an, als hätte er am ganzen Körper grüne Pusteln. Seine Migräne tuckerte heftig.

»Sie tun ja gerade so, als hätten wir die Schweinepest oder den Rinderwahn in der Truhe.«

»Aber das hier ist viel schlimmer als Schweinepest und Rinderwahnsinn zusammen!«, rief Jonny. Sein Magen rebellierte, als wäre eine Armee hindurchmarschiert, gleich musste er sich übergeben. »Wir sollten die Polizei rufen.«

»Nun übertreiben Sie mal nicht. Ich werde das intern regeln.«

»Intern regeln«, konnte Jonny nur noch matt wiederholen. Er war fassungslos.

»Klaro doch, der Chef hat recht.« Sebastian war etwas pfiffiger als Jonny. »Das ist doch halb so schlimm.« Er trat näher an die Truhe heran und betrachtete die zugefrostete Gestalt. »Bin nur froh, dass die Idee nicht von mir stammt«, murmelte er. »Das gäbe vielleicht Mecker!«

Von seinem Kumpel ermutigt, wagte Torsten sich an die Truhe heran und brach in hysterisches Gelächter aus, was bei Jonny beinahe eine Ohnmacht auslöste. Er raffte all seinen Mut zusammen, verfluchte seine Migräneattacke und traute sich, einen weiteren Blick ins Truheninnere zu werfen. Gleich wird mir übel, dachte er.

Er zwang sich, die zusammengekniffenen Augen eines nach dem anderen zu öffnen. Zum ersten Mal eine Leiche zu sehen, ist immer grausam, mahnte er sich. Jetzt weißt du, wie so was aussieht. Trau dich ein weiteres Mal und blamiere dich nicht. Solltest du in Ohnmacht fallen, wird dich hoffentlich einer deiner Kollegen auffangen. Dann könntest du sofort nach Hause gehen und dich hinlegen. Ermutigt von diesem Gedanken starrte er mit weit aufgerissenen Augen in die Gefriertruhe.

Hinter ihm glucksten und kicherten vier Männer, und Jonny begriff.

Irritiert schaute er in Schmidts amüsiertes Gesicht.

»Aber …«

Fokke Schmidt war etwas schneller im Denken. Er hatte nicht nur den Gegenstand, sondern auch den Übeltäter treffend ermittelt.

»Deckel zu und absolutes Stillschweigen«, befahl er. »Ihr haltet den Mund. Sobald Bremer morgen da ist – sofort zu mir!«, rief er und verließ den Kellerraum. Später erzählte man sich, er sei eine lustige Melodie pfeifend in seinem Büro verschwunden.

***

Der gestrige freie Tag hatte Alexander Bremers allgemeine Stimmung nicht wirklich aufheitern können. Nun stand er mit hängenden Schultern vor dem Schreibtisch seines Vorgesetzten.

»Seit wann liegt sie in der Truhe?«, fragte Schmidt. Er schwankte zwischen Zorn, Belustigung und Vorfreude.

Zorn, weil einer seiner Mitarbeiter etwas vor ihm verheimlicht und versteckt hatte, Belustigung darüber, dass ebendieser Mitarbeiter den Mumm hatte, endlich in die Tat umzusetzen, worüber beide schon seit Jahren immer nur redeten, was sie aber nie getan hatten, und Vorfreude darauf, was Bremer und er am nächsten ruhigen Tag in der Küche mit dem Kadaver alles machen würden. Fast glaubte er, den Geschmack des Fleisches, das er noch nie in seinem Leben gegessen hatte, auf seiner Zunge zu spüren. Er war gespannt, ob Konsistenz, Geschmack und Bekömmlichkeit seinen Vorstellungen entsprachen oder eher so waren, wie alte Borkumer berichteten.

»Seit dem dreizehnten Mai.«

»So lang schon? Warum hast du nichts gesagt?«

Bremer zuckte mit den Schultern.

»Ich wäre gern dabei gewesen«, gestand Schmidt.

»Wenn sie uns beide erwischt hätten …«, wagte Bremer seine erste Rechtfertigung.

»Du meinst, dann wäre besser nur dein Ruf ruiniert als unser beider?«

Bremer grinste und nickte.

»Bestimmt hast du recht. War es schwierig?«

»Nee, eigentlich nicht.« Alexander Bremers Anspannung ließ nach, und er setzte sich auf den angebotenen Stuhl. Wenn Schmidts Kinngrübchen und die beiden senkrechten Stirnfalten besonders gut zu sehen waren, war das ein Zeichen, dass er guter Laune war.

»Komm schon, erzähl, lass dir nicht alles aus der Nase

ziehen.« Schmidt lehnte sich in seinem Bürosessel zurück, es wirkte, als wolle er es sich gemütlich machen, und zupfte sich am Ohrläppchen. Er liebte ungewöhnliche Geschichten und Anekdoten. Diese Story würde in Zukunft dazugehören.

»In der Nacht konnte ich nicht schlafen. Ich hatte mich mit Susi gestritten. Na ja, sie ist ja dann auch am selben Tag noch auf und davon. Es war Vollmond, ich konnte nicht schlafen, also bin ich aufgestanden. Da kam mir die Idee, es endlich zu machen, und ich bin hierhergegangen. Aus der Küche habe ich mir einen großen Plastiksack und eines der langen Fleischmesser geholt und bin so gegen drei Uhr morgens zur Seehundbank.«

»Hättest mich mitnehmen sollen.«

Bremer überhörte den Einwand. »Ich freu mich schon auf unser Kochduell. Wir haben genug Fleisch, um alle Variationen auszuprobieren. Ich bin immer noch der Meinung, es eignet sich hervorragend für ein skandinavisches Büfett.«

»Schweif nicht ab«, mahnte Schmidt.

»Ich bin also an den Strand und zur Seehundbank. Dort lagen die Viecher. Eine Robbe neben der anderen, dicht an dicht. Kleine dünne und dicke fette Tiere. Sind ja eigentlich sowieso viel zu viele, seit sie unter Naturschutz stehen. Ich also wie nach altväterlicher Sitte runter auf den Bauch und an sie herangerobbt. Die Tiere sind so dumm und extrem kurzsichtig, dass mir gleich eine entgegenkam.« Sein Lachen klang erleichtert und entspannt. »Die wissen genau, dass sie von den Menschen nichts zu befürchten haben. Aber ich glaube, sie hat mich für eine Robbe gehalten. Na, jedenfalls seit Mai wissen sie wieder, wer in der Nahrungskette immer noch ganz oben steht. Zumindest die eine.« Bremer ruderte mit den Ellenbogen, um anzuzeigen, wie er über den Strand gerobbt war, und hob wie zum Stich mit dem Messer eine Hand.

Gern wäre Schmidt dabei gewesen.

»Heranrobben, abstechen und ausbluten ging ganz fix. Die fünfzig Kilo Gewicht hierherzuschleppen, war nicht ganz leicht, aber es hat mich keiner gesehen.«

»Dachtest du wenigstens!«

»Ich weiß, Engel hat mich gesehen.« Mit dem Winken einer

Hand tat er den Einwand ab. »In der Küche habe ich sie aus dem Fell gestoßen. Du weißt schon, die Unterseite komplett aufschlitzen, die Innereien herausschneiden und dann ganz vorsichtig das Fell abziehen. Die Innereien liegen übrigens in mehreren Gefrierbeuteln verpackt auch in der Truhe. Danach ab mit dem Vieh in die Truhe, die Kollegen mussten ja jeden Augenblick kommen, und das Blut musste noch von der Arbeitsfläche gewischt werden. Aber das Fell ging nicht so ab, wie ich erwartet hatte. In der Mittagspause beging ich den Fehler und habe Susi alles erzählt. Mann, die hättest du hören sollen. Sie hat mich angeschrien. ›Wie kannst du nur so einem schönen Tier die Kehle durchschneiden!‹«, imitierte er ihr Gekeife. »Na, jedenfalls, ein Wort gab das andere, all der aufgestaute Frust unserer Ehe kam ans Licht. Wir haben uns schon lang nicht mehr richtig verstanden. Plötzlich schreit sie – ›Das Maß ist voll, ich gehe.‹ –, und weg ist sie. Auf Nimmerwiedersehen.« Bremer hatte den Anstand, wenigstens für einen Moment den Anschein zu erwecken, als täte ihm alles leid. Dann huschte ein erwartungsvolles Leuchten über sein Gesicht. »Sag, wann testen wir das Fleisch?«

»Im Herbst, wenn die Gäste weg sind. Dann haben wir Zeit dafür«, sagte Schmidt.

***

Leck mich am Arsch, dachte Frau Möller. Sie liebte das Fluchen. Geradezu in Begeisterung konnte sie geraten, wenn es um italienische Flüche ging. Sie klangen so melodisch, ein Singsang auf und ab, und wenn man sie mit einem Lächeln auf den Lippen sagte, klangen diese Flüche wie Liebkosungen, wie etwas Nettes, Freundliches. Genauso klangen die aufgeregten Worte Antonios, als sie ihm im Flur den Weg versperrte und ihr Glück bei ihm versuchte. Sie war der italienischen Sprache nicht mächtig, doch was »Leck mich am Arsch« auf Italienisch hieß, wusste sie. »Ich will dich ja nicht gleich heiraten«, ließ sie von ihm, schob ihn grob beiseite und ging hoch erhobenen Hauptes an ihm vorbei. »Wenn ich das wollte, würde ich zur

Ehevermittlung gehen!«, rief sie ihm hinterher. Was für eine Idee, dachte sie und war sofort wieder guter Laune. Den alten Herrn, der auf einem der Sessel saß und in eine Zeitung vertieft war, bemerkte sie nicht.

***

Schmidts Anweisung, absolutes Stillschweigen zu bewahren, traf bei den Lehrlingen und dem von Kopfschmerz geplagten Jonny nicht gerade auf fruchtbaren Boden.

Der Fund eines Seehundkadavers ging wie ein Lauffeuer durch das Hotel und erreichte schließlich Frau Schmidt senior. Keine zwei Minuten später hastete sie über den Hotelflur Engels Zimmer entgegen. Ohne anzuklopfen trat sie ein, schloss hinter sich die Tür und lehnte sich mit dem Rücken dagegen.

»Wir müssen unser Treffen vorziehen.« Engel saß in einem der Sessel. Er wirkte nachdenklich und niedergeschlagen, als ob er eine Niederlage eingesteckt hätte, von der er sich erholen musste. Gut, dass sie ihn aufheitern konnte, das machte ihr unhöfliches Eindringen wieder wett.

»Wieso vorziehen?«

»Wegen dem Seehund.«

»Welchem Seehund?« Er machte ein Gesicht, als hielte er sie jetzt für vollkommen durchgeknallt.

»Schauen Sie nicht so, als sähen Sie eine Meerjungfrau, die auf dem Fahrrad durch die Gegend fährt«, sagte sie und öffnete die Tür. »Sie bleiben hier und warten auf meinen Anruf. Kann nicht lang dauern. Ich gebe Bescheid, wann wir uns treffen. Ich muss erst alles über den Seehund in Erfahrung bringen.«

Ein belustigtes Glitzern trat in ihre Augen. »Eines wird sie freuen.«

»Was denn?«

Begeistert darüber, etwas vor ihm erfahren zu haben, schloss sie die Tür erneut. »Sie hatten recht.«

»Womit denn?«

»Bremer ist als Killer überführt.« Jetzt hatte sie seine volle Aufmerksamkeit.

»Ist die Polizei im Haus?«

»Ich hoffe, nicht. Die können wir nun wirklich nicht brauchen. Nur wegen eines Seehundkadavers. Mein lieber Herr Engel, Sie hatten recht und auch wieder nicht. Ich erzähle Ihnen alles später. Jetzt bin ich auf dem Weg zu meinem Neffen, der wird mir mehr darüber sagen.«

»Ich gehe mit.«

»Lieber nicht.« Ihrem Neffen hätte es bestimmt nicht gefallen, gleich zwei Schnüffler in seinem Büro zu haben, die ihn von der Arbeit abhielten.

Engel befolgte ihren Ratschlag nicht, sondern begleitete sie bis vor Schmidts Bürotür. Dort gelang es ihr, sich durchzusetzen. Er versprach, hier auf sie zu warten.

»Und?«

Das Wort klang hoffnungsvoll, als sie endlich das Büro wieder verließ und er ihren zufriedenen Gesichtsausdruck sah.

»Wie schon gesagt. Bremer hat ihn erlegt. Im Mai, ganz früh am Morgen, hat ihn hergeschleppt und in die Truhe gesteckt.« Sie wedelte mit dem Zeigefinger vor Engels Nase herum und machte ein Gesicht, als tadelte sie einen Schuljungen. »Sie haben damals nicht Susis Leiche gesehen. Tut mir leid.«

»Für Susi natürlich nicht«, fügte sie schnell hinzu.

***

Für Engel war die Angelegenheit »Mord an Susi« mit dem Fund des Seehundkadavers nicht erledigt. Er selbst, wäre er an Bremers Stelle, hätte keine bessere Lösung finden können, wenn es darum ging, einen Augenzeugen als unglaubwürdig hinzustellen. Für Engel war es ein Leichtes, sich vorzustellen, dass der Seehund nach Susi gestorben war, und ihm wurde klar, wofür Bremer den Tierkadaver in Wirklichkeit brauchte. Der Trick war so alt, dass er schon fast in Vergessenheit geraten war. Die Idee, eine Leiche mit einer weiteren Leiche, auch wenn es sich um ein Tier handelte, zu verdecken, war nicht neu. Bremer könnte Susi unter dem Seehund in der Truhe versteckt haben. Er wollte das unbedingt überprüfen, ehe er seine ganze Konzentration auf den anderen Fall lenkte. Da konnte die Lösung des Rätsels, was in dem schweren Fass gewesen war, das Bremer über den Strand zum Hotel geschleppt hatte, warten. Vermutlich ein Ablenkungsmanöver und der Versuch, Engels Unglaubwürdigkeit zu untermauern, indem er Bremer mehrmals beschuldigte, schwere Dinge heimlich über die Sandbank geschleppt zu haben.

Engel vermutete, dass das Fass leer war. Schon allein der Wert eines handgefertigten Fasses betrug mehrere hundert Euro.

Wer weiß, vielleicht hatte er Glück und fand nicht nur Susi, sondern auch das Fass im Keller. Endlich wusste er, wo er zu suchen hatte. Heute Nacht wollte er nachsehen.

Er konnte kaum erwarten, dass es dunkel wurde. Unruhig schlenderte er durch die Hotelgänge und entdeckte Helga Bunzel im Foyer. Sie saß in einer der Sitzgruppen, beugte sich vor und starrte auf etwas, das vor ihr auf dem Tisch stand.

Er trat von hinten an sie heran und spähte über ihre Schulter.

»Was ist nur aus der guten alten Schreibmaschine geworden?«, machte er sich bemerkbar. »Wo steckt man denn da das Briefpapier hinein?«

Helga fuhr erschrocken auf, bevor sie blitzschnell den vor sich liegenden Laptop schloss. Sie wirkte, als habe er sie bei etwas ertappt.

»Das ist keine Schreibmaschine«, erklärte sie. »Und Papier kann man nirgends reinstecken.«

»Das weiß ich, Kindchen, auch wenn ich mit diesen neumodischen Dingern nicht zurechtkomme. Für mich ein Brief mit sieben Siegeln.« Die Lüge flutschte ihm leicht von den Lippen. »Aber lassen Sie sich nicht stören, schreiben Sie ruhig weiter.«

»Nein, nein, ich habe nicht geschrieben.«

»Ach nein?« Unaufgefordert setzte er sich auf den freien Sessel neben sie, legte seine Hand auf den Laptop und trommelte mit den Fingern darauf. »Ihr jungen Leute von heute könnt alle mit diesen Geräten umgehen. Ich bewundere Sie!«

Helga schien sich über das Kompliment zu freuen. Sie selbst

zählte sich mit fünfzig Jahren vermutlich nicht mehr zu den jungen Leuten. »Soll ich es Ihnen zeigen?«

Geht doch!

»Nein, nein«, hob er die Hände. »Ach, vielleicht doch, warum nicht. Obwohl ich nichts davon verstehen werde. Auf jeden Fall kann ich Ihre Nähe ein wenig genießen.« Alter Schwerenöter.

Helga schob seine Hand vom Laptop und öffnete den Deckel.

»Das ist die Seite meiner Bank«, sagte sie. Er nickte und schaute genauer hin. »Ich wollte eben nach meinem Kontostand sehen.« Sie führte den Pfeil über den Bildschirm in die rechte obere Ecke. Gleich würde sie auf das rote Kreuz klicken.

»Ach, nein, Kindchen. Jetzt nehmen Sie einen alten Mann aber auf den Arm. Das geht doch gar nicht!«

»Doch, doch. Ich kann von hier aus meine Bankgeschäfte erledigen.« Der Pfeil wanderte zur Mitte des Bildschirms, und Engel stieß ganz leise die Luft aus, die er vor Anspannung angehalten hatte.

»Nie und nimmer! Sie sollten mehr Respekt vor dem Alter haben, mich so zu veräppeln.« Er zeigte ihr seinen mahnenden Zeigefinger, lächelte jedoch dabei.

»Nein, wirklich, es geht. Ich beweise es Ihnen. Schauen Sie her.« Sie drehte den Laptop so herum, dass er den Bildschirm noch besser sehen konnte, und betätigte das Tastenfeld. Ihr Benutzername war nicht sehr einfallsreich, die Geheimzahl bestand aus zwei Zahlen, drei Buchstaben und noch einer Zahl.

»Also, ich sehe nur Sternchen«, beschwerte er sich.

»Das sollen Sie auch, das war meine Geheimnummer. So, jetzt bin ich auf meiner Kontoseite. Sie verstehen, wenn ich jetzt nicht auf dieser Seite weiter runtergehe, schließlich möchte ich meinen Kontostand nicht verraten.« Helga lächelte, als müsse sie sich entschuldigen. »Und hier links auf dem Bildschirm, sehen Sie? Da kann man alles, was man will, anklicken.«

»Anklicken?«

»Ja, auswählen. Zum Beispiel Einzelüberweisungen, Daueraufträge, Kontenwechsel und vieles mehr.«

Engel hatte genug gesehen. »Stopp, stopp, das reicht! Ich werde es nie verstehen. Wie wäre es, wenn Sie mich, anstatt mir weiteren neumodischen Schnickschnack zu erklären, zu einem schönen Tässchen Kaffee begleiten. Sie sind mein Gast.« Er erhob sich schwerfällig aus dem tiefen Sessel und hielt ihr auffordernd seinen Arm hin, damit sie sich unterhaken konnte.

»Haben Sie schon die aufregende Geschichte mit dem Seehund gehört?«

Sie schüttelte den Kopf, klappte ihren Laptop zu und nahm seinen Arm.

»Eine wirklich lustige Geschichte, ich erzähle sie Ihnen. Dazu essen wir ein dickes Stück Kuchen«, lockte er.

»Mit Schlagsahne?«

»Wenn schon, denn schon!«

***

Eine Stunde später sah Felix Bunzel vom Fenster aus, wie seine Frau die Promenade überquerte und an den Strand ging. Gabriela summte im Bad. Das konnte länger dauern.

»Schatz!«, rief er durch die verschlossene Tür. »Ich geh eben kurz an den Strand, ein wenig joggen«, log er. »Bin in einer halben Stunde zurück.«

Gabrielas »Ja, in Ordnung« hörte er gar nicht mehr.

Den Blick nach Norden gerichtet, stand er zwei Minuten später vor dem Hotel und suchte den Strand ab. Er ging zwischen den Strandzelten hindurch. Hier kräuselte sich auf Höhe der Knöchel feiner, trockener Sand im Wind. Felix Bunzel erreichte die Wasserkante. Früher standen hier an der Wasserkante statt der bunten Strandzelte hölzerne Badekarren mit je zwei Rädern daran in Reih und Glied. In denen konnten sich die Badegäste umziehen und wurden mitsamt den Karren von einem Badewärter ins Wasser geschoben, um zu baden. Heute sieht man nur noch vereinzelt diese schönen Stücke am Strand stehen. Rettungsschwimmer, die einen wachsamen Blick auf die Badenden im Meer haben, halten sich in ihnen auf.

Helga war nirgends zu sehen.

Es war Hochwasser, und die Wellen lockten ihn, die Turnschuhe abzustreifen und ein Fußbad zu nehmen, zu kneippen. Von den Borkumern »Strandzeltvermietervollbad« genannt. Die Brandung war heute nicht sehr stark. Er widerstand der Versuchung, sich in die kühlen Wellen zu stürzen, obwohl er eine Badehose unter seinen weißen Shorts trug. Wo konnte Helga nur hingegangen sein? Er stapfte durch den weichen Sand und schaute suchend hinter jedes Strandzelt. Er wollte schon aufgeben, als er sah, wie sie sich oben auf der Strandpromenade neben dem Musikpavillon auf eine Bank setzte. Er legte einen Schritt zu, steuerte direkt die Bank an und setzte sich neben sie. So saßen sie eine lange Zeit. Schweigend starrten beide auf das blaue Meer hinaus. Eine Möwe schaukelte vor ihnen in der Luft, ihre grellgelben Augen blickten direkt in seine. Vermutlich hoffte das Tier, gefüttert zu werden. Mit einer Armbewegung scheuchte er sie davon. Das typische Gelächter des Vogels, als würde er mit ihm schimpfen, war noch lang zu hören.

»Du hast sie verscheucht«, sagte Helga, als ob es nichts Wichtigeres zu sagen gäbe.

»Ja«, entgegnete er lahm. »Was tust du hier?«

»Das sollte ich besser dich fragen.«

»Helga, es ist nicht so, wie du denkst!«

»Ach nein? Was denk ich denn?« Ihr sarkastischer Tonfall tat ihm weh, zumal er ihn von ihr nicht kannte.

Mein Gott, dachte er verzweifelt, wie ich diese Frau liebe. Fast unmöglich, ihr zu erklären, warum er sie betrogen hatte. Um ihnen beiden einen angenehmen Lebensunterhalt zu gewährleisten, diese Erklärung erschien ihm taktlos. Wie sagte man der Frau, die man liebte, dass man sie all die Jahre angelogen hatte, dass die Geschichten über seine angebliche Arbeit als Bauingenieur auf Montage erstunken und erlogen waren, ihr gemeinsames Leben ein einziger Betrug.

Für all die fremden Frauen, die er während ihrer Ehe geküsst hatte, würde keine Erklärung reichen, die eine gekränkte Frau versöhnen könnte.

Er versuchte es mit der Wahrheit. Seine Worte kamen langsam, stotternd, dann immer flüssiger, später sprudelten sie nur so aus seinem Mund heraus. Seinen Blick starr auf das Meer gerichtet, sagte er ihr, womit er sein Geld verdiente. Er wagte nicht, sie dabei anzuschauen.

»Ich habe es nur für uns beide getan«, schloss er. »Helga, Schatz, du musst mir glauben, ich liebe nur dich, die anderen, die waren nur Arbeit.«

Von beiden unbemerkt, leerten sich Strand und Promenade. Die Strandbesucher und Spaziergänger gingen heim, die Strandzeltvermieter sammelten Liegestühle ein, stellten sie in die dazugehörenden Zelte oder nahmen sie mit in ihre Vermietungsbude. Ein Milchbudenbesitzer traf Vorbereitungen, seinen Kiosk zu schließen.

»Hat dich niemals eine der betrogenen Frauen angezeigt?«, fragte sie.

»Nein. Ich war vorsichtig, habe eine falsche Identität angegeben. Und ich denke, es war ihnen unangenehm, zur Polizei zu gehen, unangenehmer als der finanzielle Verlust.«

»Aber dieses Mal ist es anders?«

»Ja. Es ist das letzte Mal. Dann höre ich auf. Ich schwöre es dir.«

»Wieso sollte ich das glauben?«

»Weil es diesmal um viel Geld geht. Genug, um nicht mehr arbeiten zu müssen.«

»Bei so viel Geld wird sie dir die Polizei auf den Hals hetzen.«

»Nein, Schatz, wird sie nicht.«

»Wie kannst du da so sicher sein?«

»Es ist Schwarzgeld.«

»Verstehe ich nicht.«

»Gabriela Blume –«

»Blume – so heißt sie!«

»Ja. Sie wird sich hüten, mich anzuzeigen.«

»Warum?«

»Dann müsste sie der Polizei erklären, woher sie ihr Vermögen hat.«

»Und, woher hat sie es?«

Sein Lachen klang zu laut und falsch, aber er wagte es endlich, seine Frau anzuschauen.

»Du wirst es nicht glauben, sie ist eine Heiratsschwindlerin.«

»Wie du.«

»Ja, wie ich«, blieb ihm das Lachen im Halse stecken.

»Woher weißt du das?«

»Ich weiß es eben.«

»Wann wird sie dir das Geld geben?«

»Vermutlich heute noch. Dann verschwinden wir und fahren nach Hause.«

»Und du liebst nur mich?«, fragte sie unvermittelt in neutralem Ton.

In ihm keimte Hoffnung. »Ja, Schatz, ich liebe nur dich. Kannst du mir verzeihen?«

»Ich werde darüber nachdenken.« Sie erhob sich. Mit steifen Beinen tat sie ein paar Schritte an den Rand der Promenade. Hier ging es fast einen Meter tief zum Strand hinunter. Es bestand kaum die Gefahr, dass sie sich den Hals brach, wenn sie herunterfiel, dennoch stand er sofort an ihrer Seite. Ihr Gesichtsausdruck wirkte überrascht, weil er sie am Ärmel zog.

»Ich begleite dich zurück.«

»Nein, ich gehe allein.«

***

Er blickte ihr nach, bis sie außer Sichtweite war, erst dann machte er sich selbst auf den Weg zurück ins Hotel.

»Post für Sie.«

Tatjana überreichte ihm einen Briefumschlag. Er erkannte die Schrift seiner Frau, was seinen winzigen Funken Hoffnung zum kleinen Freudenfeuer entfachte.

Er steckte den Umschlag in seine Hosentasche. Bevor er den Brief las, musste er nach Gabriela sehen.

Vor seiner Zimmertür angekommen, verharrte er einen Moment. Stimmen waren zu hören. Er legte ein Ohr ans Türblatt. Eindeutig, ein Mann und eine Frau sprachen miteinander. So leise, wie er es vermochte, steckte er den Schlüssel ins Schloss und zog mit der Klinke das Türblatt an sich heran. So gelang es ihm, die Tür lautlos zu öffnen. Gabriela lag ausgestreckt auf dem Bett, im Flimmerkasten lief eine Talkshow. Sie schlief und schnarchte leise, was ihn rührte, vermutlich weil es ein menschlicher Zug an ihr war, der nicht ihrer Kontrolle unterlag. Er beschloss, sie erst zu wecken, nachdem er an der Bar eine Stärkung zu sich genommen hatte. Eine gute Entscheidung.

Auf Zehenspitzen verließ er das Zimmer und kam sich erst albern dabei vor, als ihm bewusst wurde, dass seine Schritte auf dem Teppichboden eh nicht gehört wurden. In der Bar öffnete er den Umschlag.

»Zimmer hundertzweiundvierzig. Sobald du kannst. Kuss Helga«, war alles, was auf einem Zettel stand. Sein Herz machte einen Satz.

»Kuss Helga«, hatte sie geschrieben. Lang starrte er die beiden Worte an. Das konnte nur eines bedeuten. Sie hatte ihm verziehen.

Fasziniert spürte er, wie sich sein Körper nach der inneren Anspannung der letzten Stunden entkrampfte, wie sich seine Muskeln wohltuend entspannten. Unmöglich, sich ein fast dümmliches Grinsen zu verkneifen. Hoffnung und Glück sprengten seine Brust. Ein tolles Gefühl. Er schüttelte den Kopf und hob abwehrend eine Hand, um dem Barmädchen anzuzeigen, dass er doch nichts bestellen wollte, und verließ den Raum.

»Sobald du kannst«, hämmerte es in seinem Kopf. Er konnte sofort.

Wenige Sekunden später klopfte er an die Tür zu Zimmer hundertzweiundvierzig.

»Herein, es ist offen.«

Wer kennt sie nicht, die Gefühle, die in einem brodeln vor dem ersten Rendezvous. Von ihnen beschwingt trat er ein und schloss die Tür schnell hinter sich. Er wollte nicht, dass jemand sah, wie er Helgas Zimmer betrat.

Sie stand mitten im Zimmer. Was sie trug, hatte er noch nie an ihr gesehen. Ein Hauch aus Seide und Nichts, und dennoch verbarg es an pikanten Stellen die Sicht auf nackte Haut. Er konnte sich nicht erinnern, sie jemals so sexy gefunden zu haben. Er ging auf sie zu, nahm sie vorsichtig in die Arme und küsste sie. Sie erwiderte den Kuss nicht, wehrte ihn aber auch nicht ab. Er glaubte zu spüren, wie sich ihr Körper für einen winzigen Augenblick anschmiegte, und wollte sie fester greifen, da entwand sie sich seinen Armen. Sie tat zwei Schritte rückwärts und setzte sich mit durchgedrückter Wirbelsäule aufs Fußende vom Bett. Er hoffte, sie würde sich auf dem Laken ausstrecken. Sie tat es nicht. Wie am Fußboden festgenagelt stand er mitten im Zimmer.

»Setz dich.« Ihre Hand klopfte auf die Matratze neben sich. Gesicht und Haltung signalisierten Abweisung.

»Helga, ich liebe dich!«

»Ja, ja, ist schon gut.«

In seinen Eingeweiden bildete sich ein Knoten, sein Mund wurde trocken. »Helga, ich –«

»Nun setz dich doch endlich. Hierher.« Sie klopfte erneut neben sich auf das Bett.

Er brauchte keine zweite Aufforderung.

»Wie weit bist du mit dieser Dame?«, stoppte ihr Tonfall seinen zweiten Annäherungsversuch. Er spürte, wie seine Handflächen feucht wurden. Eine Gänsehaut kroch über seinen Rücken hoch in den Nacken. Das Brodeln in seinen Gedanken hatte aufgehört und war einer kristallenen Klarheit gewichen.

Die zwei kleinen Worte »diese Dame«, wobei die Betonung auf Dame lag, waren wie eine Ohrfeige. So eine Bezeichnung hatte Helga nur für die unterste Schublade Frau übrig.

»Das Geld bekomme ich morgen. Keine sechzehn Stunden mehr.«

Helgas zufriedenes Lächeln ließ zwei Deutungen zu. Einerseits wirkte es verführerisch, was ihn erneut hoffen ließ, sie habe ihm verziehen, andererseits bereitete ihm ein unbestimmtes Leuchten in ihren Augen Angst und Sorge. Sie zeigte ihm eine andere, unbekannte Seite an ihr. Er war Optimist und entschied sich für die erste Interpretation. Großspuriger, als ihm zumute war, strich er sich mit den Füßen die Schuhe ab, rutschte auf dem Bett ein Stückchen höher und stupste sie leicht mit dem großen Zeh am Oberschenkel. Er rollte seinen Körper auf die Seite, winkelte einen Arm an und legte seinen Kopf in die Handfläche.

»Wie ist dein Plan?«, wollte Helga wissen, ohne sich nach ihm umzudrehen. Er erklärte ihn ihr.

»Sehr gut, du bist ein Genie.« Der schmeichelnde Unterton ihrer Stimme löste auf dem kurzen Weg vom Ohr zum Hirn ein heftiges Pulsen und Pochen in ihm aus.

»Ich bin sofort zurück«, versicherte sie. »Bestell schon mal Champagner.« Sie verschwand im Badezimmer.

Erwartungsvoll zog er Strümpfe und Oberteil aus, klopfte die Kopfkissen auf und schlug die Bettdecke beiseite. Er griff nach dem Telefonhörer und rief den Zimmerservice an.

Aus dem Bad war kaum etwas zu hören, nicht einmal Wasser lief. Wenige Minuten später klopfte Antonio an die Tür und kam herein. Die Reaktion des Kellners verriet Bunzel, dass er überrascht war, ihn in diesem Zimmer anzutreffen. Die Eiswürfel klirrten leise, eine weiße Serviette verdeckte das Etikett. Antonio stellte den Kübel und zwei Gläser auf das Tischchen zwischen den beiden Sesseln. Bunzel schwang sich aus dem Bett und gab ihm ein fürstliches Trinkgeld.

»Grazie, Signore.« Antonios anzügliches Lächeln sollte wohl ein Zeichen der Verschwörung sein. Männer untereinander hatten für so etwas Verständnis.

»Liebling, bist du bald fertig?«, fragte Bunzel in Richtung Bad, nachdem Antonio das Zimmer verlassen hatte.

»Ich komme gleich.« Verlockendes Summen erreichte sein Ohr, sie trällerte ein Lied. »Mach schon mal die Flasche auf.«

Er griff nach dem Champagner, Wasser tropfte herunter. Geschickt öffnete er die Flasche und ließ mit einem lauten Plopp den Korken fliegen. Er füllte die Gläser.

Sein Blick ging zum Fenster. Vielleicht sollte er die Vorhänge zuziehen? Ach was. Weit und breit kein Gegenüber, der ins Zimmer schauen konnte. Nur Meer und Himmel, so weit das Auge reichte. Er hörte, wie sich die Badezimmertür öffnete, und griff nach den gefüllten Gläsern. Da war sie, schön, bezaubernd, sexy. Wo war der Hauch von Seide? Mit einem verführerischen Lächeln kam sie näher und öffnete den Gürtel ihres Bademantels. Er stellte die Gläser zurück. Jetzt brauchte er freie Hände.

Ihr Bademantel rutschte von den Schultern, sie stand nackt im Zimmer. So sah er sie nicht das erste Mal, dennoch stockte ihm der Atem. Er kannte jeden Zentimeter Haut auf ihrem Körper – und doch war heute alles anders.

Versöhnung war etwas Schönes!

Vierzehn

Kurz nach Mitternacht. Hubert Engel befühlte seine Taschen, ob er auch nichts vergessen hatte. Dann löschte er das Licht in seinem Zimmer, öffnete die Tür einen Spalt und schaute den Hotelflur hinunter. Niemand zu sehen. Leise trat er hinaus und schloss die Zimmertür. Er heftete ein winziges Stückchen Klebeband in Kniehöhe zwischen Türblatt und Türzarge. So würde er bei seiner Rückkehr feststellen können, ob in der Zwischenzeit jemand in seinem Zimmer gewesen war. Man wusste ja nie …!

Leise ging er die Treppenstufen hinunter, kam ungesehen an der Rezeption vorbei und durchquerte das Restaurant. Vereinzelt brannte Licht. Er musste damit rechnen, dass Frau Schmidt jeden Augenblick kam, um Strom zu sparen. Glücklicherweise war sie nirgends zu sehen, und er erreichte die Treppe. Sich mit einer Hand am Geländer festhaltend, ging er hinunter und stand in der dunklen Hotelküche. Licht zu machen wagte er nicht, also leuchtete er mit seiner Taschenlampe. Er durchquerte die Küche und betrat die verwinkelten Kellerflure dahinter. Der Geruch von abgestandenen Küchendüften wurde schon wenige Schritte nach der metallenen Küchentür von einem intensiven Farbgeruch übertüncht. Hier musste vor wenigen Stunden gestrichen worden sein. Der Lichtstrahl seiner Lampe wanderte über die Wände, doch er konnte nicht erkennen, ob die Farbe schon trocken war. Er musste sich vorsehen, damit er seine Sachen nicht verschmierte. So ein kariertes Sakko wäre nicht leicht zu ersetzen. Grimms Märchen fiel ihm ein, in dem ein Kind Brotkrumen gestreut hatte, um den Rückweg zu finden. Er traute sich zu, sich nicht zu verirren, doch sicher war sicher. Er hatte etwas Besseres als Krumen und wühlte kurz in seinen Jackentaschen. Zum Vorschein kam ein winziger Block mit gelben Merkzetteln, jenem Papier, das an der Rückseite klebt und mehrmals benutzt werden konnte.

»Wer sagt, dass Engel kein Genie ist.« Zufrieden mit sich klebte er den ersten Zettel auf Augenhöhe rechts an die Wand. Der fiel herunter, da die Farbe tatsächlich noch feucht war. Engel ließ ihn liegen, nahm einen anderen und klebte diesen an die nächste Tür. Er musste nur daran denken, zwischendurch nicht einmal links zu kleben, das verwirrte beim Rückweg. Im Schein seiner Taschenlampe drang er tiefer in die Katakomben des unteren Hotelbereiches vor. An der ersten Abzweigung verlor sich der Farbgeruch. Engel wandte sich nach rechts. An allen Türen, an denen er vorbeikam, probierte er, ob sie verschlossen waren. Sie waren es. Mit einer Hand fuhr er in die Hosentasche. Seine Finger ließen die Dietriche darin leise klimpern. Gleich um die nächste Ecke befand sich linker Hand eine Holztür. Hier musste es sein, so hatte es Frau Schmidt erzählt. Er knackte professionell das Schloss, wobei er mehr Krach machte, als ihm lieb war. Er schaute rechts und links und trat einen Schritt von der Tür zurück, ehe er die Taschenlampe ausknipste. Die Sekunden verstrichen. Alles ruhig. Im Dunkeln tastete er nach der Türklinke, drückte sie nieder, zog die Tür auf und trat ein. Er bemerkte seinen Fehler eine halbe Sekunde, nachdem die schwere Tür hinter ihm ins Schloss fiel – verdammt, er hatte den oberhalb der Tür angebrachten Schließmechanismus nicht bemerkt. Zu spät. Das schwere Holz schlug ihm in den Rücken, die Taschenlampe rollte davon. Ein scharfer Schmerz zerriss seine Brust, er bekam Atemnot.

Um ihn herum war es stockfinstere Nacht. Er war allein im Raum, das fühlte er. Er zwang sich zur Ruhe, der Atem floss leichter, sein Herzrasen beruhigte sich, der Brustschmerz ließ nach. Er lag auf dem Boden und fragte sich, ob er einige Momente lang ohnmächtig gewesen war, denn er wusste nicht mehr, wie er dorthin gekommen war. War er womöglich geschubst worden? Ihm wurde kalt, er rappelte sich auf die Knie und versuchte, mit einer Hand über den Boden tastend, seine Taschenlampe wiederzufinden. Seine Finger stießen gegen einen glatten, großen und viereckigen Gegenstand. Nach längerem Betasten stellte er fest, dass es sich um eine

Tiefkühltruhe handelte. Scheppernd sprang das alte Ding an, um für weitere Kühlung zu sorgen. Mit den Händen an der glatten Truhenwand hochrutschend, fand er Halt und zog sich auf die Füße, bis er sicher stand. Seine suchenden Hände fanden den Truhengriff. Aufrecht im Dunkeln stehend, öffnete er mit Schwung den Deckel. Die beiden winzigen Glühbirnen, die das Innere der Truhe beleuchteten, blendeten ihn für einen kurzen Moment. Er musste seine Augen erst an die Helligkeit gewöhnen.

Bis eine Handbreit unter den Rand war die Truhe mit großen Klarsichtbeuteln vollgepackt. Er nahm einen nach dem anderen heraus und warf sie hinter sich. Erbsen, Karotten, Paprika, Brokkoli – oder war es Grünkohl? Egal!

Er musste sich schon etwas tiefer beugen, was seinem Rücken gar nicht guttat, um an alle Beutel zu gelangen. Eine weitere Tüte, vermutlich Erdbeeren, nahm er in die Hand, als darunter ein rundes Gesicht zum Vorschein kam. Die Erdbeeren fielen zurück, als habe er sich an ihnen verbrannt. Nur ein Reflex, beruhigte er sich, schließlich hatte er diesen Anblick erwartet. Er griff ein weiteres Mal nach den Erdbeeren und warf sie hinter sich auf den Boden.

Da lag der Kadaver – umhüllt von kristallenen Eisteilchen und Schnee. An langen Wimpern klebten winzige Eisklümpchen. Aus halb geöffneten Lidern starrten ihn braune Augen an.

Die toten Augen, in die er schaute, waren die eines Seehundes, wie erwartet. Dennoch schauderte ihn. Er trat von der Kühltruhe einen Schritt zurück. Fast wäre er über die Gemüsetüten gestolpert und wieder zu Boden gegangen. Die schwere Truhentür entglitt ihm und schlug zu.

Finsternis. Im letzten Licht der Lämpchen hatte Engel aus dem Augenwinkel gleich neben seinen Füßen die verlorene Taschenlampe gesehen. Er bückte sich danach. In der Hocke musste er sich zwingen, nicht erneut in Panik zu geraten. Nur mit einem Tierkadaver allein im Dunkeln war kaum gruselig.

»Was soll passieren?«, sagte er laut. »Freue dich lieber.« Der

Seehund war schon mal da, jetzt musste er nur noch unter den Kadaver schauen. Er fand die Taschenlampe, knipste sie an und leuchtete in den Raum. Gleich neben der Tür befand sich, so wie es sich gehörte, ein Lichtschalter. Nach drei Schritten war er da und drückte darauf. Seine Augen gewöhnten sich schnell an die Helligkeit, dennoch mochte er sich noch nicht überwinden, das viereckige weiße Kunststoffgrab ein weiteres Mal zu öffnen. Mehrmals pumpte er die Luft aus seiner Lunge aus und wieder ein, als plane er einen Langstreckenlauf.

Das war es doch, was er gewollt hatte, deswegen war er hier. Von dem Gedanken beflügelt, öffnete er erneut die Truhe.

***

Minuten später stürzte Hubert Engel in das Büro des Hoteldirektors. Fokke Schmidt hatte zu dieser nächtlichen Stunde noch zu arbeiten. Die Türklinke noch in der Hand, wirkte Engel wie von Höllenhunden gehetzt, nicht einmal beim vermeintlichen Angriff der Russen hatte er so einen aufgelösten Eindruck gemacht. Seinen Kopf hin und her rollend, schaute er in alle Ecken, ließ sogar die Zimmerdecke nicht aus, so als wollte er sich vergewissern, dass von dorther keine Gefahr drohte.

»Was ist passiert?« Erschrocken über den entsetzten Gesichtsausdruck seines Gastes, bildete sich in Fokke Schmidts Eingeweiden ein Knoten. Diesmal war es ernst. Er sprang von seinem Stuhl auf und stieß dabei mit dem Kopf gegen die große Marionette, die über seinem Schreibtisch hing. So schnell, wie er vermochte, eilte er dem alten Herrn entgegen. Nicht dass der ihm hier im Büro umfiel, in Erste-Hilfe-Angelegenheiten war er schlecht bewandert. Er stützte Engel, der sich zu einem Sessel geleiten ließ. »Setzen Sie sich, Sie sind ja ganz außer sich.«

Engels Stirn glänzte feucht.

»Haben Sie einen Asthmaanfall, soll ich einen Arzt rufen?« Schmidt versuchte sich zu erinnern, wer ärztliche Bereitschaft hatte. Am besten, er wählte gleich die Notfallnummer. Zum Schreibtisch kam er allerdings nicht, Engels Griff an seinem Handgelenk hielt ihn auf.

»Ein Glas Wasser?«

Engel schüttelte den Kopf, sagte aber nicht, was ihn in solche Aufregung versetzt hatte. Seine Atmung ging leise und gleichmäßig. Keine Pfeifgeräusche, kein blau anlaufendes Gesicht.

Entwarnung – kein Notarzt.

Engel ließ Schmidts Handgelenk los, hob beide Hände und wedelte damit, als wollte er andeuten, er brauchte noch Sekunden, bis er etwas sagen konnte.

»Doch Wasser?«

»Nein, nein. Geht gleich wieder.«

Schmidt nutzte Engels Schweigen, um sich hinter seinen Schreibtisch zurückzuziehen, überlegte es sich anders und öffnete in der Aktenschrankwand eine Klappe. Ein Gläschen Cognac konnte nicht schaden. Großzügig goss er zwei Schwenker voll. Engels Glas musste er ihm zwischen die zittrigen Finger klemmen. »Nehmen Sie einen Schluck, das beruhigt.« Mit diesen Worten ließ er sich in seinen Bürosessel fallen, kippte seinen Drink hinunter und beobachtete seinen Gast. Der wirkte gar nicht mehr, als habe er eben erst die apokalyptischen Reiter um die Ecke kommen sehen.

»Ich habe sie gefunden.« Mit diesen Worten stürzte Engel seinen Weinbrand hinunter und sprang wie ein junger Mann aus dem Sessel hoch und an Schmidts Schreibtisch heran. Er beugte sich leicht vor, legte die Ellenbogen darauf und schob seinen Oberkörper nach vorn, bis er halb über dem Schreibtisch lehnte. Schmidt tat es ihm gleich. Die beiden wirkten wie zwei Klatschbasen, die sich gerade den letzten Skandal erzählen wollten.

»Was haben Sie gesagt?«, flüsterte Schmidt und legte einen verschwörerischen Klang in seine Stimme. Blinder Alarm. Er war erleichtert.

»Ich habe sie gefunden.«

»Wen haben Sie gefunden?«

»Die Frau.«

»Welche Frau?«
»Susi, die Ehefrau von Ihrem Koch.«
»Ich weiß, wer Susi ist.«
»Sie ist tot.«
»Aha.« Mehr konnte Schmidt im Moment nicht dazu sagen. Er nickte bedächtig, wünschte, er hätte noch einen Schluck in seinem Glas, und lehnte sich in seinem Sessel zurück. »Sie ist also tot.«
»Mausetot!«
»Mausetot.«
»Und das in Ihrem Hotel.« Engel klang, als wäre der Hotelchef daran schuld. Schmidts Anflug von Spaß war genauso schnell verschwunden, wie er aufgekommen war. Okay, das reichte, auch seine Geduld hatte einmal ein Ende. Keiner konnte ihm nachsagen, er habe sich nicht redlich bemüht, mitten in der Nacht die erforderliche Ruhe zu bewahren, den angemessenen Respekt gegenüber dem Alter zu erweisen und die professionelle Gelassenheit gegenüber einem Gast nicht zu verlieren. Er verschränkte die Arme vor dem Bauch und schaute Engel, wie er hoffte, mit unnachgiebigem Blick an. Dieser starrte zurück und blieb Sieger in diesem kurzen Duell.
Fokke Schmidt blickte über Engels Schulter hinweg zur Tür und hoffte, in diesem Augenblick mochte jemand kommen. Dann legte er genügend Schärfe in seine Stimme, um den Mann zur Besinnung zu bringen. »Nein, Herr Engel, nein. Einer muss es Ihnen ja sagen, also tue ich das jetzt. Frau Bremer ist putzmunter. Sie lebt bei ihren Eltern in Nürnberg und fühlt sich pudelwohl.«
»Tut sie nicht!«
»Tut sie nicht?«
»Nein.«
Gegen seinen Willen hörte er sich fragen: »Woher wollen Sie das wissen, Herr Engel?«
»Ich weiß es, denn in Ihrer Tiefkühltruhe –«
»Aha, daher weht der Wind! Sie waren im Keller und haben einen Blick in die Truhe geworfen, habe ich recht?«
Erleichtert löste Schmidt die verschränkten Arme und

wippte ein wenig mit dem Sessel. Gern hätte er den alten Herrn gerügt, mitternachts herumzuschnüffeln, nur erreicht hätte er damit nichts, und er glaubte zu erkennen, dass Engel nicht nur verwirrt und erschöpft, sondern wirklich von seinen eigenen Worten überzeugt war. Der alte Herr glaubte tatsächlich, was er sagte.

»Ich kann Sie beruhigen, Herr Engel. In unserer Truhe liegt keine Frauenleiche, sondern schlicht und einfach ein toter Seehund.« Schmidts Erleichterung verpuffte ebenso schnell, wie sie gekommen war.

»Nein.« In Engels Stimme schwang Nachsicht, was er mit seinem Gesichtsausdruck unterstützte. »Sie können mir glauben, es ist eine Frau. Ich habe sie mit eigenen Augen gesehen.«

»Aha«, wiederholte sich Schmidt. »Sie haben eine tote Frau gefunden!«

»Mausetot.«

»Noch ein Schnäpschen?« Eine Welle des Mitleids durchflutete Schmidt. Er setzte eine Miene auf, von der er meinte, sie wirke beruhigend und vertrauenerweckend. Erst einmal so tun, als glaubst du ihm. Beschwichtigen, beipflichten, beruhigen. Morgen früh oder besser noch sofort den Arzt rufen, der ihm eine Beruhigungsspritze geben kann. Vielleicht braucht er auch nur mehr Sauerstoff, bei seinem Asthma. Wenn es jetzt nicht mitten in der Nacht gewesen wäre, hätte er ihm zu einem ausgedehnten Strandspaziergang geraten, immer schön an der Wasserkante entlang, da gab es jede Menge Sauerstoff, Jod und anderes gesundes Zeugs, was das Gehirn freiblies.

»Ich mache Ihnen einen Vorschlag. Sie gehen jetzt auf Ihr Zimmer, schlafen sich aus, und gleich morgen früh gehe ich mit Ihnen zusammen in den Keller und zeige Ihnen den Kadaver des Seehunds.«

»Sie halten mich für einen Volltrottel, der Detektiv spielt. Sie glauben mir nicht. Ich habe nur noch eine Frage: Haben Sie unter den Seehund geschaut?«, säte Engel den Zweifel. »Ich werde es Ihnen beweisen, und zwar sofort. Folgen Sie mir. Ab in den Keller.«

Schon war er halb zur Bürotür hinaus. Schmidt hinterher.

Doch weit kamen beide nicht. In seinem Eifer übersah Hubert Engel eine Stufe. Er stürzte und blieb liegen.

Wenige Minuten später brachte ein Krankenwagen ihn ins Krankenhaus.

Die kommenden Ereignisse trieben Fokke Schmidt an den Rand des Wahnsinns.

Fünfzehn

Das Gleiche erwartete Felix Bunzel.

Mehrere kreischende Möwen, die offenbar vor dem Hotel gefüttert wurden und im Sturzflug schreiend am Fenster von Helgas Hotelzimmer vorbeiflogen, weckten ihn früh am Morgen. Seine Hand tastete über die leere Stelle im Bett neben ihm.

»Helga«, murmelte er zufrieden. Wohlig räkelte er sich unter der Decke und drückte seine Nase tief in das Kopfkissen.

»Schatz, bist du im Bad?«

Der vertraute Geruch seiner Frau bereitete ihm ein Gefühl von Geborgenheit. Er schlang die Arme ums Kissen. Dieses fest an seine Brust gedrückt, versuchte er, neben dem Vogelgezeter etwas anderes zu hören. Stille im Raum, die Badezimmertür stand einen Spaltbreit offen.

»Helga?« Er warf das Kissen beiseite und strampelte die Decke mit den Beinen fort. Ausgiebig kratzte er die Haare seiner Brust, streckte die Arme in die Luft, reckte sich und gähnte herzhaft. Die vollen Sektgläser standen noch immer unangetastet auf dem Nachttischchen. Er griff nach einem und leerte es in einem Zug.

Brrr! Abgestanden schmeckt auch der beste Champagner nicht.

»Helga?«

Er stand auf, kickte mit dem Fuß den Bademantel aus dem Weg und schaute ins Bad.

Nichts.

Ein unangenehmes Kribbeln machte sich zwischen seinen Schulterblättern breit, die Kühle des Morgens, die durch das angelehnte Fenster seinen nackten Rücken streifte, verursachte eine Gänsehaut. Doch der Luftzug war es nicht allein. Hastig zog er seine leicht zerknitterten Klamotten an, normalerweise ein Unding. Mit Falten in Hemd und Hose ließ er sich ungern irgendwo blicken. Er schlüpfte gleichzeitig in die Schuhe und machte einige Schritte in Richtung Kleiderschrank. Fast wäre er hingefallen. Er riss die Schranktür auf, die Außenseite knallte gegen die Wand. Es knackte, vermutlich hatte der daran befestigte Spiegel einen Riss bekommen.

Leer.

Nackte Kleiderbügel schaukelten auf der Stange. Schon war er auf dem Weg in das Hotelzimmer, das er sich mit Gabriela Blume teilte. Bei den wenigen Schritten dorthin wollte ihm nichts einfallen, womit er Gabriela seine nächtliche Abwesenheit erklären sollte, doch dazu kam er sowieso nicht mehr. Auch Gabrielas Sachen waren verschwunden. Hastig nahm er seinen Koffer, in dem er seinen Laptop vor Gabriela versteckt hielt, vom Schrank herunter. Das unbehagliche Gefühl machte einer Beklemmung Platz, die seinen Hals zuschnürte. Eine Vorahnung, dass ihm etwas Entsetzliches bevorstand, machte ihm Angst. Ihm wurde flau im Magen, heftiges Schlucken vertrieb das Gefühl, ihm würde die Luft abgedrückt, nicht. Seine Hand zerrte am Hemdkragen. Ungeduldig nahm er den Laptop aus dem Koffer heraus, dabei ratschte er mit dem Handballen am Verschluss entlang und riss sich die Haut auf. Er lutschte den Blutstropfen weg und klappte seinen Laptop auf. Seine zittrigen Finger rutschten von der Tastatur. Erst beim zweiten Anlauf konnte er sein Passwort richtig eingeben. Er loggte sich in die Datenbank ein und rief seinen Kontostand auf.

Null – nichts!

***

Zur selben Zeit, als Bunzel verlassen im Doppelbett erwachte, betrat Hubert Engel mit einer Beule am Kopf, geprellten Rippen und einem blauen Auge das Foyer des Nordsee-Hotels. Unbemerkt vom Klinikpersonal hatte er sich selbst aus dem Borkumer Krankenhaus entlassen.

Frau Schmidts Gespür für kriminelle Aktivitäten ließ sie ebenfalls zeitig auf den Beinen sein. Schon von ihrem Fenster aus konnte sie Engel die Straße entlanghumpeln sehen und fing ihn gleich am Eingang ab, ehe er Gelegenheit fand, auf sein Zimmer zu gehen. Dem armen Mann blieb nichts anderes übrig, als ihr in ihre Wohnung zu folgen.

»Grauenhaftes muss heute Nacht geschehen sein«, vermutete sie mit einem wissenden Blick auf seinen ramponierten Zustand. »Doch bevor Sie mir alles erzählen, müssen wir uns stärken.« Sie drückte ihn in ihr Sofa und stellte zwei Schnapsgläser auf den Tisch. Engel grauste es.

»Sie sollten Tante Meemkes selbst gemischte Tinktur trinken«, sagte sie in einem Tonfall, der keinen Widerspruch duldete. »Sie wirkt gegen Blasenschwäche, ist gut gegen Akne und verbessert den Teint, hilft gegen Liebeskummer, Bauchweh und kalte Füße, gibt glänzendes Haar und kräftige Fingernägel.«

»Eingerieben auch gegen Hühneraugen«, flüsterte Engel. Er versuchte erst gar nicht, seinen Sarkasmus zu verbergen.

»Papperlapapp! Trinken Sie!«

Abwehrend hob er die Hände. »Ich habe noch nicht gefrühstückt.«

»Runter damit.«

Mutig nahm er einen Schluck. »Ausgezeichnet«, murmelte er und dachte genau das Gegenteil.

»Wir benutzen es auch gegen Zecken und sonstiges Ungeziefer.«

Er machte ein Gesicht, als glaubte er ihr, und fragte sich, warum sie so ein Theater veranstaltete. Ihm kam kurz in den Sinn, sie wollte ihn ablenken, aufhalten oder von seinem Zimmer fernhalten. Er stöhnte leicht. Womöglich war er auf seinen eigenen Trick hereingefallen und hatte die alte Dame unterschätzt. Er wollte nichts wie raus hier, seine Sachen packen und verschwinden. Doch sie stand vor ihm, blickte auf ihn hinunter und machte keine Anstalten, beiseitezutreten.

»Klingt gut.«

Er hoffte, dass ihm etwas Passendes einfiel, um ein weiteres Angebot auf mehr abzulehnen. »Mein Magen«, klagte er, die Hände auf den Bauch drückend. Das war das falsche Argument. Sie ging nicht darauf ein, schenkte das gelblich orange, trübe Gesöff abermals in die Gläser und schob ihm seines hin.

»Na, denn Prost.« Sie griff nach ihrem Glas und spülte die Flüssigkeit in einem Zug hinunter.

»Trinken Sie ruhig. Ich wollte Sie nur auf den Arm nehmen, da ist kein Alkohol drin. Naturreiner Sanddornbeerensaft, aufgefüllt mit Zucker. Ich schwöre.« Sie hob eine Hand. »Nun schauen Sie nicht so zerknittert. Aber Strafe muss sein. Sie haben mir nichts von Ihrem nächtlichen Vorhaben erzählt.«

»Den Transport im Krankenwagen?«

»Sie wissen genau, dass ich das nicht meine.« Energisch stopfte sie Engel ein Kissen in den Rücken. »Nun erzählen Sie mal, was heute Nacht los war.«

»Ähm, nichts Wichtiges.«

»Dürfen Engel lügen?«, mahnte sie.

Er sagte »Ja«, erzählte dann aber eine geschönte Version dessen, was sich ereignet hatte. Ehe sie nicht alles wusste, würde sie ihn nicht gehen lassen, das wussten beide.

***

»Verschwunden«, war Gabrielas erster Gedanke, als sie morgens mit einer Hand über die leere Bettseite neben sich strich. Böses ahnend, schoss ihr Oberkörper hoch, und sie schaute ungläubig das unberührte Laken an. Ihre Hände fuhren über ihren Körper, als habe sie die Kleidung, die sie trug, noch nie gesehen. Sie hatte sich gar nicht ausgezogen. Verdammt, sie war vor dem Fernseher eingeschlafen und hatte nicht bemerkt, dass Bunzel die vergangene Nacht überhaupt nicht neben ihr gelegen hatte. Gestern Abend war er kurz weggegangen. In der Zeit musste sie eingeschlafen sein. Sie sprang aus dem Bett – und das, obwohl sie morgens nur schwer aus den Federn kam. Sie hatte den Mistkerl unterschätzt. Sie fiel auf die Knie, um ihren in schwarzes Leder gehüllten Laptop unter dem Bett hervorzuziehen. Kniend warf sie das Ding auf das Bett. Für einen flüchtigen Moment wirkte sie, als wolle sie beten. Eine mörderische Wut brannte in ihr, als ihre böse Vorahnung Wirklichkeit wurde. Nachdem sie ihr Passwort auf der Internetseite der Bank ihres Vertrauens eingegeben hatte, zeigte ihr Bildschirm den allerneuesten Kontostand.

Eine pralle, runde Null blinkte ihr im Rhythmus eines Herzschlages entgegen. Sie schmiss das Gerät gegen die Wand. Es knallte und klirrte, das Leuchtturmbild und der Laptop gingen polternd zu Boden. Sie sprang auf die Füße, packte in Windeseile all ihre Sachen zusammen und hängte das Bild wieder auf. Sie hinterließ ein aufgeräumtes Zimmer, um keinen Ärger zu bekommen, vielleicht kam sie ja mal zurück. Zuletzt zog sie sich flache Schuhe an und eilte die Treppen hinunter. Hätte sie jemand gesehen, er hätte nicht gewagt, sie aufzuhalten, ein heranstürmender Stier wirkte harmlos gegen sie.

Wenn sie Glück hatte, konnte sie Bunzel am Bahnhof stellen, ehe er von der Insel fliehen konnte.

Wäre sie zwei Minuten langsamer gewesen, wäre sie Bunzel in ihrem Zimmer begegnet.

***

Im Foyer prallten sie aufeinander.

Bunzel, der wie Gabriela allein und ernüchtert aus den schönsten Zukunftsträumen erwacht war, sprang in dem Augenblick aus dem Fahrstuhl heraus, als Gabriela an der Rezeption ihre Hotelrechnung beglich. Glück musste man haben, noch bestand die Chance, sein Geld zu retten.

Sie hatte ihr ganzes Gepäck dabei, also befand sie sich auf der Flucht vor ihm. Er packte ihre Schulter und drehte sie zu sich herum. Er war nicht bereit, sie laufen zu lassen. Auch ihr Gesicht war wutverzerrt. Wie zornige Ziegenböcke standen sie voreinander, und er meinte, noch niemals so hasserfüllte Augen gesehen zu haben.

»Gib mir mein Geld zurück.« Ihre Stimme überschlug sich fast. »Du hinterhältiger Betrüger!«

»Ich ein Betrüger! Dass ich nicht lache. Du bist es doch, die abhaut.«

Sie schlug nach seiner Hand, was ihn einen Schritt zurücktreten ließ. Nie hätte er geglaubt, dass in so kleinen Händen so viel Kraft stecken konnte.

»Ich will sofort mein Geld.«

»Dein Geld? Pah. Du hast doch mein Geld.«

»Du – du – Verbrecher!«, drohte sie mit erhobenen Fäusten. Er wusste nun um ihre Kraft und wich vor ihr zurück. Mit Frauen, die schlugen, kannte er sich nicht aus.

»Ich und ein Verbrecher – dass ich nicht lache. Schau mal in den Spiegel, Süße! Dann siehst du, wer hier der Betrüger ist.«

»Gib mir mein Geld oder du wirst mich kennenlernen«, versprach sie.

»Um Himmels willen, schrei doch nicht so laut. Die Leute, sie könnten denken …«

Zu spät. Im Foyer standen bereits einige sehr interessierte Zuhörer.

Was sie dachten, war ersichtlich.

»Was die denken? Die denken, dass du ein Mann bist, dem man nicht trauen kann.« Gabriela boxte ihm gegen die Brust, jedes kommende Wort ein Hieb. »Ein Heiratsschwindler der übelsten Sorte.«

»Das musst du gerade sagen.« Es gelang ihm, sich kurz außerhalb ihrer Reichweite zu bringen. »Wer ist denn hier die Heiratsschwindlerin?«

Das interessierte die Zuhörerschaft im Foyer nun auch. Sie kam näher, um nichts zu verpassen.

»Du, du …«, fehlten Gabriela die Worte. Sie schaute sich um und griff den erstbesten Gegenstand. Eine Lampe.

Bunzel suchte sein Heil in der Flucht, doch Gabriela ließ sich nicht so schnell abhängen. Auf dem Treppenabsatz am Ausgang des Hauses, neben dem zur Dekoration herumstehenden Maschinentelegrafen, holte sie ihn ein. Er strauchelte gegen den großen Apparat, dessen Zeiger auf »Achtung« stand.

Das hätte er nicht schriftlich gebraucht.

»Ich und eine Heiratsschwindlerin«, kreischte Gabriela und verpasste ihm mit der Lampe eins an den Kopf. Er fiel erneut gegen den Maschinentelegrafen, mit dem in früheren Zeiten von der Kapitänsbrücke hinunter zum Maschinenraum die Kommandos gegeben wurden. Der Hebel stellte sich auf »langsam«.

Daneben stand das Kommando »ganz langsam«, das er nun

an Gabriela weitergab. »Hör auf! Das können wir doch in Ruhe klären.«

Sie ließ sich nicht besänftigen. Die Hände erhoben, schwang sie drohend die Stehlampe. Noch bevor sie ihm ein weiteres Mal um die Ohren flog, wurde die Waffe von dritter Hand aufgehalten.

»*Sie* schlagen meinen Mann nicht!«

Durch den eigenen Schwung wurde Gabriela herumgewirbelt und fing sich gleich einen Schulterschubser ein. Sie strauchelte gegen den am Maschinentelegraf lehnenden Bunzel, der versuchte, sie sich vom Leibe zu halten.

Helga entriss Gabriela die Lampe und warf sie achtlos beiseite. Sie fiel mit voller Kraft in ein nostalgisches Navigationsgerät – einen alten bronzenen Kompass. Die daran befestigte rote Steuerbordmetallkugel fiel herunter und rollte scheppernd die gefliesten Treppenstufen hinab.

»*Ihren* Mann schlagen?« Gabriela starrte erst Helga, dann Bunzel an, ehe sie hysterisch zu kichern begann.

»Ist das zu glauben, er ist Ihr Ehemann!«, japste sie zwischen ihren Lachattacken. »Der hat 'ne echte Ehefrau!« Ihr sonst makelloses Gesicht bekam hektische Flecken, das Kichern schien sie nicht abstellen zu können. »Die arbeiten zusammen. Heiratsschwindel in Teamarbeit?«

Angesichts der sich ausschüttelnden Gabriela musste Bunzel blöd grinsen.

Das empörte Helga. »Was gibt es da zu grinsen?« Eine heftige Ohrfeige klatschte auf seine Wange. Was war nur aus der liebenden und verzeihenden Frau der vergangenen Nacht geworden? Ehe sie ihrem Mann eine zweite Ohrfeige verpassen konnte, wurde ihre Hand von einer Männerhand festgehalten. Hermann Faust verabscheute Gewalt. Ungeschminkt und unverkleidet hatte er sich mutig ins Getümmel gestürzt.

Seine Stimme war so kräftig wie seine Figur.

»Ihr seid alle Betrüger!«, brüllte er, womit er die hysterischen Lachanfälle Gabrielas erneut anfachte.

»Wir, Betrüger?«, konnte sie zwischendurch keuchen und

wischte sich weitere Lachtränen von den Wangen. Auf Bunzel machte sie den Eindruck, als habe sich in diesem Augenblick ihre Wut auf Faust konzentriert. Sie wurde ernst, wirkte, als käme ihr in diesem Moment ein Gedanke des Erkennens. Sie erinnerte sich an etwas, und das hatte mit Faust zu tun. Der hielt immer noch Helgas Handgelenk umklammert.

»Lassen Sie sofort meine Frau los«, mahnte Bunzel, schlug Faust auf die behaarte Hand und stellte sich an die Seite seiner Gattin.

»Sie haben mein Geld«, zischte Gabriela Hermann Faust an. Bei diesen Worten in Verbindung mit einem Blick auf die haarige Hand kam auch Bunzel die Erleuchtung, dass er Faust kannte. Es war noch nicht lang her, als er diese Affenhände auf einer Computertastatur herumtippen gesehen hatte. Er sollte sich angewöhnen, auch den Männern in seiner Umgebung mehr Beachtung zu schenken.

»Jetzt weiß ich auch, woher ich Sie kenne«, sprach Gabriela aus, was Bunzel dachte. Ihr Lachen war verschwunden. Kein Mann sollte so von einer Frau angesehen werden. Nur kurz empfand er Mitleid mit Faust. »Sie sind der Typ von der ›Glühenden Rose‹.«

Diese Erkenntnis schaffte eine kurze Solidarität zwischen Felix Bunzel und Gabriela Blume.

»Er hat unser Geld«, folgerten sie gemeinsam. Gabriela rückte an Bunzel heran.

Diese plötzliche Zweisamkeit der beiden brachte Helga in Rage. »Nehmen Sie die Finger von meinem Mann!«, riss sie Gabriela von ihrem Ehemann fort.

»Naive Kuh, jetzt gibt es Wichtigeres als Eifersüchteleien.« Gabriela wischte sich die Haare aus dem Gesicht. Anklagend wies ihr Finger auf Faust. »Der da hat es.«

»Ich? Bestimmt nicht. Wenn dem so wäre, wäre ich längst verschwunden.«

»Da hat er recht. Dann hat sie es«, kombinierte Gabriela, und ihr anklagender Finger deutete auf Helga. »Jetzt kapiere ich es. Sie räumt für dich die Konten, und du stehst als Unschuldslamm fein da.«

»Ich?«, verteidigte sich Helga und gab ungewollt zu: »Ich bin doch noch gar nicht zum Zug gekommen.«

Sie ist als Betrügerin nicht die erste Wahl, doch dafür liebe ich sie, dachte Bunzel, statt sich auf das Wesentliche zu konzentrieren.

»Lüge nicht!« Gabriela packte die Schultern ihrer Kontrahentin, und Bunzel befürchtete, der harte Griff würde blaue Flecken hinterlassen.

»Lassen Sie mich los. Ich habe Ihr Geld nicht, und das kann ich beweisen.« Sie deutete auf einen aufgeklappten Laptop, der auf einem der Sessel im Foyer lag. Der bläuliche Lichtschimmer des Bildschirmes zeigte an, dass das Gerät in Betrieb war. Zwei Minuten später starrten alle einträchtig auf den Bildschirm. Ein jeder von ihnen gab seinen Kontostand preis.

»Und wer garantiert uns, dass nicht einer selbst sein Konto leer geräumt hat?«

»Wieso sollten wir?«

»Um unschuldig zu wirken.«

»Völliger Unsinn.«

»Aber wo ist das Geld dann?«

***

Eine gute Frage, doch die beschäftigte die Borkumer Polizei weniger. Sie hatte eine Stunde nach diesem Ereignis vollauf damit zu tun, dem anonymen Hinweis nachzugehen, im Keller des Nordsee-Hotels befände sich eine Leiche. Der Anruf erreichte das Revier in den frühen Morgenstunden. Eine Männerstimme behauptete, in einer Tiefkühltruhe läge unter dem Kadaver eines Seehundes eine tote Frau. Susi sei ihr Name.

Das war doch mal eine Abwechslung, sagte sich der Wachhabende. Seit Wochen schon gingen sie nur Fahrradfahrern nach, die in der Fußgängerzone nicht abstiegen, oder schlichteten Kneipenschlägereien. Auch wenn sie nicht eine Sekunde die Geschichte von der Frauenleiche glaubten, waren sie trotzdem verpflichtet, dem Anruf nachzugehen.

Wahrscheinlich hatte Hubert Engel seine Finger im Spiel

und machte wieder einmal alle Leute mit seinen Detektivgeschichten verrückt.

Fokke Schmidt, der durch Engels Unfall in dieser Nacht nur wenig Schlaf bekommen hatte, sah einen Polizeiwagen vor seinem Hoteleingang halten. Gott sei Dank ohne Blaulicht. Zwei Polizisten, ein Mann und eine Frau, stiegen aus.

Er bat die Polizeibeamten in sein Büro und bot ihnen Platz und Kaffee an.

»Was kann ich für Sie tun?«

»Kennen Sie eine Susi?«

»Susi Bremer? Ja. Was soll mit ihr sein?«

Sie sagten es ihm.

»Es handelt sich sicher um einen bösen Scherz«, sagte Schmidt und verfluchte sich für seine Faulheit, nach Engels Behauptung, unter dem Seehund läge eine tote Frau, nicht nachgesehen zu haben. Im Verlauf der Befragung musste er den Polizisten gegenüber zugeben, dass es mit der Ehe der Bremers nicht zum Besten gestanden hatte und Susi seit Mai nicht mehr auf der Insel gesehen worden war. »Aber deswegen ist sie doch noch lang nicht tot!«

»Nein, vermutlich nicht.«

»Ihre Arbeitspapiere habe ich an die Adresse ihrer Eltern gesandt, die sind nicht zurückgekommen.«

Über Funk forderte die Polizistin eine sofortige Überprüfung am Wohnort der Eltern an. »Wie gesagt …«

»Sie müssen der Sache nachgehen, verstehe.«

Wie in der vergangenen Nacht hoffte Schmidt inständig, Susi lebe bei ihren Eltern auf dem Festland und erfreue sich bester Gesundheit. Was ihn mehr sorgte, war der Kadaver. Er würde einen Teufel tun und die Sache mit dem Vieh allein ausbaden, deshalb schlug er vor, Bremer persönlich zu seiner Ehefrau zu befragen, und griff zum Telefon. »Ich ruf in der Küche an, er soll heraufkommen, da können Sie selbst mit ihm sprechen.« Die Beamten waren damit einverstanden.

»Alexander soll sofort zu mir ins Büro kommen«, teilte er dem Küchenjungen telefonisch mit.

»Der ist nicht da.«

»Wo ist er?«

»Kurz weg!«, hörte Schmidt, gefolgt von einem leisen: »Als würde der Küchenchef einem Lehrling sagen, wohin er geht.« Dann wurde der Hörer aufgelegt.

»Er ist nicht da«, musste er den Polizeibeamten mitteilen. Ihm war nicht sehr wohl dabei. »Wie wäre es, wenn Sie jetzt sofort die Eltern von Susi anrufen, bestimmt ist sie dort.« Er hielt noch den Hörer, den er der Polizistin anbot.

»Das erledigen die Kollegen vom Büro aus«, sagte der Polizist mit Blick auf seine Armbanduhr, als wollte er sagen, um diese Zeit störten sie selbst niemanden. Er stand auf und setzte seine Uniformmütze auf.

»Wir gehen jetzt in den Keller.«

»Aber der Kaffee ist doch noch gar nicht da.«

Nach einem Hausdurchsuchungsbefehl zu fragen, hätte die Sache nur noch schlimmer gemacht. »Setzen Sie sich wieder«, resignierte Schmidt und gab zu, dass der Kadaver eines Seehundes tatsächlich in einer seiner Truhen lag. Die beiden Polizisten wechselten einen Blick, der Schmidt Magenschmerzen bereitete. Sie werden nachsehen, das hätte er an ihrer Stelle auch getan. Was, wenn der Anrufer recht behielt? Er mochte den Gedanken nicht zu Ende denken. Warum war er zu faul gewesen, um selbst unter den Seehundkadaver zu schauen? Engel hatte ihn gewarnt. Mit dem mulmigen Gefühl, dem alten Herrn Unrecht getan zu haben, blieb ihm nichts anderes übrig, als die Polizei in die Kellerräume zu führen.

Begleitet von fragenden Blicken des Küchenpersonals bahnte sich die kleine Gruppe den Weg durch die Hotelküche.

»Auweia, das gibt Mecker«, konnte sich Lehrling Torsten nicht verkneifen und schloss sich mit wenigen Metern Abstand der Gruppe an.

Schmidt war einen winzigen Moment versucht, den Beamten eine falsche Truhe zu zeigen, verwarf den Gedanken aber sofort. Es verschlimmerte die ganze Angelegenheit nur. Er konnte nicht erst gestehen und dann verwundert tun, dass der

Kadaver auf einmal verschwunden war. Er schwitzte vor Anspannung, als sie den Raum betraten. Angetaute Gemüsetüten lagen auf dem Fußboden, das Schmelzwasser reflektierte das Licht der Glühbirne. Die kräftig zupackende Hand des Polizisten hielt Schmidt davon ab, einzutreten. Der Beamte schob sich an ihm vorbei, um selbst den Truhendeckel anzuheben. Nicht eine einzige Gemüsetüte lag mehr in der Kühlung, der Seehundkadaver füllte den Truhenboden aus.

»Haben Sie Kühlhandschuhe?«, fragte der Polizist, und alle schauten sich suchend im Raum um. Torsten, lässig an den Türrahmen gelehnt, hielt mit Daumen und Zeigefinger am ausgestreckten Arm ein Paar. Zum Glück für ihn wirkte sein Gesicht ausdruckslos, sonst hätte Schmidt ihn fortgejagt.

»Haben Sie noch ein Paar?«, forderte die Polizistin und bekam ein Kopfschütteln zur Antwort.

»Ich mache das für Sie«, bot Torsten seine Hilfe an. Zu zweit hoben sie den Seehund aus der Truhe und legten ihn auf den Fußboden. Von seinem Standort aus konnte Schmidt nichts erkennen. Er tat einen Schritt, wurde aber erneut beiseitegeschoben.

»Zurücktreten.« Der Polizist beugte sich tief in die Truhe hinein, man hörte, wie seine Finger im vereisten Boden kratzten. Dann zog er eine silberfarbene Aludecke heraus.

Schmidt hielt den Atem an.

»Ist sie da?«, fragte Torsten. Sein kecker Tonfall war verschwunden.

»Nichts, leer.« Polizist und Torsten wirkten enttäuscht, die Polizistin schien Schmidts Erleichterung zu teilen. Sie machte mit ihrem Handy ein paar Fotos von dem Kadaver, stieg über ihn hinweg und verließ den Raum.

»Die Angelegenheit ist noch nicht erledigt. Das mit dem Seehund wird ein Nachspiel haben«, prophezeite sie, und als wüsste sie, wer für den Tod des Meeressäugers verantwortlich war, befahl sie: »Sobald Bremer zurück ist, schicken Sie ihn aufs Polizeirevier!«

Noch bevor die Ermittlungen über Susis Verbleib abgeschlossen waren, raste das Gerücht von ihrem angeblichen Tod über die Insel und erreichte Bremers Nachbarin. Die machte sich sofort auf den Weg zur Polizeistation, um Verdächtiges zu melden. Ein älterer Herr habe vor Kurzem viele Fragen über Susi und Alexander gestellt.

Als Bremer endlich im Revier vorsprach, hatte die Borkumer Polizei Susi auf dem Festland bereits ausfindig gemacht und sogar mit ihr gesprochen. So erfuhr Bremer, dass es seiner Frau gut ging.

Sechzehn

Den Tumult im Foyer konnte auch Hotelfachfrau Erika Schiffer miterleben.

»Uranus garantiert Ihnen einen ruhigen Tag«, stand heute Morgen in ihrem Horoskop. »Völlig falsch«, zweifelte sie an ihrer astrologischen Lebensstütze, ehe ihr einfiel, dass die Sterne heute allen Tierkreiszeichen finanzielle Einbußen vorhersagten. Nur nicht dem Widder.

Wer im April geboren war, ahnte sie. Der Glückliche. Sollte sie den Mund aufmachen und es erzählen? Aber was konnte sie konkret aussagen, es war nur eine Vermutung von ihr. Sie dachte an die Computermaus, die sie versehentlich angeschubst und an die Kontoverbindungen, die der Bildschirm angezeigt hatte.

Aber war ihre Schlussfolgerung auch richtig? Sie konnte unmöglich einen Unschuldigen belasten. Stand nicht erst gestern in ihrem persönlichen Horoskop »Lege kein falsches Zeugnis ab«?

Kurz überfiel sie das schlechte Gewissen, weil sie versäumt hatte, dem Chef von ihrer Beobachtung Meldung zu machen, aber die Warnung »Sie sollten in nächster Zeit niemandem übel nachreden« aus ihrer wöchentlichen Vorhersage hatte sie davon abgehalten.

Ein Blick auf ihre Armbanduhr gab die Entscheidung. Sie war spät dran. Ihr Dienst hatte bereits vor drei Minuten begonnen. Sie warf einen letzten Blick auf die sich um einen Laptop scharenden Leute. Ihr Favorit machte nicht den Eindruck eines Gewinners.

***

Mit einer ganz anderen Frage befasste sich Fokke Schmidts Großtante. Was saß dem Engel im Nacken, dass er so schnell fortwollte? Nachdem er gegangen war, hielt es sie nicht mehr in ihrer Wohnung. Somit wurde auch sie Zeugin des Schauspiels im Foyer. Das alles umfassende Rätsel »Wer hatte das Geld?« überließ sie den Zankenden, sie hatte sowieso nichts von irgendwelchem verschwundenen Geld gehört. Was weg ist, ist weg. Sie interessierte auch nicht, in welcher Klemme ihr Neffe und sein Koch steckten. Selbst schuld, sie hätten ihr Glauben schenken sollen, als sie behauptete, Seehund schmecke scheußlich. Schließlich hatte sie in der schlechten Zeit genug davon essen müssen und meinte schon bei dem bloßen Gedanken daran, den Geruch nach Tran, der einem aus allen Poren stieg, wenn man regelmäßig von dem Fleisch aß, riechen zu können. Ihr graute heute noch davor. Sollten die beiden doch ihre Kochduelle veranstalten. Da konnten sie noch so viel schmoren, dünsten, salzen, pökeln, einlegen oder räuchern, Seehund schmeckte nun mal widerlich. Aber wer hört schon auf seine Großtante?

Susi Bremer war auch wiederaufgetaucht, wenn auch nicht auf der Insel. Aber leben konnte man auch auf dem Festland. Die Polizei hatte ihren Verbleib geklärt. Die hätte Engel gleich fragen sollen.

Nur eines wollte Frau Schmidt unbedingt wissen. Warum reiste Engel vorzeitig ab? Seine Koffer standen vor dem Tresen der Rezeption. Er checkte aus, ohne ihr Auf Wiedersehen zu sagen. Das tat weh.

Sie trat näher heran, in der Absicht, ihn zur Rede zu stellen. Nach drei Schritten kam ihr die Erkenntnis. Sie ließ ihn ziehen. Der arme Kerl. Es gab keine Leiche und somit keine Überführung eines Mörders. Er hatte sich ein weiteres Mal blamiert, vertan die Chance, seinen Spitznamen loszuwerden. Sie hätte ihm so einen Erfolg gegönnt und hob die Hand zum Gruß, auch wenn er sie nicht sah. Wehmütig schaute sie ihm hinterher.

Er wird darüber hinwegkommen, so viel stand fest, und im nächsten Jahr wieder ermitteln und vielen damit auf die Nerven gehen.

Sie freute sich schon darauf.

***

Am späten Nachmittag saß Hermann Faust an der Hotelbar, starrte in seinen zweiten Whisky und überlegte zum hundertsten Mal, was er falsch gemacht hatte und wer ihm zuvorgekommen war. In seine eigene Zukunft blickte er im Moment nur schaudernd, bedeutete sie doch für ihn, arbeiten zu müssen. Nur kurz erwog er, eine Schauspielausbildung zu machen oder zum Varieté zu gehen – Verkleidungskünstler schwebte ihm vor, wie Copperfield in Sekundenschnelle die Kostüme wechseln. Er würde auf die Erfahrungen dieser Tage aufbauen können. Zwei Whiskys später verwarf er den Gedanken.

»Darf ich mich zu Ihnen setzen?«, fragte Frau Möller und schob sich auf den nächsten Barhocker. »Sie sehen betrübt aus.«

Er schwieg und nickte.

»Für mich auch einen Whisky«, bestellte sie. »Und noch einen für den Herrn.«

Sie prosteten sich zu.

»Darf ich fragen, in welcher Branche Sie arbeiten?«

Er nahm einen Schluck und entschied sich für die Wahrheit. »Ich arbeite in einem Ehevermittlungsinstitut!«

In ihren Augen leuchtete Begierde, sie rückte ein wenig näher an ihn heran. »Das ist interessant. Wäre es schwer, für mich einen passenden Mann zu finden?«, fragte sie keck.

Ein hartes Stück Arbeit, dachte er, schwieg aber und wog seinen Kopf leicht hin und her. Sie interpretierte diese Bewegung als ein Ja.

»Den Anzeigentext wüsste ich schon«, verriet sie ihm. »Alleinstehende, gut situierte, finanziell unabhängige Frau Mitte vierzig sucht –«

»Eine Frau wie Sie braucht doch keine Ehevermittlung«, fiel er ihr ins Wort. »Ich heiße Hermann. Haben Sie Lust«, er machte eine Drehbewegung mit dem Zeigefinger, »ich lade Sie zum Tanzen ein?«

Seine Avancen wurden mit einem strahlenden Lächeln belohnt. Seine Zukunftsaussichten wirkten rosiger als noch vor wenigen Minuten.

***

Auch Helga Bunzel wusste nicht, was ihr die Zukunft brachte. Sie brauchte Zeit, um darüber nachzudenken. Der Traum, finanziell unabhängig das Leben allein zu genießen, war geplatzt. Einen richtigen Beruf hatte sie nie gelernt. Früher war sie häufig ehrenamtlich in der Kirche tätig gewesen. Vielleicht könnte sie in diesem Bereich irgendetwas machen. Auf alle Fälle beabsichtigte sie, die kommenden Wochen allein darüber nachzudenken. Felix bedrängte sie, alles zu vergessen, mit ihm nach Hause zu fahren, ihm zu verzeihen und gemeinsam mit ihm einen neuen Start zu wagen.

»Keine Lügereien und kein Betrug mehr«, versicherte er viele Male. Womit er sein Geld verdienen, welchen Beruf er in Zukunft ausüben wollte, hatte er ihr nicht gesagt. Bauingenieur hatte er nie gelernt, das, was er ihr über seinen angeblichen Beruf immer erzählt hatte, wusste er aus Büchern, und die geografischen Lagen seiner angeblichen Baustellen erfuhr er aus Fachblättern und Tageszeitungen. Helga würde lang brauchen, ehe sie ihm vertrauen konnte. Vermutlich nie.

***

Felix Bunzel war nicht nur finanziell am Ende, seine Ehe war es auch. Er verstand die Welt nicht mehr. Er hatte sein ganzes Erspartes eingesetzt und war mit seinen eigenen Waffen geschlagen worden. Aber er gab nicht auf. Er glaubte keiner von Gabrielas Beteuerungen, dass sie sein Geld nicht habe. Im Gegenteil. Ihre Beschuldigung, er habe das Geld eingestrichen, hielt er für einen Trick. Für ihn stand fest: Sie hatte es. Er durfte sie nicht aus den Augen lassen. Irgendwann machte sie einen Fehler. Zu viel Geld für ein Auto ausgeben, sich eine Villa kaufen, Weltreisen machen, was auch immer, und sich verraten. Er brauchte einen Plan, wie er sie überlisten konnte. Aber was er noch dringender brauchte, war ein Job. Eine ehrliche Arbeit, wenn er wollte, dass Helga ihm wieder vertraute, ihm verzieh und zu ihm zurückkehrte. Ein Leben ohne sie mochte er sich nicht vorstellen.

***

Auch Fokke und Tatjana Schmidt überstanden den turbulenten Tag. Fokke überlegte später, ob er nicht über die jüngsten Ereignisse ein Buch schreiben sollte, erweitert um andere Hotelgeschichten, die sich über drei Generationen hinwegzogen und die sich tatsächlich zugetragen hatten. Wahrscheinlich würde er dazu keine Zeit finden, musste er sich doch um seine Hotelgäste und seine Mitarbeiter kümmern. Ein nicht immer leichter Job.

Siebzehn

»Danke für die Blumen.«

»Es tut mir leid, dass ich zum Hochzeitstag nicht da war.«

»Es war ja keine runde Zahl.« Frau Engel hauchte ihrem Hubert einen flüchtigen Kuss auf die Wange und nahm ihm seinen Koffer ab. »Kaffee ist fertig. Wie war es auf Borkum? Hast du die Leiche gefunden?«

»Nein.«

»Nicht? Aber getötet worden ist die arme Frau, oder?«

»Auch nicht.«

»Gott sei Dank.« Sie wirkte erleichtert. Engel vermochte nicht zu sagen, ob es daran lag, dass es keine Tote gab oder dass er sich zu ihr setzte, ohne vorher seinen Koffer ausgepackt zu haben. Auf alle Fälle brannte sie darauf, seine Geschichte zu erfahren.

»Und im Mai warst du dir noch so sicher. Trotzdem wirkst du zufrieden. Erzähl mir, was geschehen ist.«

»Natürlich, mein Schatz. Aber das ist eine lange Detektivgeschichte!«

»Habe ich auch nicht anders erwartet.« Sie hob die Kaffeekanne und schaute ihn fragend an. Er nickte, hielt ihr seine Tasse hin und war rundum zufrieden.

»Ich werde versuchen, mich kurzzufassen. Also, Beschattung des Verdächtigen, Befragung von Nachbarn, Vorsprechen bei der Polizei und Abhören von Gesprächen, du weißt schon, alles, was so dazugehört, habe ich gemacht.«

»Du hast dein altes Abhörgerät mitgenommen?«

Er nickte und dachte, dass noch immer eine seiner Wanzen im Hotel war. »Ja. Muss dringend ein neues kaufen. Aber es hat seinen Dienst getan.«

Dass das Küchenpersonal ihn nach Entdeckung der Wanzen veräppelt hatte, verschwieg er seiner Frau. Auch was er sich durch das Anbringen gerade in der Küche versprochen hatte, konnte er im Nachhinein nicht mehr erklären.

»Habe etwas länger als einen Tag gebraucht, bis ich wusste, dass Susi gar nicht tot, sondern ihrem Mann einfach nur davongelaufen war.« Auch das war ein wenig geflunkert, in Wirklichkeit hat er etwas länger dazu gebraucht.

»Wie das?«

»Nachdem ich mit der Nachbarin und einigen anderen Leuten gesprochen hatte, gab es nur diese Erklärung.«

Er nippte an seinem Kaffee. »Kurze Zeit wurde es etwas knifflig«, meinte er und dachte an die Teestunde, »aber dann habe ich den Geburtsnamen von Susi erfahren und den Wohnort ihrer Eltern ermittelt. Es bedurfte dann nur noch ein paar Recherchen und eines Telefongesprächs mit Susis Vater, und alles war geritzt. Der hat mir bestätigt, dass seine Tochter wohlauf ist.«

»Hättest du das nicht auch von hier aus feststellen können?« Frau Engel dachte immer praktisch.

Ihr Mann schüttelte heftig mit dem Kopf. »Dann hätte ich nicht erfahren, was Alexander Bremer über seinen Schultern trug, und wäre niemals auf den anderen Fall gestoßen.«

»Welcher andere Fall?«

»Bei meinen Ermittlungen habe ich festgestellt, dass sich Betrüger im Hotel aufhielten. Ich ahnte, dass sie etwas vorhatten, und wollte es vereiteln.« Zufrieden lehnte er sich in seinem Sessel zurück und hielt seiner Frau die leere Kaffeetasse hin.

»Erzähl«, sagte sie und schenkte nach.

»Also, erst einmal habe ich Vorkehrungen getroffen, dass man mich weiter ungehindert ermitteln lässt.«

»Aha. Und wie?«

»Als Erstes bin ich zur Polizeistation, damit die dort wussten, dass ich wieder im Lande bin. Zum Glück war die junge Polizistin da …«

»Die im U-Boot-Fall ermittelt hatte?«

»Erinnere mich nicht daran! Na, jedenfalls wusste die Polizei jetzt, dass ich wieder im Nordsee-Hotel wohnte. Die sollten erst einmal denken, dieser alte, senile Trottel ist wieder da. Wenn dann ungewöhnliche Meldungen im Polizeirevier hereinkamen, konnten sie getrost im Büro sitzen bleiben und mir die Schuld in die Schuhe schieben.« Engel lachte zufrieden. »Das war wichtig, denn so mussten sie bei einer anonymen Anzeige zwar ermitteln, konnten aber, als die erste im Sande verlief, mit ruhigem Gewissen alle nachfolgenden Meldungen aus dem Nordsee-Hotel unter den Tisch fallen lassen.«

»Was denn für nachfolgende Meldungen? Das verstehe ich jetzt nicht.«

»Erkläre ich dir gleich. Alles der Reihe nach. Beim Blick aus meinem Fenster kam mir ein unglaublicher Zufall zu Hilfe. Durch mein Fernglas habe ich gesehen, wie Bremer wieder einmal von der Seehundbank kam und etwas Schweres schleppte. Ich bin ihm entgegengegangen und habe ihn gestellt. Ab dem Moment wusste ich, was Bremer im Mai von der Sandbank geholt hatte, nämlich einen Seehund.«

»Wie hast du das erraten, und was will er mit einem Seehund?«, fragte sie, da ihr Ehemann diese Frage von ihr erwartete.

»Mir fielen die vielen Diskussionen zwischen Schmidt und Bremer wieder ein. Du musst dich doch erinnern, fast in jedem Urlaub haben sie davon gesprochen, immer ging es um neue Kochrezepte und spezielle Zutaten.«

»Sie wollten eine Robbe braten?«

Er nickte. »Genau das. Na, jedenfalls habe ich Bremer sehr genervt«, gab er zu. »Er wollte mir doch partout nicht sagen, was er in dem Fass hatte, das er an diesem Tag am Strand gefunden hatte.«

»Und, was war drin?«

»Was weiß ich, habe es nicht herausgefunden. Aber allein der Wert eines handgemachten Fasses beträgt mehrere hundert Euro. Ist ja auch nicht wichtig!«

»Hat mit dem Fall nichts zu tun?«

»Nein, ganz und gar nichts.«

»Aber warum wolltest du Bremer nervös machen?«

»Ich wusste, dass er den Seehund, wenn er ihn nicht schon zwischenzeitlich entsorgt hatte, irgendwo versteckt haben musste. Robbenjagd ist verboten. Ich wollte den toten Seehund finden. Wäre gut für meine Rehabilitation gewesen.«

»Aber du hast ihn nicht gefunden.«

»Doch, doch!« Er verschwieg, dass er nicht der Erste gewesen war. »Der Fund kam genau zum richtigen Zeitpunkt. Ich habe den ganzen Trubel darum ausnutzen können, um unbeachtet abzureisen.«

»Unbeachtet abreisen. Aber warum das denn?«

»Das erzähl ich dir jetzt.«

Engel berichtete seiner Frau von den beiden Heiratsschwindlern.

»Woher wusstest du, dass sie Heiratsschwindler waren?«

Engel dachte an den fluchenden Italiener und Frau Möller, die ihn erst auf den Gedanken gebracht hatte. Er sagte es seiner Frau. »Die beiden und die betrogene Ehefrau, die habe ich beobachtet.«

»Du hast die arme Betrogene getröstet.« Sie kannte ihren Ehemann gut.

»Ich habe ihr einen Schnaps ausgegeben. Als sie ihn trank, sagte sie etwas, was mich darauf brachte, dass sie mehr im Schilde führte, als nur einen untreuen Mann zur Rede zu stellen.«

»Was hat sie denn gesagt?« Frau Engel sah über seine Schultern hinweg zum Wohnzimmerschrank. Ihr Blick blieb an einer Keksdose hängen.

»›Ich denke, dass er *dafür* ins Gefängnis kommt.‹«

»Dafür?«

»Genau dieses Wort betonte sie. Für Betrug in der Ehe kommt man nicht ins Gefängnis, also meinte sie etwas anderes.«

»Du hast es herausgefunden.«

»Ich habe mich trottelig angestellt, und sie zeigte mir in der Hotellobby, wie man Onlinebanking macht.«

»Aber das weißt du doch schon längst.«

»Das wusste die Frau aber nicht. Sie ist ganz unbedacht mit ihrem Passwort umgegangen. Auch ohne meine Brille habe ich genau gesehen, welchen Zahlencode sie eingegeben hat. Von da an habe ich regelmäßig von einem Internetcafé aus ihr Konto im Auge behalten.«

»Wofür habe ich dir eigentlich das Tablet geschenkt?«, unterbrach sie ihn. »Hast du es kaputt gemacht?«

Er winkte ab, und sie holte die Keksdose, öffnete sie und bot ihm einen an.

»Das Tablet konnte ich nicht benutzen, wegen der Spuren, die man im Internet hinterlässt.« Er biss in einen Keks. Ein paar Krümel fielen auf seinen Bauch, mit der Hand wischte er sie zu Boden.

»Jedenfalls, das Gleiche habe ich mit Gabriela Blume gemacht, die einem alten Herrn behilflich sein wollte, auf ihrem Zimmer eine Zugverbindung herauszusuchen.«

»Du warst auf dem Zimmer einer Heiratsschwindlerin?« Frau Engel drohte gekünstelt mit ihrem Zeigefinger. Er übersah ihn.

»Ob der Heiratsschwindler auch einen Computer dabeihatte, konnte ich nicht feststellen, aber ich setzte auf die beiden Frauen. Eine von ihnen würde das Rennen machen, da war ich mir sicher, und zur Not hatte ich ja über Frau Bunzel Zugriff auf das Konto des Ehemannes. Sie benutzten beide dasselbe Passwort. Die Leute gehen so leichtsinnig mit ihren Daten um.« Er lachte, wurde dann aber ernst. »Fast hätte ich einen Fehler begangen. Gerade noch rechtzeitig habe ich erkannt, dass da noch ein weiterer Gauner bei der Trickbetrügerei mitmischte. Der Mann heißt Faust und arbeitet als Ehevermittler.« Dass er ihn kurze Zeit für einen verdeckt arbeitenden Polizeibeamten gehalten hatte, verschwieg er. »Ich vermute mal, er hatte ebenfalls Zugang zu den Konten.«

»Ein echter Krimineller?« Sie wirkte erschrocken, doch er wusste, dass sie es ihm zu Gefallen tat.

»Keine Angst. Nur so ein verrückter Verkleidungskünstler. Es gibt aber auch übergeschnappte Leute!« Frau Engel erfuhr alles über Fausts missglückte Tarnversuche, ehe ihr Mann endlich zum Höhepunkt seiner Geschichte kam.

»Kurz vor elf Uhr abends dann habe ich mir meine Taschenlampe geschnappt und bin in den Keller, den Seehund suchen. Ich habe überall an den Wänden so selbstklebende Zettelchen gehängt, um den Weg zurückzufinden.«

»Hast du deinen Orientierungssinn verloren?«

»Nein, Schatz. Ich tat es, um später die Leute glauben zu lassen, dass ich ein wenig ...«, er schüttelte seine Hand vor den Augen. »Du weißt schon. War nicht schwer, den Kadaver zu finden«, sagte er, unterschlug aber die Tatsache, dass er vorsichtshalber noch einen Blick unter die Robbe geworfen hatte. Man konnte ja nie wissen, ob nicht doch noch was darunter verborgen lag.

»Da lag es, das Vieh. Ich also hoch in Schmidts Büro. Da habe ich einen Heidenaufstand gemacht und so getan, als wollte ich noch einmal in den Keller, um ihm Susis Leiche zu zeigen.«

»Aber die gab es doch nicht.«

»Nein. Darum bin ich ja auch absichtlich gestürzt und habe mich ins Krankenhaus bringen lassen.«

»Da hast du aber etwas übertrieben«, meinte sie. Ihren tadelnden Blick ignorierte er. Seine Wange war geschwollen und ein Auge etwas blau.

»Von nichts kommt nichts. Man muss was riskieren. Jedenfalls bin ich ganz früh morgens aus dem Krankenhaus raus und rein ins Internetcafé. Und wieder hatte ich unheimliches Glück. Auf Gabrielas Konto erschien ein großer Geldbetrag, war aber Sekunden später schon wieder abgebucht. Als er dann auf Helgas Konto erschien, sausten meine Hände nur so über die Tastatur ...« Engel bewegte seine Finger in der Luft wie ein Pianist und war stolz auf sich, »... und verschoben das Geld auf unser Konto.«

»Unser Konto?« Der verblüffte Gesichtsausdruck seiner Frau, ihre aufgerissenen Augen und das Glitzern darin befriedigten ihn bald mehr als der Gedanke, ein reicher Mann zu sein.

»Du hast das Geld genommen?«

»Mit Ehre ergaunert«, beruhigte er sie.

»Wie viel?« Ihre Wangen glühten vor Aufregung.

»Viel! Wir werden es schwer haben, alles auszugeben.«

»Wunderbar«, sagte sie und schenkte sich Kaffee nach.

URLAUBSKRIMIS MIT WOHLFÜHL-FAKTOR!

Was gibt es Schöneres als einen entspannten
Urlaub in idyllischer Umgebung?
Einen entspannten Urlaub
in idyllischer Umgebung
mit einer Prise Nervenkitzel!

Genau das bieten die emons: Urlaubskrimis – spannende Kriminalfälle vor atemberaubend schönen Ferienkulissen, ob am Meer oder in den Bergen, ob mit tierischem Ermittler oder menschlichen Tätern.

WER WIND SÄT, WIRD TOD ERNTEN...

Klappenbroschur, 192 Seiten
ISBN 978-3-95451-248-5

Ocke Aukes
KLAASOHM
Insel Krimi
Broschur, 192 Seiten
ISBN 978-3-95451-056-6

»Ocke Aukes weiß, wie die Insulaner auf Deutschlands nordwestlichstem Eiland ticken. Es ist, als wäre man mittendrin im Inselgeschehen. Ein klasse Krimi für den Strandkorb im heißen Sommer ebenso wie für düstere, kalte Winterabende – lesen Sie ihn am besten gleich jetzt!« Borkumer Echo